BONAPARTE

PIERRE LAROUSSE

BONAPARTE

préface de
LAURENT JOFFRIN

MÉMOIRE DU LIVRE

Si vous désirez recevoir notre catalogue et
être tenu au courant de nos publications,
envoyez vos nom et adresse, en citant ce
livre, aux éditions Mémoire du Livre,
9, rue Guénégaud, 75006 Paris.
Et, pour le Canada, à
Édipresse Inc., 945, avenue Beaumont,
Montréal, Québec H3N 1W3.

BONAPARTE CONTRE NAPOLÉON

par Laurent Joffrin

Le général Bonaparte est-il vraiment mort le 18 Brumaire ? Question incongrue qu'on doit ainsi traduire : faut-il, dans cette course glorieuse, stigmatiser la prise du pouvoir en 1799 à Saint-Cloud, autrement dit, distinguer radicalement Bonaparte et Napoléon, le militaire jacobin et l'Empereur tyrannique, le soldat d'Arcole et l'ogre de 1813, l'ami des savants et l'ennemi de la liberté, le fils de la Révolution et le père de l'Empire ?

C'est l'idée républicaine, brillamment énoncée dans la définition célébrissime du *Grand Dictionnaire* de Pierre Larousse. Chacun ou presque la connaît, sans toujours savoir l'attribuer : « BONAPARTE – [...] Général de la République française, né à Ajaccio (île de la Corse) le 15 août 1769, mort au château de Saint-Cloud près de Paris, le 18 brumaire, an VIII de la République française, une et indivisible (9 novembre 1799). » Sans doute frappé par son efficacité lapidaire, on oublie la plupart du temps que Larousse a fait suivre sa définition d'un article érudit et brillant, chaleureux et partisan, qui en explicite la thèse, qui dit pourquoi, saisissant le pouvoir à Saint-Cloud au son des tambours de Murat, Bonaparte sort de l'Histoire aux yeux des bons républicains pour entrer dans le pandémonium des tyrans.

« Mémoire du Livre » a eu l'excellente idée de publier en un volume séparé l'article du *Grand Dictionnaire Larousse.* Ce faisant, « Mémoire du Livre » ressuscite une pièce importante du « dossier Napoléon », fait œuvre pédagogique et républicaine et ravive un débat que le bicentenaire de la geste napoléonienne, qu'on célèbre ces temps-ci avec une discrétion appuyée, remet en pleine actualité. Et, surtout, cette initiative nous restitue un texte plein de vie et de couleur, qui retrace l'itinéraire prodigieux avec la passion du démocrate et la précision du journaliste historien, qui va aux sources directement, exhume les documents et fait vivre les anecdotes.

Sous le Second Empire, puis sous Thiers et Mac Mahon, Pierre Larousse était le Pic de la Mirandole de la République souffrante. Pédagogue, journaliste, historien, éditeur et encyclopédiste, il travaillait quatorze heures par jour dans son petit bureau de la rue Saint-André-des-Arts, noircissant des dizaines de milliers de pages. Il est sorti de cette activité sans frein une série d'ouvrages aujourd'hui oubliés, quoique brillants et forts, qui touchent à tous les domaines de la politique, de l'histoire, de la philologie et de la grammaire. Il en est sorti, surtout, le *Grand Dictionnaire*, monument d'une vie, encyclopédie qui avait pour ambition d'être au XIXe siècle ce que l'opus de Diderot et d'Alembert avait été au XVIIIe. Paradoxalement, c'est le *Petit Larousse* qui est passé à la postérité, alors que c'est le *Grand Larousse* qui le méritait. L'auteur du dictionnaire se situe en cela à l'inverse des Bonaparte : c'est Napoléon le petit qu'on oublie et Napoléon le grand qu'on révère.

Obscur Roméo du savoir, Pierre Larousse aimait sa Juliette, la République, d'un amour sans mélange. Tout à l'esprit du temps, il croyait, comme Ferry, comme Gambetta et les barbus magnifiques, que la connaissance, se répandant au sein du peuple, le gagnerait naturellement à la cause de la Liberté. A ce travail de scribe des Lumières, il a voué une vie de labeur écrasant et passionné. Il était assis derrière son bureau mais il chevauchait avec Hoche et marchait sur les pas de Danton. Victor Hugo exaltait la République sur son rocher battu par les vagues, avec le fracas du génie. Larousse la chérissait en silence dans son cabinet, avec l'obstination de l'érudit. L'un tempêtait, fustigeait, tonnait. L'autre amassait, vérifiait, classait. Mais c'était pour le même rêve.

C'est donc en républicain que Larousse écrit, en adversaire de ce Second Empire que le neveu du premier Bonaparte vient d'établir à la suite du coup de force du 2 décembre 1852, qui a fait plus de neuf cents morts et qui s'est accompagné de déportations et d'emprisonnements nombreux. Arrivant à la lettre B de son *Grand Dictionnaire*, dont il écrit une bonne partie des articles, il trouve dans cette occurrence alphabétique l'occasion d'une belle leçon d'histoire. « Bonaparte, mort le 18 brumaire... » Par ce meurtre symbolique, le général corse entre au Panthéon républicain. Larousse n'est pas le seul à établir cette césure idéologique. Dans *Les Châtiments*, Hugo fait de la même date la borne maléfique qui sépare le général du dictateur. Comme on s'en souvient, toutes les épreuves infligées à Napoléon, la campagne de Russie, « il neigeait... », Waterloo, « morne plaine », la descendance vulgaire et corrompue du Second Empire, découlent pour Hugo d'un péché originel. A la fin du poème, le Corse est aux Invalides, dans son tombeau et, quand il demande à Dieu la raison d'un tel châtiment, elle s'inscrit en lettres vengeresses devant le fantôme halluciné du grand empereur, sur la paroi du tombeau : « 18 brumaire ».

Ce jour-là, le héros passe de la lumière à l'ombre. C'est donc une course lumineuse que décrit Larousse dans le texte qu'on va lire. La lumière de la Méditerranée, bien sûr, mais surtout la lumière de la Révolution, ce « lever de soleil », selon le mot de Hegel. Larousse a retrouvé chez un autre érudit les témoignages soigneusement collationnés de ceux qui ont connu le jeune Bonaparte, dont certains vivent encore quand il écrit. Il en tire un roman vrai, celui d'un jeune homme étrange, secret, humilié par la misère et transcendé par la gloire. Républicain, il l'est par conviction autant que par légitime intérêt. Sans l'appel à tous les talents, sans l'ouverture des carrières qui fut le vrai moteur de la Révolution, l'officier souffreteux serait sans doute resté artilleur méritant, pour finir, à force d'intrigue, dans un grade moyen à l'âge où il tenait l'Europe dans sa main.

Larousse montre ce grand lecteur, de ceux qui dévorent le texte la plume à la main, fixant dans sa prodigieuse mémoire le savoir militaire et historique du temps. Il conte les engagements du nobliau corse, emporté, raisonneur et idéaliste, aux côtés de Paoli puis contre lui. Il le décrit militaire sans emploi de la République en guerre, bâtisseur de plans à la fois fous et imparables qu'on laisse dans les cartons par scepticisme. Il le suit pas à pas dans ses débuts de combattant, en Italie comme adjoint de Dumerbion et à Toulon où il propose et exécute le mouvement qui fera fuir la flotte anglaise et tomber la ville. Il l'applaudit quand il sauve le Directoire – c'est-à-dire la République, encore, selon Larousse – de l'émeute royaliste de Vendémiaire. Il le magnifie enfin dans cette campagne d'Italie de 1796 et 1797, quand le monde étonné apprend qu'il lui arrive un « nouvel Alexandre », comme l'écrit Stendhal au début de *La Chartreuse*.

Larousse souligne surtout, et pour cause, les convictions du héros. Grand lecteur de Rousseau, corse rallié à la République française, Bonaparte, après un temps d'hésitation, prend parti pour la Terreur. Dans *Le Souper de Beaucaire*, son premier écrit politique, il condamne l'insurrection fédéraliste organisée par les Girondins, que Robespierre et la Montagne ont mis hors la loi. Toulon reprise aux Anglais devient « Port La Montagne » avec l'approbation du général qui vient de la conquérir. En 1793, Bonaparte est l'homme de Robespierre. En 1795, il canonne les royalistes sur les marches de Saint-Roch. En 1797, il envoie son divisionnaire Augereau réitérer l'opération, cette fois en Fructidor. Avant le 18 brumaire, Bonaparte est un républicain farouche, un jacobin, un terroriste même. Jusqu'à ce jour, fatal aux yeux de Larousse, où le « sabre » du Directoire agit cette fois pour son propre compte et se met en position d'étrangler cette République qu'il prétend une nouvelle fois sauver.

Pour partager les mêmes convictions que Larousse, un siècle plus tard, on est tenté de souscrire à cette interprétation. Bonaparte était un génie militaire au service de l'égalité ; Napoléon un génie politique au service de lui-même. Le général sauvait la France de l'invasion et de la réaction monarchiste. L'Empereur instaurait une monarchie – et même une noblesse – et jetait la France dans l'aventure qui conduisit, *in fine*, à une double invasion, en 1814 et en 1815. La République aurait sans doute fini par établir cette liberté au nom de laquelle elle a commis tant de crimes. L'Empire est l'archétype du régime autoritaire et personnel, qui se place au centre de l'échiquier politique du temps pour asseoir la dictature d'un homme. Bonaparte est un héros positif, Napoléon un génie négatif. La République rétablie en 1875 a donné une rue parisienne au général Bonaparte ; elle l'a refusée à Napoléon. Cela se comprend.

Pourtant les objections se présentent d'elles-mêmes. Tout à sa pédagogie républicaine, Larousse taille à grands coups dans le tissu historique. Toute la recherche napoléonienne contemporaine, qui a largement laïcisé les études impériales, qui a récusé la légende de l'Empire comme sa légende noire, montre qu'à la rhétorique de l'ombre et de la lumière on préfère aujourd'hui une esthétique du clair-obscur. Le général Bonaparte était un héros. Certes. Mais la République qu'il défendait avec tant d'ardeur n'était pas sans tache.

Il y a d'abord la brutalité. Certes, le jeune Bonaparte prend en horreur la foule livrée à elle-même, la « populace » qui coupe les têtes, assassine les prisonniers de Septembre, étripe les cadavres. Il gardera toute sa vie la hantise de ces violences anarchiques qui ont pourtant fait les grandes journées révolutionnaires. La seule fois de sa vie, sans doute, où il a montré sa peur, c'est lorsqu'il doit traverser en 1814 le Midi royaliste pour rejoindre l'île d'Elbe. Pâle, tremblant, décomposé, il se déguise en valet pour n'être pas reconnu. Mais cette méfiance vis-à-vis de l'émeute justifie à ses yeux la répression la plus extrême. S'il aime Robespierre, c'est parce qu'il voit en lui l'homme d'ordre qui canalise la violence révolutionnaire. Le mot qu'on lui prête quand il assiste aux Tuileries à l'humiliation de Louis XVI – « Che coglione ! » – est apocryphe. Mais il colle déjà au personnage. Bonaparte ne recule jamais devant des mesures de maintien de l'ordre. En Vendémiaire, il canonne la foule sans états d'âme. Il favorise Fructidor qui se solde par une épuration sanglante et une déportation massive des ennemis du Directoire. Après la chute de Toulon, les insurgés sont massacrés par les troupes de la Convention. On n'a pas gardé trace d'une intervention modératrice de l'artilleur qui venait de provoquer la chute de la ville. En Italie, Bonaparte signe des ordres terribles exigeant de ses officiers qu'ils traitent sans pitié les villages révoltés contre l'armée française. Il faut frapper vite et fort, dit-il en substance, faute de quoi on sera contraint ensuite à des massacres plus étendus. En Palestine, le même général républicain fait passer par le fil de l'épée les prisonniers mameluks dont il ne veut pas encombrer son armée, tout comme il fait distribuer du laudanum aux pestiférés qu'il ne peut pas transporter.

Bonaparte n'est pas seulement républicain. Il est ambitieux. Il est l'Ambition. Le défaut – ou la qualité – est largement partagé à l'époque. Il y a, chez tous ces acteurs de la Révolution, une fascinante passion de vivre et de conquérir. De parvenir, aussi. Bernadotte, l'ex-« sergent Belle Jambe », deviendra roi de Suède. Les avocats deviennent ministres, les paysans officiers, les fils d'aubergistes maréchaux et les maréchaux monarques. Cette âpre soif de pouvoir n'est pas née avec le 18 Brumaire. Les conventionnels pétrissent l'Histoire. Les hommes du Directoire y ajoutent l'esprit de jouissance. On ne peut pas traverser tous ces périls sans vouloir, d'une manière ou d'une autre, profiter. Le jeune Bonaparte prenant son commandement à l'armée d'Italie ne dit pas autre chose dans cette proclamation qu'on apprendra pieusement dans toutes les écoles primaires de la République. « Soldats, vous êtes nus, mal nourris... Je vous mènerai dans les plus belles plaines du monde... De riches provinces seront en notre pouvoir... » Pour galvaniser les soldats de l'an IV, on ne leur parle pas seulement d'Égalité et de Fraternité. On les invite au pillage. Le républicain vertueux sait flatter les vices pour commander. Larousse cache cette face de la légende par dévotion républicaine. Mais, si Napoléon un jour percera sous Bonaparte, c'est bien qu'il était en lui. Le vainqueur de Rivoli ne rêve pas seulement d'un régime nouveau. Il veut en être le maître. Dès Lodi, il se projette sur la scène politique et organise sa légende en même temps qu'il la vit. Avant même la campagne de 1796, il a songé à s'engager au service de l'Empire ottoman. En Égypte, il envisage de remonter vers Constantinople à la tête de son armée pour se tailler un empire en Orient. Quoi qu'en dise le bon Larousse, ce général modèle est un aventurier de la Révolution.

Aussi bien l'Empereur n'oublie pas son origine politique. Les Républicains voient dans la carrière de Napoléon une simple trahison des idéaux initiaux. La chose est plus complexe. Il y a d'abord le Consulat, qui n'est guère plus répressif que le Directoire, qui s'appuie sur l'autorité d'un homme pour mettre fin à la guerre civile et qui produit surtout une œuvre extraordinaire de réorganisation politique et sociale. Les années qui vont de Brumaire au sacre sont celles que Napoléon peut le mieux invoquer pour justifier son action. Bonaparte serait-il mort en 1804 qu'il figurerait au firmament des manuels républicains. On célébrerait partout son héritage. Jusqu'en 1807 même, l'œuvre napoléonienne supporte le jugement de l'Histoire, serait-elle écrite par un républicain orthodoxe. A Austerlitz, c'est encore l'armée de la Nation et de l'Égalité qui triomphe des armées de l'Ancien Régime. Pour les ennemis de la France et de la Révolution, l'Empereur reste tricolore. Il est Robespierre à cheval. Le Code civil, le Concordat, la paix civile ou l'œuvre administrative et économique des préfets figureraient aussi bien dans un bilan républicain.

C'est l'affaire d'Espagne, avec son cortège d'horreurs, les grandes batailles meurtrières livrées après 1808, la campagne de Wagram ou celle de Russie qui portent la marque de la déraison napoléonienne. La légende noire de l'Ogre, du tyran, du nouveau César, date de cette deuxième période et non du Consulat ou des victoires continentales de 1805 et 1806. C'est l'affirmation croissante de l'autoritarisme, le catéchisme napoléonien imposé à tous les Français, la police de Fouché et Savary omniprésente, la propagande incessante et les guerres sans fin qui révulsent les démocrates.

Et même en fin de course, en 1814 ou en 1815, le souvenir de la Révolution se réveille. L'Europe coalisée veut mettre fin à une tyrannie. Mais aussi rétablir les anciennes lois et les anciennes élites. Avec Napoléon, elle veut régler son compte à la Révolution. Quand le captif revient de l'île d'Elbe, il reconquiert la France sans tirer un coup de fusil. C'est bien qu'on ne voulait pas des Bourbons et qu'on craignait le retour de l'Ancien Régime. On cite toujours l'adresse mythique : « L'Aigle volera de clocher en clocher jusqu'aux tours de Notre-Dame ». On oublie un membre de phrase. Napoléon a écrit en fait : « L'Aigle aux couleurs nationales… » Il en appelle, comme il le fera à Sainte-Hélène, à la légitimité révolutionnaire contre la légitimité monarchique. A Waterloo, c'est une armée nationale, hostile aux nobles et aux Bourbons, enfiévrée par l'Égalité, qui combat Wellington et Blücher. Le jeune Fabrice, jeune homme progressiste du nord de l'Italie, veut rejoindre les armées françaises, qu'il voit comme les armées de l'avenir contre le vieux monde. « Je suis national », disait Napoléon. Comme Danton, comme Robespierre, comme les soldats de l'an II.

Pour Larousse, avant le mot de Clemenceau, la Révolution est un bloc. On sait aujourd'hui qu'il n'en est rien et qu'on doit choisir parmi les ancêtres, que la Terreur annonçait à beaucoup d'égards les drames du totalitarisme. Mais, si la Révolution n'est pas un bloc, l'Empire non plus. Les Anglais s'obstinaient à appeler leur plus dangereux ennemi « le général Bonaparte ». Napoléon entrait en fureur devant ce refus de sa légitimité. Il avait tort. L'attaque anglaise était aussi un hommage. Il faut une césure dans la saga du Corse. Mais ce n'est pas le 18 Brumaire. C'est la césure permanente d'une personnalité double, d'un héros ambivalent, d'un dictateur de l'Égalité. Larousse par son talent nous le fait comprendre malgré lui. Son livre est précieux parce qu'il prend parti. Il est chaleureux et riche. Il fait réfléchir autant qu'il fait rêver. C'est le propre des bons historiens.

LAURENT JOFFRIN

BONAPARTE, – le nom le plus grand, le plus glorieux, le plus éclatant de l'histoire, sans en excepter celui de NAPOLÉON, – général de la République française, né à Ajaccio (île de la Corse) le 15 août 1769, mort au château de Saint-Cloud près de Paris, le 18 brumaire, an VIII de la République française, une et indivisible (9 novembre 1799).

Ce début, qui va faire dresser plus d'une oreille, montre tout simplement qu'en toutes choses nous aimons les situations tranchées ; et les oreilles reviendront à leur état normal quand nous aurons dit que nous voyons deux hommes, aussi bien que deux noms, en Napoléon Bonaparte : Bonaparte et Napoléon ; le général républicain, l'écolier de Brienne, le brillant officier de Toulon, le convive républicain du *Souper de Beaucaire*, le vainqueur d'Arcole, etc., etc. ; puis le colosse d'Austerlitz, le maître de l'Europe, le vaincu de Waterloo, le prisonnier de Sainte-Hélène. Oui, il y a deux hommes en cette personnalité, en cet être si singulièrement doué, dont le double nom et le double visage, d'un caractère tout particulier, se sont trouvés admirablement appropriés au double rôle qu'il a joué dans le monde. Auguste a beau s'appeler Octave ; Octave a beau se nommer Auguste ; c'est toujours le même homme, rusé, timide, hypocrite, astucieux, reniant ses amis quand son intérêt lui commande de les sacrifier. Ici, nous le répétons, nous avons deux hommes distincts, en même temps que deux noms séparés.

Bonaparte, nom frappant, facile à retenir, simple, uni, militaire, à consonnes dures, brèves, sèches, expressives, et signifiant quelque chose, par-dessus le marché ; nom jusque alors inconnu, mais composé de quatre syllabes énergiques qui devaient se graver pour toujours dans la mémoire, dès qu'on les avait une fois entendues soit sous la forme italienne *Buonaparte*, soit sous la forme française, qui est restée, *Bonaparte* ; quel nom plus convenable au citoyen général en chef de l'armée d'Italie, à ce jeune Corse qui rêve d'Annibal quand il gravit les flancs escarpés des Alpes !

Napoléon, nom sonore, vibrant, impérial, mais harmonieux aussi, coulant, et, chose remarquable, bruissant agréablement aux oreilles françaises ; inconnu également (in-ouï, *in auditus*), éminemment convenable à l'autre rôle, au rôle de maître et d'impérator, un de ces noms à l'emporte-pièce, qui vous obligent à baisser machinalement la tête comme quand on entend résonner le bruit de la foudre ou un coup de canon, nom doux en même temps, où les voyelles dominent et où l'on voit percer quelque chose de ce *oui* si diversement interprété du 10 décembre.

Examinons donc à la loupe ces deux individualités ; car il y a de même deux figures, deux physionomies différemment caractérisées, et, pour ainsi dire, taillées, appropriées à chacun des deux rôles : l'une, celle du général, belle et austère telle qu'on la voit si bien reproduite dans le portrait de Guérin, gravé par Fiesinger et déposé à la Bibliothèque impériale, le 29 vendémiaire an VII de la République française, avec ce simple nom au-dessous, encore orthographié à l'italienne : BUONAPARTE ; l'autre, celle de l'empereur, si souvent reproduite, que tout l'univers connaît, qui se voit partout, que les mains les moins habiles crayonnent en quelques traits, que la capote grise et le petit chapeau ont caractérisée à d'autres titres que certaines bottes et certains gilets. Vraiment, on dirait deux hommes différents, au physique et au moral.

Le premier, sobre, d'une activité prodigieuse, ardent, passionné pour la gloire, d'un patriotisme fougueux, insensible aux privations, comptant pour rien le bien-être et les jouissances matérielles ; nullement sensuel, presque chaste, jugeant que l'amour est un bagage qui gêne un homme dans les différentes étapes de la vie, ne s'occupant que du succès de ses entreprises ; l'homme de Toulon, l'homme de vendémiaire ; prévoyant, prudent, sauf dans les moments où la passion, le sang corse l'emporte, « sachant donner quelque chose au hasard, mais lui enlevant tout ce que la prudence permet de prévoir », résolu, et tenace dans ses résolutions, ne reculant pas d'une semelle quand il s'est dit : *Il le faut* ; croyant les hommes capables de vertu et d'un généreux enthousiasme et les estimant dignes de mourir pour une belle cause ; s'adressant au cœur et à l'esprit par les plus nobles instincts, et tenant compte du moral, qui joue un si grand rôle dans la guerre ; bon, juste, susceptible de s'attendrir, et généreux envers ses ennemis vaincus.

L'autre... Mais n'anticipons pas sur l'ordre alphabétique. On l'a dit : Tout vient à point à qui sait attendre, et nous souhaitons au lecteur une petite dose de cette patience qui est le commencement de la sagesse.

Le premier de ces deux hommes a été le général, et même le consul Bonaparte ; il a brillé jusqu'à l'an X de la République ; l'autre lui a succédé. C'est du premier seulement que nous nous occuperons à cette place ; c'est de sa jeunesse, de ses espérances, de sa vie privée et militaire, ou, plus exactement encore, de sa vie républicaine que nous allons entretenir le lecteur. Pour l'autre, V. NAPOLÉON, à l'ordre alphabétique de notre *Grand Dictionnaire.*

Nous aurons recours, pour l'étude que nous entreprenons, à des sources nombreuses, mais surtout aux deux volumes publiés en 1840 par le lieutenant-colonel d'artillerie en retraite, baron de Coston, sous le titre de : *Biographie des premières années de Napoléon Bonaparte,* très curieux ouvrage, devenu fort rare, et plein d'anecdotes extrêmement intéressantes sur la jeunesse de Napoléon. M. de Coston y suit, pour ainsi dire, jour par jour, les étapes du héros, depuis sa naissance jusqu'à son avènement au Consulat et à l'Empire.

Quel intérêt n'offre pas pour nous une pareille étude ! Nous nous inquiétons fort peu de l'enfance d'Alexandre, d'Annibal, de César et de Charlemagne ; tous quatre sont nés sur les marches ou à côté des marches du trône ; ils ont été élevés dans la pourpre, ils ont eu en naissant d'humbles précepteurs, c'est-à-dire des esclaves soumis, et, comme l'a si bien dit le chansonnier, *leur bourrelet fut une couronne.* Alors qu'y a-t-il là qui puisse nous intéresser ? Mais ici, c'est bien autre chose : nous sommes en présence d'un chétif enfant, à peine Français, qui, loin d'avoir Aristote pour maître, traverse seul l'océan et parcourt deux cents lieues pour venir demander à la France, sa mère adoptive, l'hospitalité de l'instruction.

Voilà pourquoi Bonaparte nous semble plus grand qu'Alexandre, plus grand qu'Annibal, plus grand que César, plus grand que Charlemagne :

Il ne doit qu'à lui seul toute sa renommée.

Revenons à M. de Coston, qui est la cause involontaire de cette petite digression. Originaire de Valence, le baron de Coston y avait connu toutes les personnes qui, à deux reprises différentes, s'étaient trouvées en relations intimes avec le jeune officier d'artillerie ; de plus, il avait servi dans le 4e régiment d'artillerie à pied, qui, en Égypte, avait combattu si vaillamment sous les yeux du jeune général en chef. Curieux, dès cette époque, de tout ce qui se rapportait à son héros, M. de Coston ne le perdit pas de vue, ne le quitta pas d'une semelle, et fut à même de recueillir sur les premières années de son héros une quantité innombrable de notes, de documents, d'anecdotes. Ce n'est pas tout : l'infatigable biographe, poussé par une sorte de passion, s'est livré à de nombreuses recherches sur les personnes de tout état avec qui Bonaparte a eu des relations dans les premières années de sa vie, et qui, plus tard, se sont retrouvées en contact avec lui.

Dans l'histoire des voyages, on parle de ces explorateurs infatigables qui ont usé dix années de leur vie à lever le voile qui nous cache les sources du Nil ; ils remontaient le cours du fleuve malgré les débordements, malgré les inondations, malgré les orages, en dépit des obstacles de toute nature et de l'intempérie des saisons ; et quand ils avaient reconnu que la partie explorée n'était qu'un affluent, ils s'attaquaient à une autre branche.

Cette image est la peinture exacte des travaux du baron de Coston à la recherche des moindres particularités de la vie de celui qui offre plus d'un rapport avec ces grands cours d'eau qui fertilisent et ravagent tour à tour le monde. L'ouvrage du baron de Coston sera donc notre principal guide dans l'étude que nous avons entreprise, et nous nous permettrons d'y puiser à pleines mains.

Nous passerons rapidement sur la naissance et l'enfance de Napoléon, pour arriver plus promptement au lieutenant en second du régiment de La Fère, et aux faits subséquents de sa vie avant son généralat d'Italie. Toutefois, nous dirons quelques mots de ses premières années, et nous en rapporterons quelques faits d'après son véridique historien, qui, comme nous l'avons dit, a eu soin de prendre ses informations aux sources les plus authentiques.

On sait que Napoléon eut pour père Charles-Marie Bonaparte, dont l'éducation avait été très soignée à Rome et à Pise, où il avait étudié la jurisprudence. Plein de patriotisme, Charles-Marie Bonaparte avait combattu avec ardeur à la tête de sa paroisse dans la guerre contre les Génois, oppresseurs de son pays, et il s'était attiré particulièrement l'estime et l'amitié de Paoli. Il s'était marié très jeune, au commencement de 1767, à une belle fille corse, Marie-Lætitia Ramolino, dont la mère, devenue veuve, avait épousé en secondes noces M. Fesch, capitaine dans un des régiments suisses que la république de Gênes entretenait en Corse. De ce mariage était issu, le 3 janvier 1763, un fils qui fut le cardinal Fesch, par conséquent frère utérin de la mère de Napoléon, et oncle, à ce titre, du futur empereur.

Dans la matinée du 15 août 1769, au moment où l'île tout entière célébrait la fête de la mère du Christ, Mme Lætitia Bonaparte accoucha d'un enfant mâle qu'on appela NAPOLÉON. C'était, depuis des siècles, le nom que portait le second fils de la famille Bonaparte, pour y conserver éternellement le souvenir de ses relations avec un *Napoleone* Degli Orsini, célèbre dans les fastes militaires de l'Italie. Napoléon arrivait à point pour payer cette dette à un vieux souvenir de famille. Cette particularité n'est qu'un détail infime ; mais ici les moindres choses acquièrent de l'importance. Ainsi ce nom, qui doit retentir des Alpes aux Pyramides, est un hommage à la reconnaissance ; et, chose frappante, nous verrons dans la suite de cette histoire, de cette épopée, que cette vertu est peut-être celle qui domine toutes les autres au sein de l'illustre maison.

Alors Mme Bonaparte était encore souffrante des fatigues qu'elle avait éprouvées pendant la guerre de la liberté ; car la future Madame Mère accompagnait son époux dans la guerre de l'indépendance, et partageait avec lui tous les dangers. C'était une maîtresse femme que Mme Lætitia Bonaparte. Napoléon eut constamment pour elle un respect qui touchait à l'idolâtrie. Retirée à Rome, où elle termina ses jours ; toujours vêtue d'habits de deuil et vivant silencieusement dans une modeste maison, elle était généralement vénérée, et cette vénération, elle ne la devait qu'à elle-même, puisque le géant que ses flancs avaient porté était alors cloué sur son rocher. Napoléon tenait évidemment son génie de sa mère, et pour les hommes extraordinaires, il en est généralement ainsi ; car on est toujours avant tout, et tout au moins, le fils de sa mère. Arrêtons-nous donc un instant sur ce phénomène psychologique. Les Gracques avaient pour mère Cornélie, le plus beau nom de femme de l'histoire romaine ; Alexandre était fils d'Olympias, cette grande reine qui sut toujours montrer de la fierté et de l'énergie, tandis que Philippe n'étalait que la ruse et le machiavélisme ; c'est de sa mère que Washington tenait son rare bon sens, sa droiture, sa conscience rigide, son énergie de caractère et son esprit de commandement ; et, pour n'emprunter qu'aux sources nationales, Clovis reçut le jour de cette Basine qui, s'il faut en croire Frégédaire, avait conscience de ce qu'elle valait quand, dans l'enivrement adultère de sa première nuit de noces, elle disait au faible Childéric : « Que cette nuit ne soit pas consacrée qu'à l'amour… Lève-toi, va la fenêtre, et reviens dire à ta servante ce que tu auras vu dans la cour du logis. » Childéric se leva, alla à la fenêtre et vit un lion monstrueux qui déchirait des licornes, des léopards, des ours et des loups. Il revint alors, et Basine lui dit : « Ce que tu as vu de tes yeux arrivera : il nous naîtra un fils qui sera un lion à cause de son courage. » Charlemagne était fils de cette Berthe aux grands pieds, dont le nom a enrichi la légende ; saint Louis était fils de Blanche de Castille ; Louis XIV, fils d'Anne d'Autriche… ; mais, et c'est le Bonhomme qui nous y invite,

Ne continuons pas de peur d'approfondir.

Une circonstance de la vie de Napoléon vient, quoique indirectement, à l'appui de cette loi. Sans jamais manquer de respect à la mémoire de son père, dont le rôle en Corse avait été assez effacé, Napoléon parlait peu de l'auteur de ses jours, lui cependant qui aimait tant à vivre dans le passé et qui ne laissait échapper aucune occasion de s'inspirer des souvenirs de sa jeunesse. Charles Bonaparte était mort à Montpellier le 24 février 1785, et il y avait été inhumé. Le 2 juillet 1802, le conseil municipal de cette ville, réuni extraordinairement, eut l'idée d'une sorte d'exhumation ; il leur semblait que l'apothéose de Saturne serait un encens qui ne déplairait pas à Jupiter. Un membre, un lettré sans doute, prit la parole et dit : « Le père de Bonaparte a fait à cette ville l'honneur de décéder dans ses murs. Je propose de saisir cette heureuse circonstance pour élever un monument à la gloire du premier consul. Voici de quelle manière je voudrais rendre mon idée : A gauche un piédestal ; au milieu, la Ville de Montpellier, accompagnée de la Religion montrant de la main droite le piédestal, et de la gauche, le couvercle du tombeau ; au-dessous, cette inscription :

"SORS DU TOMBEAU ;
TON FILS NAPOLÉON T'ÉLÈVE À L'IMMORTALITÉ." »

Cette idée, surtout la prosopopée qui la couronnait, fut accueillie avec acclamation par le conseil municipal, et, séance tenante, la délibération fut envoyée à Chaptal, alors ministre de l'Intérieur, qui la soumit immédiatement à l'approbation de Napoléon. Celui-ci, avec son sens droit et son jugement ordinaire, et peut-être aussi avec un sentiment vague du phénomène psychologique auquel nous avons fait allusion plus haut, ne comprit pas tout ce que cette idée pouvait avoir de grandiose, et il refusa l'offre des notables de Montpellier, en leur disant : « Ne troublons point le repos des morts ; laissons leurs cendres tranquilles. J'ai perdu aussi mon grand-père, mon arrière-grand-père, pourquoi ne ferait-on rien pour eux ? Cela mènerait loin. Si c'était hier que j'eusse perdu l'auteur de mes jours, il serait convenable et naturel que j'accompagnasse mes regrets de quelque haute marque de respect ; mais il y a vingt ans ; cet événement est étranger au public ; n'en parlons plus. »

Ainsi l'érudit conseiller en fut pour ses frais de rhétorique et il est probable que, dans la suite, il ne s'expliqua jamais qu'un homme d'un si vulgaire positivisme ait pu remporter les victoires d'Iéna et d'Austerlitz.

Encore un mot sur cette leçon de génésiologie ; le sujet en vaut la peine : neuf mois avant son accouchement, Mme Lætitia parcourait la campagne en compagnie de son mari, et c'est au milieu des forêts et des rochers qu'elle conçut le lionceau. Encore aujourd'hui, les paysans de la Corse en tirent des conclusions qui sont devenues pour eux une légende, et l'imprudent qui oserait leur dire que ce sont là des contes de bonne femme s'exposerait, nous n'en doutons pas, à la plus terrible des *vendetta.*

Puisque nous en sommes sur cette matière délicate, mais intéressante, citons ici une page qu'un enfant de la Corse, fier de son compatriote au-delà de toute expression, nous a communiquée, et qui vient on ne peut mieux à l'appui de l'idée que nous avons hasardée :

« Tout se tient, tout s'enchaîne dans la vie d'un homme, et si sa carrière politique étonne parfois, c'est qu'on ne cherche pas, à travers l'éblouissement qu'elle cause, et dont il est souvent difficile de se défendre, le fil conducteur qui a dirigé l'essor du génie. La vie privée, où le caractère se dévoile tout entier, donne parfois la cause première des grandes actions ou des grandes fautes ; mais il faut remonter plus haut pour rencontrer l'instinct, cette partie du caractère de l'homme que l'on peut vraiment dire naturelle, involontaire, dont la trace ineffaçable se retrouve dans tous ses actes, inexorable et fatale comme un sceau dont Dieu aurait marqué sa créature pour la faire connaître au monde et la pousser dans la voie qu'il lui a tracée. C'est dans la vie antérieure à la naissance, alors que l'enfant perçoit toutes les sensations de sa mère, s'imprègne en quelque sorte des impressions qu'elle subit, que l'on doit chercher le secret de ces aptitudes, de ces prédispositions et de ces goûts qu'on peut appeler organiques, puisqu'ils sont nés chez l'enfant avant sa vie intellectuelle.

» Bonaparte, plus que tout autre, dut porter en naissant, par la vie que les événements firent à sa mère pendant sa grossesse, des instincts puissants et belliqueux.

» En 1768, la Corse était profondément troublée : Paoli et toute l'île avec lui luttaient contre la France. M. de Choiseul avait à cœur cette conquête pour faire oublier ses nombreux revers en Europe et en Amérique. Charles Bonaparte, le secrétaire du général corse, suivait sa fortune, et sa femme, bien souvent éloignée de lui, avait à veiller à sa propre sûreté. En novembre 1768, les deux époux se retrouvèrent à Corte et purent y prendre quelques jours de repos. Ils habitaient la maison du général Gaffori ; c'était une construction massive, aux fenêtres étroites comme des meurtrières, une vraie forteresse, dont la façade toute ravagée, toute couturée, conservait encore l'empreinte des boulets génois dont elle avait été si souvent et toujours inutilement criblée. C'est là qu'avait vécu Gaffori, vaillant soldat qu'en d'autres temps on eût vanté à l'égal de Paoli ; là encore l'hospitalité était offerte aux jeunes époux par l'héroïque veuve qui se défendit seule dans sa maison contre les

Génois et menaça de se faire sauter avec ses défenseurs, qui voulaient se rendre. Rapprochant les dates, on voit que Bonaparte fut conçu dans cette vaillante maison aux glorieuses cicatrices et où devaient se faire de longs récits de gloire, de courage et d'honneur patriotique. Il fallut bientôt fuir Corte, errer de village en village devant l'armée française ; il y eut une halte au pied du Monte Rotondo, la plus haute cime de l'île, le géant dont le front neigeux la domine tout entière, et enfin l'enfant prédestiné vient au monde au milieu des splendeurs les plus riches et les plus sublimes d'une grande fête chrétienne. N'y a-t-il pas dans cette vie antérieure de récits héroïques qui durent souvent faire tressaillir la jeune mère, de grandes souffrances où plus d'une fois elle maudit le sexe qui l'empêchait de se jeter au milieu de la lutte, et de grandes pompes, le secret des instincts de guerre, d'ambition et de fastueuse vanité, ainsi que l'image fidèle de la vie de celui qui fut Bonaparte et Napoléon ? »

La Corse avait été réunie à la France un peu plus d'un an avant la naissance de Napoléon. En 1777, son père, Charles Bonaparte, ayant été nommé membre de la députation envoyée à Versailles, obtint pour son second fils, Napoléon, une bourse à l'École militaire de Brienne, où celui-ci entra le 23 avril 1779, âgé de neuf ans huit mois et huit jours.

Comme nous bénirions l'artiste qui nous représenterait le jeune Corse traversant sur un navire le bras de mer qui sépare sa ville natale, et peut-être voyant déjà, à travers les brumes de l'océan, à l'horizon, un trône et un tombeau ! car on sait que Napoléon croyait sérieusement à son étoile. Ah ! oui, nous saurions infiniment gré à l'artiste, au poète... La muse athénienne a chanté la traversée de la belle Lesbienne quittant sa patrie pour aller à la conquête d'une couronne dans la ville de Périclès. Que le voyage dut être long au gré de la jeune et belle inconnue, sans fortune aussi et, de plus, sans naissance, qu'un secret instinct menait vers la grande cité, où elle devait trouver pour époux plus qu'un roi ! il nous semble la voir debout à la proue du navire ; elle cherche des yeux la célèbre cité hellénique. Elle aperçoit au loin une colline où elle ne distingue rien encore ; mais elle sait que c'est Athènes, et elle sent en elle un trouble indéfinissable. Comment la muse française n'a-t-elle pas encore trouvé d'accents pour célébrer ce passage autrement mystérieux ? car là, si c'est une jeune fille, une beauté, un charme, un esprit ; ici, c'est un homme prédestiné, un incomparable génie. Quelles sont les idées qui devaient bouillonner dans ce cerveau de dix ans ? Que se passa-t-il dans cette barque, qui portait César et sa fortune ? Admirable sujet, tout d'invention, mais où la fiction n'atteindrait point les hauteurs de la réalité.

A Brienne, le nombre des élèves n'excédait guère cent dix, dont cinquante aux frais du roi, qui payait pour chacun 700 livres par an ; et soixante environ aux frais de leurs parents, payant aussi une pension de 700 livres. La maison, desservie par des minimes, n'avait que 8 000 à 10 000 livres de rente. On dit que ces moines étaient bien inférieurs en connaissances à ceux des congrégations qui dirigeaient les autres écoles militaires ; car, sous l'ancien régime, chose singulière ! c'étaient des moines qui étaient chargés de former les officiers de l'armée française. Obligés d'avoir recours à des professeurs laïques, et trop pauvres pour leur assurer un traitement convenable, les minimes de Brienne n'avaient que des sujets médiocres. Telle était leur pénurie à cet égard que, vers le temps où Napoléon entra dans leur école, ils avaient eu recours aux minimes de la Franche-Comté, qui leur envoyèrent le Père Patrault comme professeur de mathématiques, homme assez ordinaire d'ailleurs, qui avait pris Napoléon en grande amitié, et qui, rentré dans la vie séculière après 1789, devint secrétaire du général Bonaparte, quand celui-ci fut nommé commandant en chef de l'armée d'Italie.

Une tante de Pichegru, sœur de charité, suivit ce minime à Brienne, et y amena son neveu alors jeune, Franc-Comtois comme elle, à qui l'on donna gratuitement la même éducation qu'aux élèves. Pichegru, doué d'une grande intelligence, devint, aussitôt que son âge le permit, maître de quartier et répétiteur pour les quatre règles d'arithmétique du Père Patrault, qui a eu ainsi la gloire de compter parmi ses élèves un des bons généraux de la France et le plus grand capitaine des temps modernes. Pichegru songeait alors à se faire minime ; c'était là toute son ambition, c'était aussi le désir de sa tante ; mais le Père Patrault l'en dissuada en lui disant que leur profession n'était plus du siècle, et qu'il devait songer à quelque chose de mieux. Ce conseil d'un homme de bon sens porta Pichegru à s'enrôler dans le régiment d'artillerie de Metz, où il devint bientôt après bas officier, et obtint rapidement, sous la République, le grade de général de division et les fonctions de général en chef de l'armée de Hollande.

Il y avait à l'École de Brienne un maître d'écriture nommé Dupré, qui donna pendant quinze mois des leçons à Napoléon, et un maître d'escrime, le sieur Daboval, qui lui donna aussi des leçons de son art. Celui-ci devint sous-officier de gendarmerie, et n'est mort, retiré à Nogent-sur-Marne, qu'au commencement de 1834, âgé de plus de quatre-vingts ans. A propos de l'autre, on raconte que, peu de temps après l'élévation de Napoléon à l'Empire, un homme âgé, et d'une mise plus que modeste, arriva un jour à Saint-Cloud, et sollicita du grand maréchal Duroc la faveur d'une audience particulière de l'empereur. Introduit presque aussitôt dans le cabinet de Napoléon : « Qui êtes-vous et que me voulez-vous ? demanda sèchement l'empereur. — Sire, répondit le solliciteur, c'est moi qui ai eu le bonheur de donner des leçons d'écriture à Votre Majesté pendant quinze mois, à Brienne. — Le bel élève, en vérité, que vous avez fait là ! dit vivement l'empereur ; ma foi, monsieur Dupré, je ne vous en fais pas mon compliment. » Puis, se prenant à rire de sa vivacité, il adressa quelques paroles bienveillantes au pauvre vieillard, et le congédia en lui promettant de lui faire savoir bientôt de ses nouvelles. Le vieux professeur reçut, en effet, quelques jours après, le brevet d'une pension de 1 200 francs sur la cassette particulière de l'empereur, signée de cette terrible griffe parfaitement illisible, mais reconnaissable entre toutes, comme une griffe de lion dont Sa Majesté était redevable aux leçons du pauvre Dupré.

Napoléon avait apporté à Brienne une âme encore tout italienne : il se sentait comme étranger et mal à l'aise parmi ces jeunes nobles français, la plupart infatués de leurs noms, et qui regardaient la patrie du jeune Corse comme un pays barbare. Il ne prenait que rarement part à leurs jeux et à leurs exercices, et il ne se lia qu'avec un ou deux de ses camarades. Malgré sa petite taille, son air sombre et fier leur imposait ; toutefois, le nom de *Napoleone,* que son accent corse lui faisait prononcer à peu près *Napoillioné*, lui valut de ses nouveaux camarades le sobriquet de *La Paille-au-Nez*. Dévoré du désir d'apprendre, et déjà pressé du besoin de parvenir, Napoléon se faisait remarquer de ses maîtres par une application forte et soutenue ; il était, pour ainsi dire, le solitaire de l'école. On croit que l'éloignement du jeune écolier pour ses condisciples prenait aussi sa source dans l'état d'infériorité où il se sentait placé, en raison de sa condition de boursier et du peu de fortune de sa famille, qui ne permettait pas à celle-ci de lui envoyer les petits secours d'argent que les autres recevaient de leurs parents. La lettre suivante vient à l'appui de cette conjecture :

« De l'École militaire de Brienne, le 5 avril 1781.

Mon père,

Si vous ou mes protecteurs ne me donnent pas les moyens de me soutenir plus honorablement dans la maison où je suis, rappelez-moi près de vous, et sur-le-champ. Je suis las d'afficher l'indigence, et d'y voir sourire d'insolents écoliers qui n'ont que leur fortune au-dessus de moi, car il n'en est pas un qui ne soit à cent piques au-dessous des nobles sentiments qui m'animent. Eh quoi ! monsieur, votre fils serait continuellement le plastron de quelques nobles *paltoquets* qui, fiers des douceurs qu'ils se donnent, insultent en souriant aux privations que j'éprouve ! Non, mon père, non. Si la fortune se refuse absolument à l'amélioration de mon sort, arrachez-moi de Brienne, donnez-moi, s'il le faut, un état mécanique. A ces offres, jugez de mon désespoir. Cette lettre, veuillez le croire, n'est point dictée par le vain désir de me livrer à des amusements dispendieux : je n'en suis pas du tout épris. J'éprouve seulement le besoin de montrer que j'ai les moyens de me les procurer comme mes compagnons d'étude.

Votre respectueux et affectionné fils,

De Buonaparte, cadet. »

Cette lettre est un chef-d'œuvre de style, d'énergie, d'éloquence, que nous voudrions voir figurer en tête de tous nos prétendus *Trésors épistolaires.*

Un dernier trait, qui achèvera de peindre cette fierté de l'écolier de Brienne :

Un jour, le maître du quartier, brutal de sa nature, condamna le jeune Bonaparte, pour une faute légère, à dîner à genoux sur le seuil de la porte du réfectoire, punition que les élèves redoutaient entre toutes et qu'ils considéraient comme une espèce de déshonneur. L'exécution provoqua chez Bonaparte une violente attaque de nerfs accompagnée de vomissements. Le supérieur, qui passait par là, l'arracha au supplice et réprimanda sévèrement le maître sur son peu de discernement ; en même temps, le P. Patrault accourait de son côté et se plaignait que, sans nul égard, on dégradât ainsi son premier élève.

Au mois d'août 1783, le duc d'Orléans (père de celui qui s'appela plus tard Philippe-Égalité, et qui ne prit le titre de duc d'Orléans qu'à la mort de celui dont nous parlons, en 1785) et Mme de Montesson vinrent à Brienne. Mme de Montesson était alors mariée au prince, avec le consentement conditionnel du roi, qui portait : « Qu'elle ne changerait pas de nom ; qu'elle ne s'attribuerait aucune prérogative de princesse du sang ; qu'elle ne déclarerait point son mariage, et ne paraîtrait jamais à la cour. » Le magnifique château de Brienne fut, pendant plus d'un mois, un petit Versailles ; on célébra par de brillantes fêtes la présence des nobles visiteurs, qui venaient pour présider à la distribution des prix aux élèves de l'école. Ce fut le 25 août, jour de la Saint-Louis, qu'eut lieu cette distribution. Le jeune Bonaparte eut, avec Bourrienne, le prix de mathématiques, partie à laquelle il avait à peu près borné ses études et où il excellait. Tous deux reçurent leur couronne de la main de Mme de Montesson.

Lorsque Bonaparte fut élevé au consulat, ayant appris que Mme de Montesson vivait encore, il la fit prier de se rendre aux Tuileries. Dès qu'il la vit, il se leva, alla courtoisement au-devant d'elle et l'engagea à lui demander tout ce qui pourrait lui plaire. « Mais, général, je n'ai aucun droit à ce que vous voulez bien m'offrir », répondit Mme de Montesson. — « Vous ne savez donc pas, madame, répliqua le premier consul, que j'ai reçu de vous ma première couronne ? Vous vîntes à Brienne, avec M. le duc d'Orléans, distribuer les prix, et, en posant sur ma tête le laurier précurseur de quelques autres : *Puisse-t-il vous porter bonheur !* me dîtes-vous. Je suis, assure-t-on, fataliste, madame ; il est tout simple que je n'aie pas oublié ce dont vous ne vous souvenez plus. Je serai charmé de vous être utile. D'ailleurs, le ton de la bonne compagnie est à peu près perdu en France ; il faut qu'il se retrouve chez vous. J'aurai besoin de quelques traditions ; vous voudrez bien les donner à ma femme ; et lorsque quelque étranger marquant viendra dans la capitale, vous lui offrirez des fêtes, pour qu'il soit convaincu que nulle part on ne peut voir plus de grâce et d'amabilité. » Le premier consul fit restituer à Mme de Montesson les 60 000 livres de rente qui lui avaient été léguées par le duc d'Orléans.

La grande dame survécut peu à cette faveur. Quelque temps après, mais lorsque déjà Napoléon avait été élevé à l'Empire, elle se fit transporter mourante à Saint-Cloud, et obtint de lui la promotion à la dignité de sénateur du lieutenant général vicomte de Valence, son petit-neveu par alliance, et neveu direct du lieutenant général du même nom, qui avait été gouverneur de l'École militaire de Paris, quand Napoléon y était passé au sortir de Brienne.

Comme nous l'avons déjà fait pressentir plus haut, cette famille est vraiment étonnante par les élans de reconnaissance qui animent chacun de ses membres ; chez elle, la mémoire du cœur ne fait jamais défaut. En voyant ce sentiment toujours vivace, on dirait une plante dans un sol généreux, qui rend au centuple le peu qu'il a reçu.

Le 15 septembre 1783, arriva à Brienne M. le chevalier de Keralio, maréchal de camp et sous-inspecteur général des écoles royales militaires de France. C'était un vieillard aimable, des plus propres aux fonctions dont il était chargé ; il aimait les enfants, jouait avec eux après les avoir examinés, et retenait avec lui à la table des minimes les élèves qui lui avaient plu.

Il avait conçu une affection toute particulière pour le jeune Corse, qu'il se plaisait à exciter de toutes manières. Il le mit sur la liste des élèves en état d'entrer au service ou de passer à l'École de Paris. L'élève Napoléon Bonaparte avait alors tout juste quatorze ans et un mois. L'enfant n'était fort que sur les mathématiques, et les moines représentèrent à M. de Keralio qu'il serait mieux d'attendre à l'année suivante, afin de lui donner le temps de se fortifier dans la langue latine. Mais le chevalier tint bon. « Je sais, leur dit-il, ce que je fais. Si je passe ici par-dessus la règle, ce n'est point une faveur de famille ; je ne connais pas celle de cet enfant. C'est tout à cause de lui-même. J'aperçois ici une intelligence qu'on ne saurait trop cultiver. » Et M. de Keralio rédigea la note suivante sur cet élève, dont il plaça le nom en tête de sa liste :

« ÉCOLE DE BRIENNE.

État des élèves du roi capables, par leur âge, d'entrer au service ou de passer à l'École de Paris, savoir :

M. de Buonaparte (Napoléon), né le 15 août 1769. Taille de 4 pieds 10 pouces 10 lignes ; bonne constitution ; excellente santé ; caractère soumis. Il a fait sa quatrième. Honnête et reconnaissant ; sa conduite est très régulière. Il s'est toujours distingué par son application aux mathématiques ; il sait passablement l'histoire et la géographie ; il est faible dans les exercices d'agrément. Ce sera un excellent marin. Mérite de passer à l'École de Paris. »

Ce bon chevalier, si juste appréciateur du mérite, fut bientôt mis à la retraite, et mourut peu de temps après. M. Regnaud de Mons, brigadier de dragons, qui remplaça M. de Keralio, n'en avait pas la perspicacité ; mais il se conforma à ses notes, tout en s'étonnant, à la vue du jeune Napoléon, de celles qui le concernaient et, l'année suivante, le futur empereur des Français passa à l'École de Paris (17 octobre 1784).

Mais ne quittons pas si vite l'École de Brienne, restons encore quelques instants sur ce mont Pélion ; nous avons bien le temps de suivre Achille à la guerre de Troie.

Ceux des élèves de Brienne qui cherchaient à taquiner Napoléon feignaient de ne pas comprendre le mot *assesseur*, qui était le titre de son père, et se plaisaient à dire qu'il était tout simplement *huissier*.

Le 8 octobre 1783, un écolier nommé Pougin des Ilets, avec qui il se disputait, ne craignit pas de lui dire : *« Votre père est un misérable sergent. »*

A ces mots, Napoléon se retire frappé de stupeur, et revient bientôt avec un cartel qu'il ne put faire tenir à celui qui venait de l'insulter, le cartel ayant été aperçu et saisi entre ses mains par le préfet des classes, qui condamna Bonaparte à la chambre de discipline et Pougin aux arrêts.

L'irritation du jeune Corse fut extrême, et toucha presque au désespoir. C'est dans ces circonstances qu'il écrivit au commandant général de la Corse, M. le comte de Marbeuf, qui se trouvait en ce moment à Sens chez Mme d'Espinal, avec l'abbé Raynal, le marquis de Saillant et le prieur de Chambonas, une lettre qui se termine ainsi :

> « Maintenant, monsieur le comte, si je suis coupable, si ma liberté m'est ravie à juste titre, veuillez ajouter aux bontés dont vous m'avez honoré la grâce de me retirer de Brienne et de me priver de votre protection : ce serait un vol que je ferais à qui saurait mieux la mériter que moi. Non, monsieur, jamais je n'en serais plus digne ; je ne me corrigerais point d'une impétuosité d'autant plus dangereuse que j'en crois le motif sacré. Quel que fût l'intérêt qui me le commandât, je n'aurais pas la force de voir traîner dans la boue un homme d'honneur, mon père, mon respectable père ! Sous ce rapport, monsieur le comte, je sentirais toujours trop vivement pour me borner à en porter plainte à mes chefs ; je serais toujours persuadé qu'un bon fils ne doit point commettre un autre à venger un pareil outrage. Quant aux bienfaits que vous fîtes pleuvoir sur moi, ils seront sans cesse présents à ma pensée. Je me dirai : J'avais acquis une

honorable protection ; mais, pour en profiter, il fallait des vertus que le ciel m'a refusées.

Veuillez, généreux protecteur, ne voir dans la présente qu'un jeune homme qui préfère à la fortune la douce satisfaction de ne point affliger un jour son respectable bienfaiteur.

Napoléon Buonaparte. »

La société de Mme d'Espinal était réunie dans son salon quand un domestique du comte de Marbeuf lui remit la lettre venue de Brienne. Il n'en avait pas terminé la lecture qu'il s'écria que l'emprisonnement appliqué dans ces circonstances était une injustice. La lettre passa de main en main, et l'on prononça unanimement que le jeune écolier n'avait fait qu'obéir à des sentiments très naturels et à un orgueil très légitime ; on insista pour que M. Marbeuf partît au plus tôt pour Brienne, afin d'y faire cesser les persécutions exercées contre son protégé. Le 9 octobre, le gouverneur général de la Corse était en effet chez le directeur de l'école, et une heure après son arrivée, Napoléon était mis en liberté sur les instances de son protecteur, qui lui dit : « Quelque légitime que soit votre ressentiment, je vous en commande le sacrifice, parce que je suis certain que jamais outrage ne vous sera fait. Soyez désormais moins facile à vous irriter, car celui qui se met en colère pour de bons motifs finit par s'emporter pour des riens. » Cet incident, tout petit qu'il paraisse, eut cependant pour Napoléon un résultat important ; il lui dut le repos et presque le respect de ses camarades. Frappés de l'énergie qu'il avait déployée en cette occasion, ils ne se hasardèrent plus à le mortifier, et prirent dès lors la plus haute idée de son courage et de ses qualités personnelles.

M. de Marbeuf, caractère de vieille roche, et, comme nous venons de le voir, commandant général de l'île de Corse au nom du roi, avait toujours porté un grand intérêt à la famille Bonaparte ; sa puissante protection avait aidé à l'admission de Napoléon à Brienne. Celui-ci ne devait jamais l'oublier. M. de Marbeuf était mort à Bastia en 1786, âgé de soixante-quatorze ans, laissant une veuve beaucoup plus jeune que lui (elle avait vingt et un ans) et un fils. Dans le cours de sa vie, Napoléon ne laissa échapper aucune occasion de témoigner sa reconnaissance à la veuve et au fils de celui qui avait été son ancien protecteur. Voici la lettre qu'il adressait, en 1805, au jeune Marbeuf, alors officier au 25e régiment de dragons :

> « Je vous accorde, votre vie durant, une pension de 6 000 livres sur le trésor de la couronne, et j'ai donné ordre à M. de Fleurieu, mon intendant, de vous en expédier le brevet. J'ai donné ordre qu'il vous soit remis, sur les dépenses courantes de ma cassette particulière, 12 000 francs pour votre équipement. Mon intention est de vous donner, dans toutes les circonstances, des preuves de l'intérêt que je vous porte pour le bon souvenir que je conserve et les services que j'ai reçus de monsieur votre père, dont la mémoire me sera toujours chère, et je me confie dans l'espérance que vous marcherez sur ses traces. Sur ce, je prie Dieu qu'il vous ait en sa sainte garde.
>
> Napoléon »

Un bienfait, un service, un souvenir était pour Napoléon une dette dont il ne croyait jamais s'être suffisamment acquitté.

Le 19 octobre 1784, Napoléon arriva à Paris, avec quatre de ses condisciples de Brienne, nommés comme lui, sur le rapport du chevalier de Keralio, élèves de l'École militaire de Paris. Tous portaient de grands noms, des noms aristocratiques : c'étaient MM. Nicolas-Laurent Montarby de Dampierre, Jean-Joseph de Cominges, Henri-Alexandre-Léopold de Castries et Pierre-François-Marie Laugier de Bellecour. Aucun, toutefois, de ces quatre élèves n'entra dans l'artillerie aussi tôt que Napoléon.

Les cinq jeunes gens furent accompagnés jusqu'à Paris par un minime chargé de veiller sur eux, et jusqu'à Nogent-sur-Seine, où ils prirent le coche, par leur camarade Bourrienne, qui allait à Sens, son pays, faire une visite à sa mère.

À l'École militaire de Paris, Napoléon reçut des leçons de mathématiques du célèbre Monge et de M. J.-B. Labbey. M. de l'Eguille, professeur d'histoire, dans le rapport qu'il fit sur ses élèves, avait ainsi noté le jeune Napoléon : *Corse de nation et de caractère ; il ira loin si les circonstances le favorisent.* Ce professeur était très fier – il y avait de quoi – de sa prédiction, et se plaisait, lorsqu'elle fut accomplie, à la rappeler.

M. Domairon, professeur de belles lettres, disait qu'il avait toujours été frappé de la bizarrerie des amplifications de Napoléon ; il les appelait *du granit chauffé au volcan.* Un seul s'y trompa : ce fut M. Bauer, le gros et lourd maître d'allemand. Le jeune Napoléon ne faisait aucun progrès dans cette langue, ce qui avait inspiré un profond mépris à maître Bauer, qui ne supposait rien au-dessus de son art. Un jour que l'écolier ne se trouva pas à sa place, ce professeur s'informe où il pourrait être. On lui dit qu'il subissait en ce moment un examen préparatoire pour l'artillerie. « Mais, est-ce qu'il sait quelque chose ? dit ironiquement l'épais

M. Bauer. — Comment, monsieur ! c'est le plus fort mathématicien de l'école, lui fut-il répondu. — Eh bien, je l'ai toujours entendu dire, et j'ai toujours pensé que les mathématiques n'allaient qu'aux bêtes. » C'est Napoléon lui-même qui a rappelé ce mot à Sainte-Hélène ; et, comme il n'avait plus entendu parler de ce professeur : « Je serais curieux, disait-il, de savoir si M. Bauer a vécu assez longtemps pour jouir de son jugement. »

Quoique nommé lieutenant en second d'artillerie, le 1er septembre 1785, après avoir été examiné à Paris par Laplace, il n'avait encore reçu, le 23 septembre, ni son brevet ni sa lettre de service, ainsi que le témoigne une lettre qu'il écrivit sous cette date, de Paris, à M. Labitte, marchand de draps, rue Saint-Honoré, au coin de la rue des Prouvaires, à l'enseigne de la *Croix d'or*, et fournisseur de tous les régiments étrangers au service de France.

Enfin le jeune officier reçut l'ordre de se rendre à Valence ; à la fin d'octobre 1785, il arriva dans cette ville et fut logé par billet dans la maison de Mlle Bou, qui forme l'angle de la Grande rue et de la rue du Croissant, et porte le n° 4.

L'École d'artillerie de Valence était alors commandée par M. Bouchard, maréchal de camp, et le régiment de La Fère par le chevalier de Lance, colonel d'artillerie, avec rang de brigadier des armées du roi.

Le lieutenant Bonaparte fut placé dans une des compagnies de la brigade de bombardiers. Il eut pour premier capitaine M. le chevalier Masson d'Autume, que, en 1802, premier consul, il nomma à la place de conservateur de la bibliothèque de l'École d'application d'artillerie et du génie, récemment établie à Metz. Le frère aîné du meilleur ami de l'élève Napoléon,

M. des Mazis, lieutenant en premier au régiment de La Fère, fut son mentor dès son arrivée. Bonaparte était venu à Valence, muni des meilleures lettres de recommandation ; il en avait une, entre autres, de M. de Marbeuf, évêque d'Autun, pour un spirituel ecclésiastique, l'abbé de Saint-Ruf, très répandu dans les salons de Valence. L'abbé de Saint-Ruf était un véritable abbé, non dans la légère acception de ce mot, mais dans la plus sérieuse ; il était crossé et mitré et abbé d'une abbaye, avec le titre de prélat ; d'ailleurs homme du monde et très lettré. Il présenta le lieutenant Bonaparte dans plusieurs maisons de Valence, notamment chez Mme Grégoire du Colombier. Cette dame habitait presque toute l'année une maison de campagne appelée Basseaux, à près de trois lieues sud-est de Valence. Le prélat s'y rendait en voiture et emmenait quelquefois son jeune protégé, qui, plus tard, y fit seul et à pied de fréquentes visites. Mme du Colombier était alors âgée de cinquante ans. C'était une femme de mérite, qui s'engoua du jeune officier d'artillerie en vraie méridionale ; elle aimait à le faire causer sur toutes choses, et elle parlait de lui à tout le monde avec un enthousiasme qui touchait à l'admiration. Elle vint exprès habiter sa maison de Valence, pour l'y produire, et bientôt les invitations affluèrent de tous côtés. Lancé de la sorte dans les salons de la ville, le jeune officier voulut, sans être un petit-maître, y figurer comme danseur ; et l'on raconte qu'il prit des leçons d'un M. Dautel, le maître à danser le plus renommé de Valence ; mais il eut beau faire, il fut toujours très mauvais danseur, et il aurait pu répondre plus tard à M. Dautel ce qu'il répondit à son maître d'écriture de Brienne : « Le bel élève, ma foi, que vous avez fait là ! »

Napoléon allait quelquefois visiter M. de Grave, évêque de Valence, homme pieux et tolérant, qui aimait à le faire parler de son grand-oncle, l'archidiacre Lucien. Bonaparte dit un jour au prélat qu'un de ses ancêtres (Bonaventure Buonaparte) avait été canonisé à Bologne. L'évêque répliqua : « Mon enfant, voilà un bel exemple à suivre ; songez-y, un trône dans le ciel ! — Ah ! monseigneur, répondit Bonaparte, si en attendant je pouvais passer capitaine ! » Ceci, dit M. de Coston, me rappelle un vœu analogue émis à l'empereur par un vieux soldat de sa garde. « Ah ! C'est toi, mon ami, lui dit Napoléon, comme il se présentait à lui, en le reconnaissant pour un de ses braves ; que me veux-tu ? — Sire, il m'est arrivé un grand malheur... — Une injustice, un passe-droit, n'est-ce pas ? — Non, sire, j'ai une bonne femme de mère qui vivait heureuse et contente du produit de la *paye* que lui faisaient ses cinq enfants, tous soldats comme moi. Elle habitait une chaumière que le feu vient de dévorer ; et, comme il ne lui reste plus que soixante-dix-sept ans et des yeux pour pleurer, ce n'est pas assez. — Tu viens me demander une pension pour elle ? C'est juste ; la mère d'un de mes braves doit compter sur moi. J'en parlerai au ministre de l'Intérieur. Es-tu content ? — Non, sire. — Diable ! tu es bien difficile. Alors que veux-tu ? un bon de moi sur le Trésor ? — Non, sire. Ce n'est pas que je trouve votre signature mauvaise ; mais le temps que les commis mettront à enregistrer, timbrer, et parapher votre bon, il n'y aura plus de vieille mère pour moi. Tenez, mon empereur, je n'y vais pas par quatre chemins ; je viens vous emprunter de l'argent de la main à la main ; et, pour que vous ne pensiez pas que je veux vous tromper, voici mon livret ; vous toucherez mon prêt, la solde de ma croix ; le quartier-maître vous comptera tout cela. — Garde ton livret, mon brave : entre deux vieilles connaissances comme nous, la parole suffit. Voici un rouleau en attendant (c'était un rouleau de 1 000 francs) ; tu me rendras cela quand tu seras colonel. — Merci, mon empereur ; mais, dans votre intérêt, vous devriez bien me nommer caporal, pour avancer un peu l'époque du remboursement. » Plus heureux que l'évêque, qui ne pouvait faire passer Bonaparte capitaine, Napoléon, *dans son intérêt*, accorda au vieux soldat les galons de sergent.

Napoléon, durant ce premier séjour à Valence (de la fin d'octobre 1785 au 12 août 1786), s'abonna, ainsi que ses camarades, au cabinet littéraire de M. Aurel, alors libraire, qui avait un salon particulier pour les officiers d'artillerie, au rez-de-chaussée d'une maison située à l'angle de la place des Clercs et de la Grande rue, à côté de la maison de Mlle Bou.

Bonaparte, d'abord logé militairement chez Mlle Marie-Claudine Bou, alors âgée de cinquante ans, laquelle mourut à Valence le 4 septembre 1800, loua d'elle peu après une chambre au premier étage sur le devant, à côté d'une salle où était un billard, exploité, ainsi que le café au-dessous, par Mlle Bou, qui n'avait pas d'enseigne, et ne recevait dans son établissement qu'un certain nombre d'habitués. M. de Coston nous donne la liste des personnes qui, en 1785 et 1786, fréquentaient, ainsi que Bonaparte, ce café-cercle. Voici cette liste :

MM. Aurel libraire, qui, en 1790, fut aussi imprimeur, et chez lequel Bonaparte publia, en 1793, le *Souper de Beaucaire* ; Bérenger, procureur du roi à l'élection de Valence et, en 1789, député aux états généraux ;

Blachette frères dont l'aîné a été payeur général de l'armée des Alpes ; Boveron, juge-mage, mort au commencement de la révolution de 1789 ; Charlon, qui a été membre de la cour d'appel de Grenoble ; Charlon, horloger alors, qui devint procureur impérial et mourut procureur du roi à Valence sous la Restauration ; Colombier, procureur ; Marboz, curé de Bourg-lès-Valence, qui fut successivement évêque constitutionnel, conventionnel et conseiller de préfecture à Valence ; Mésangère, avocat et notaire ; Mésangère-Cleyrac, procureur, qui devint notaire à la mort de son frère, et dont un des fils fut très lié avec Louis Bonaparte ; Sucy, alors commissaire des guerres, puis ordonnateur en chef en Italie et en Égypte, et Vinet, un imprimeur.

Telle est la précision des détails que donne M. de Coston sur les premiers pas de Bonaparte dans le monde, qu'il nous apprend même où, chez qui et avec qui le futur empereur prenait ses repas. Dans ce premier séjour à Valence, Napoléon mangeait avec les lieutenants chez un sieur Gény, qui tenait l'hôtel des *Trois-Pigeons*, rue Pérollerie. Les capitaines mangeaient chez le nommé Faure, à l'hôtel de France, rue Saint-Félix. Le 4 décembre 1785, Napoléon fêta très gaiement, dans cet hôtel des *Trois-Pigeons*, la Sainte-Barbe, patronne de l'artillerie. Les convives étaient nombreux : outre les lieutenants du régiment de La Fère, il y avait plusieurs officiers en semestre à Valence, au nombre desquels se trouvait M. de Bachasson, alors sous-lieutenant au régiment de Rouergue (infanterie), cousin germain de M. de Montalivet, à qui Napoléon, dont il a été un des ministres favoris, a souvent parlé de ce repas très bruyant et très *cassant*. Le soir du même jour, il assista à un bal brillant donné, dans les salles de l'hôtel de ville, par les officiers de son régiment à la société de Valence. On remarqua que Bonaparte y dansa, beaucoup, bien qu'il ne fût guère beau danseur. Il a laissé de ce temps-là des souvenirs très précis et très profonds chez tous ceux qui le connurent alors à Valence, et ces souvenirs de toute une ville sont d'autant plus frappants, qu'à la date de cette fête Napoléon n'avait que seize ans trois mois et quatre jours ; mais le caractère de sa physionomie et de ses allures avait quelque chose de si remarquable, qu'il s'imprimait dans la mémoire des plus indifférents.

Le 1er janvier 1786, il n'était encore, et c'était beaucoup à son âge, que le vingtième, c'est-à-dire le dernier lieutenant en second du régiment de La Fère, d'après l'*État militaire général pour* 1786, et il avait fait, depuis son arrivée à Valence, le service voulu de canonnier et de bas officier ; mais, dans le courant de janvier, il fut reçu officier, commença à en remplir les fonctions, assista comme tel aux manœuvres du canon, de chèvre, de force, et aux exercices d'infanterie, enfin monta à son tour, comme lieutenant, la garde au poste de la place des Clercs. Il figure, sous la date du 1er avril 1786, dans l'*État militaire général* comme le seizième lieutenant en second du régiment de La Fère.

Ici se place un petit incident de sa vie privée, qui en rappelle un autre, raconté par Jean-Jacques ; et cependant le laborieux écolier de Brienne n'avait pas encore eu le loisir de lire les *Confessions.* On était au printemps de 1786 ; Napoléon, très bien accueilli dans la meilleure société de Valence, particulièrement, comme nous l'avons dit, par Mme du Colombier, allait plus souvent que de coutume à Basseaux. Il avait distingué Mlle Caroline du Colombier, jeune personne charmante qui, de son côté, ne le voyait pas sans intérêt. Ils se ménageaient, a dit Napoléon à Sainte-Hélène, de petits rendez-vous où tout leur bonheur se réduisait à manger des cerises. Le mélancolique prisonnier dédaigne de nous apprendre si, à l'instar du citoyen de Genève, il grimpa sur le cerisier et n'eut pas aussi l'occasion de faire ce vœu d'une ardeur toute juvénile : Que mes lèvres ne sont-elles cerises ! Mais il est probable que non ; le futur vainqueur d'Austerlitz devait avoir en tête des conquêtes d'une tout autre nature. On montrait encore, il y a quelques années, dans la haie du domaine de Basseaux, théâtre de ces innocentes amours, le tronc du cerisier dont Napoléon aimait à cueillir et à manger les fruits avec Mlle Caroline du Colombier. De ces premiers temps, M. de Coston raconte une anecdote assez caractéristique dans un autre sens. Présenté par Mme du Colombier à tous ses voisins de campagne les plus distingués : chez les dames Dupont, Anglaises qui avaient aussi une maison à Valence ; chez M. Roux de Montagnière, alors garde du corps ; chez un oncle de M. de Canton, M. des Aymard, qui avait rencontré quelquefois Napoléon à Basseaux ; chez M. de Bressac, l'un des présidents du parlement de Grenoble, propriétaire d'un beau château à la Vache, le jeune lieutenant en second du régiment de La Fère, bien reçu partout, se plaisait à visiter ces honorables personnes ; et le vicomte d'Urtubie, lieutenant-colonel du régiment, qui avait conçu de l'amitié pour lui, loin de lui défendre ces visites, ne cessait de lui être favorable, et de lui faciliter les moyens d'allier les devoirs du service avec ces honorables relations dans le monde. Au mois de juin 1786, il lui permit d'aller, avec M. des Mazis, son ami, faire une excursion à

Roche-Colombe, montagne d'une assez grande élévation, et qui se trouvait à dix lieues sud-est de Valence. Cette course avait été suggérée à Napoléon par l'oncle de M. de Coston, M. des Aymard, qui, venant d'y faire une partie de chasse, s'était enthousiasmé de son petit voyage et parlait avec chaleur, en présence du jeune Bonaparte, de cette montagne dont il vanta les richesses minéralogiques et surtout la beauté des sites, la magnifique perspective. « Le jeune officier, dit M. de Coston, pria mon oncle de vouloir bien lui procurer un guide, et lui dit à plusieurs reprises : "Je ferai cette course avec plaisir ; j'aime à m'élever au-dessus de l'horizon." Ces paroles qui sont devenues prophétiques, ajoute M. de Coston, m'ont souvent été répétées par mon oncle, et à des époques bien antérieures à celle où l'ancien lieutenant d'artillerie vit ses vœux exaucés. Mon oncle lui désigna un nommé Frémond, et, au jour convenu, les deux officiers (Bonaparte et des Mazis) et leur guide, partirent pour Roche-Colombe de chez M. des Aymard, qui les recommanda à un de ses parents, M. le baron de Bruyères Saint-Michel, maréchal des camps et armées du roi, qui habitait la ville de Crest, où il commandait, et qui se trouvait alors à sa campagne de Saou, village par où il fallait passer avant de commencer à gravir la montagne. » Les mœurs du jeune militaire étaient très sévères, et ses habitudes de la plus grande frugalité. Un officier âgé de moins de dix-sept ans, c'était presque un écolier. Ses vertus (le mot n'est pas trop fort), ses goûts élevés si précoces, avaient quelque chose d'étrange et comme de fatidique. La singularité en avait frappé tous les membres de la famille de M. de Coston ; les particularités s'en étaient comme gravées dans leur mémoire.

Un petit fait, qui témoignait de ces goûts simples et presque encore d'écolier dans le jeune officier d'artillerie destiné à une si haute fortune, fut remarqué à la rentrée des semestriers. Le régiment commença ses écoles ; les cours de mathématiques et de fortification furent repris, et, chaque matin, Napoléon, revenant du polygone ou de la caserne, ou enfin du couvent des cordeliers, dans lequel les moines louaient un local pour les instructions théoriques des officiers, puisait chez le père Counol, très bon pâtissier, à l'angle des rues Vernoux et Briffaud, prenait deux petits pâtés brûlants parmi ceux qu'on trouvait toujours dans un tiroir en tôle établi au-dessous de l'âtre du four, et buvait par-dessus un verre d'eau, pour le prix de deux sous qu'il donnait sans jamais dire un seul mot. Il s'était lié à Valence avec M. Aurel, le libraire-imprimeur, chef et fondateur de la maison qui, encore aujourd'hui, exerce la même honorable industrie, et que M. de Coston ne mentionne jamais qu'avec considération. Un ami libraire devait être un trésor précieux pour cet esprit insatiable, dévorant tous les livres qui lui tombaient sous la main, et qui, quand il entrait dans la boutique de son ami, devait s'écrier, comme l'ogre dans la chambre du Petit-Poucet : « Cela sent ici la chair fraîche. » C'est là, sans doute qu'il a fait connaissance avec Bernardin de Saint-Pierre, auquel il dira plus tard : « Monsieur Bernardin, faites-nous des *Chaumière indienne.* »

Donc, il se plaisait à faire, avec M. Aurel, des courses dans les environs de Valence. A la fin de juin, il visita en sa compagnie la Chartreuse de Bouvantes, dont celui-ci connaissait le prieur, et tout ce pays resta dans la mémoire de Bonaparte. Les deux voyageurs avaient passé, dans cette excursion, par Romans et

Saint-Jean-en-Royans, bourg à dix lieues est-nord-est de Valence, où M. Aurel visita, avec son jeune compagnon, un propriétaire du lieu, qui était de ses amis, M. Grand de Châteauneuf. Ils y reçurent une hospitalité antique. Bonaparte, qui ne laissait rien échapper, avait retenu ce nom ; car, à son retour de l'île d'Elbe, comme il ne connaissait pas encore assez les dispositions de Grenoble à son égard, et qu'il craignait de ne pas y être reçu aussi facilement et aussi triomphalement qu'il le fut, il envoya un de ses officiers d'ordonnance pour faire préparer son logement chez M. Grand de Châteauneuf ; il avait calculé qu'en cas d'échec il pouvait venir s'appuyer sur un point central très rapproché des ponts volants de la Sône, de Rochebrune et d'Eymeu, qui auraient rapidement transporté sa petite troupe sur la rive droite de l'Isère, ce qui lui aurait facilité l'entrée de la ville de Romans, dont il connaissait les bonnes dispositions.

Ce jeune homme, d'une intelligence si précoce, est tout particulièrement curieux à étudier pendant ce premier séjour à Valence. Lieutenant en second d'artillerie avant d'avoir atteint dix-sept ans, on le voit dans cette garnison s'occuper sérieusement de la réalisation d'un projet qu'il avait conçu à Brienne, quand il venait d'accomplir à peine sa quatorzième année, celui d'écrire l'*Histoire politique, civile et militaire de la Corse*, depuis les temps les plus reculés jusqu'à son annexion à la France. Cette résolution est attestée par la lettre qu'il écrivit de Brienne à son père, le 13 septembre 1783, où il le priait de lui envoyer l'*Histoire de la Corse*, par Boswel. Il se mit résolument à l'œuvre, et écrivit avec enthousiasme les premiers chapitres, qu'il lut à ses camarades et à Mme du Colombier, laquelle lui conseilla de les soumettre à l'abbé Raynal. « Je ne le connais pas, lui dit Bonaparte. — Eh bien, répondit Mme du Colombier, je lui ferai recommander votre histoire par un de mes amis, et, s'il l'approuve, vous continuerez. » Cet ami, dont parlait Mme du Colombier, était l'abbé de Saint-Ruf, chez qui l'abbé Raynal descendait chaque fois qu'il allait à Marseille, et *vice versa*. C'est alors qu'entraîné par le conseil de sa confidente, le jeune auteur adressa à l'abbé Raynal la lettre suivante :

> « Monsieur l'abbé,
>
> Le destin des grandes réputations est d'attirer l'importunité ; chaque débutant veut s'attacher à une célébrité établie. Historien novice de ma patrie, c'est votre opinion que je voudrais connaître ; votre patronage, qui me serait cher, auriez-vous l'indulgence de me l'accorder ? Je n'ai pas dix-huit ans et j'écris ; c'est l'âge où l'on doit apprendre. Mon audace ne m'attirera-t-elle pas vos railleries ? Non, sans doute ; car, si l'indulgence est le partage du vrai talent, vous devez avoir beaucoup d'indulgence. Je joins à ma lettre les chapitres *un* et *deux* de l'*Histoire de la Corse*, avec le plan des autres. Si vous m'encouragez, je continuerai, si vous me conseillez de m'arrêter, je n'irai pas plus avant. Excusez mon audace, et ne me reprochez pas le temps que je vais vous faire perdre.
>
> Je suis, monsieur l'abbé, avec une haute admiration de vos écrits et un profond respect pour votre personne,
>
> Votre très humble et très obéissant serviteur,
>
> Buonaparte, officier d'artillerie. »

On remarquera que, dans cette lettre, il se vieillissait de plus d'un an. Ce n'est pas, en effet : « Je n'ai pas dix-huit ans et j'écris », mais : « Je n'ai pas dix-sept ans et j'écris », qu'il eût dû mettre (il était né le 15 août 1769), et cette lettre à l'abbé Raynal est du commencement de juillet 1786. C'était déjà de la diplomatie ; il voulait ne pas paraître trop près de l'adolescence aux yeux de l'historien des deux Indes. Il paraît que l'abbé donna des éloges au travail de Napoléon, puisque celui-ci le continua, ce qui ne l'empêchait pas de lire beaucoup, à la fois pour s'instruire et pour apprendre à bien écrire en français. Sa curiosité, d'ailleurs, s'étendait à tout, et l'on voit que déjà il rêvait toutes les gloires. La lettre suivante témoigne de ses préoccupations littéraires et historiques à ce moment de sa carrière :

> « Valence, le 29 juillet 1786.
>
> A M. Paul Barde, libraire à Genève.
>
> Je m'adresse directement à vous, monsieur, pour vous prier de me faire passer les *Mémoires* de Mme de Warens et de Claude Anet, pour servir de suite aux *Confessions* de J.-J. Rousseau. Je vous prierai également de m'envoyer les deux derniers volumes de l'*Histoire des révolutions de la Corse*, par l'abbé Germanes. Je vous serais obligé de me donner note des ouvrages que vous avez sur l'île de Corse, ou que vous pourriez me procurer promptement. Vous pouvez m'adresser votre lettre : A monsieur de Buonaparte, officier d'artillerie au régiment de La Fère, en garnison à Valence, en Dauphiné.
>
> Je suis, monsieur, avec une parfaite considération, etc.,
>
> Buonaparte, officier d'artillerie. »

Au dos de cette lettre, M. Barde a écrit : « Reçu le 4 août, répondu ledit jour. » Les *Mémoires* de Mme de Warens et les *Mémoires* de Claude Anet, que Bonaparte demandait dans cette lettre au libraire Barde, de Genève, venaient de paraître à Chambéry. A cette époque, Napoléon était très enthousiaste de J.-J. Rousseau, dont tous les ouvrages lui étaient familiers ; mais ce sont surtout les livres sur la Corse qu'il cherchait à acquérir et à rassembler de tous côtés, pour son travail d'historien, qu'il fut, du reste, bientôt obligé de suspendre, car, une révolte ayant éclaté à Lyon au commencement du mois d'août, à propos du droit de *banvin* exigé par M. de Montazet, en sa qualité d'archevêque, le 2e bataillon du régiment d'artillerie de La Fère, appelé à Lyon, partit de Valence le 12 août, et Bonaparte avec lui, pour aller, comme on dit toujours en pareil cas, prêter main-forte à la loi et faire régner l'ordre. Or ce droit de *banvin* était un reste odieux des droits féodaux, dont Mgr de Montazet, pour le bien de l'Église, ne voulait à aucun prix se départir ; c'était, pour plus de précision, une modification du droit par lequel les anciens seigneurs, afin de débiter plus facilement le vin de leurs récoltes, interdisaient à leurs vassaux ou censitaires, pendant la durée du mois d'août, la faculté de vendre leur propre vin. C'était pour coopérer au maintien de ce beau droit de *banvin* que Bonaparte était obligé de quitter ainsi Valence ; mais la fortune voulut lui épargner le malheur de débuter dans la carrière militaire pour la conservation d'un droit féodal. D'autres que lui avaient donné cette satisfaction à l'archevêque, en réprimant la révolte le jour même du départ du 2e bataillon du régiment d'artillerie de La Fère. Les soldats arrivés les premiers à Lyon avaient suffi pour disperser les ouvriers en soie, les ouvriers chapeliers et autres révoltés, dont trois furent arrêtés, jugés et pendus dans la journée du 12 août. Les lieutenants en second,

Bonaparte et le chevalier des Mazis, qui faisaient partie du détachement envoyé à Lyon, eurent le bonheur de n'y arriver que le 15. Ils entrèrent dans la ville en même temps qu'un escadron et une compagnie du bataillon des chasseurs du Gévaudan, et un bataillon de Royal-marine. L'artillerie occupa Vaise, les chasseurs prirent poste à la Guillotière, et le bataillon de Royal-marine s'établit à la Croix-Rousse ; mais aucun d'eux n'eut à sévir contre les Lyonnais. Ici, puisque le nom du jeune des Mazis se trouve encore dans notre récit, arrêtons-nous un instant. Fidèle à son système de reconnaissance, Napoléon devait donner plus tard à cet aimable compagnon une preuve de ses souvenirs de jeunesse. Le noble royaliste avait émigré en 1792. Avant de partir, il avait écrit à son ancien camarade, qui paraissait vouloir suivre une tout autre route et s'était lancé dans la carrière révolutionnaire. Dans sa réponse, Bonaparte blâmait vivement la résolution de son ami et cherchait à l'en détourner ; en même temps, il lui faisait tenir 25 louis, qu'il lui devait. Alexandre des Mazis, rentré plus tard en France, fut nommé par Napoléon administrateur général du mobilier de l'empire. En lui donnant cette place, Napoléon, qui avait su apprécier ses principes de loyauté, lui dit qu'il croyait par là gagner un million.

Bonaparte avait, cette première fois, séjourné à Valence neuf mois et douze jours, de la fin d'octobre 1785 au 12 août 1786. A Lyon, la révolte apaisée, comme nous venons de le dire, sans que le concours des officiers du régiment de La Fère eût été nécessaire, ceux-ci furent logés militairement chez les principaux négociants de la ville. Les lieutenants se faisaient tous les jours, à la parade, des confidences mutuelles sur leur manière d'être dans les logements qui leur avaient été assignés. Napoléon, forcé comme les autres de se rendre à ces réunions quotidiennes, était le seul à ne pas s'épancher à cet égard avec ses camarades. Un d'eux lui dit : « Et toi, Bonaparte, comment es-tu dans ton logement ? (Tous les lieutenants du régiment de La Fère se tutoyaient ; ils avaient à peu près le même âge et la même éducation.) — Moi, répondit Bonaparte, je suis dans un enfer ; je ne puis entrer ni sortir sans être accablé de prévenances ; je ne puis être seul dans mon logement. Enfin, il m'est impossible de penser dans cette maudite maison. — Je voudrais bien être à ta place, dit celui qui l'interrogeait, je ne me plaindrais pas de ces prévenances. »

Le ministre de la Guerre, qui voulait que les officiers et les soldats ne *s'acoquinassent* point dans une garnison comme cela arrive trop souvent, saisit cette occasion pour ordonner au régiment de Bonaparte de se rendre de Lyon à Douai, où il arriva le 17 octobre 1786. Bonaparte séjourna peu dans cette ville. A la fin de janvier, il obtint un congé et partit pour la Corse, laissant à Douai son régiment. Valence lui tenait au cœur ; Valence était sur sa route ; il y arriva vers le milieu de février, et s'y arrêta quelque temps dans son ancien logement chez Mlle Bou, dont il avait eu à se louer pendant son séjour, y visita toutes ses connaissances et en reçut le meilleur accueil. A cette époque déjà, il avait contracté l'habitude de priser, et les souvenirs qu'il a laissés à Valence étaient d'une telle précision, qu'il y a trente ans à peine, des gens qui vivaient encore dans cette ville racontaient que, pendant le court séjour qu'il y fit à cette date, il donna à raccommoder sa modeste tabatière en fer-blanc au sieur Jeannot, alors ouvrier chez un M. Drojat, maître ferblantier à Valence. Quelques jours après, il partit pour sa ville natale, qu'il n'avait pas revue depuis la fin de 1778, visita l'abbé Raynal à son passage à Marseille, et arriva malade à Ajaccio, au commencement de mars, après neuf années d'absence assez bien employées, comme on a pu le voir.

Bonaparte avait encore son vieil oncle, l'archidiacre Lucien, qui était le plus riche des Bonaparte. Il le trouva perclus par la goutte et alité depuis longtemps. Sain de tête, il ne laissait commettre aucun abus dans l'administration de ses biens. Il connaissait la force et le nombre des pièces de bétail ; faisait abattre l'une, vendre ou conserver l'autre ; chaque berger avait son lot, ses instructions. Les moulins, la cave, les vignobles étaient soumis à la même surveillance. L'ordre et l'abondance régnaient partout. La situation de la famille Bonaparte n'avait jamais été plus prospère. Le grand-oncle était riche, avons-nous dit ; mais il n'aimait pas à se dessaisir ; il tenait surtout à prouver à sa famille qu'il ne faisait pas d'économies. Quand Napoléon, en vertu d'un axiome bien connu des neveux, lui demandait de l'argent : « Tu sais bien, lui répondait l'économe archidiacre, que je n'en ai pas, que les expéditions de ton père ne m'ont rien laissé. » En même temps, il l'autorisait à vendre une tête de bétail, une pièce de vin.

Mais on avait aperçu un sac ; on était las dans la famille de l'entendre chanter misère avec des pièces d'or dans ses draps, car il en avait fourré partout. On résolut de lui jouer un tour. Pour cela, Napoléon se ligua avec sa sœur Pauline, qui était toute jeune alors et la plus espiègle des trois. Il lui donna militairement ses instructions et, à l'heure dite, voilà ma Paulette qui tire, comme par mégarde, un grand sac à demi caché, et une armée de doublons de rouler par la chambre. Toute la famille réunie riait aux éclats. Pour ceux qui connaissent la Corse, il sera plaisant de se représenter cette scène où l'on parlait moitié corse et moitié français. Le bonhomme d'oncle étouffait de colère et de confusion. Si Napoléon, l'âme du complot, n'eut pas cette fois de la canne sur le dos, c'est qu'il prit la poudre d'escampette, lui qui n'avait pas l'habitude de fuir devant l'ennemi. Mme Lætitia, qui respectait les petites faiblesses de l'oncle Lucien, accourut au bruit, gronda fort les enfants, ramassa les espèces, et l'archidiacre de protester que cet argent n'était pas à lui : on savait dans la famille à quoi s'en tenir ; mais le complot avait eu un plein succès, et l'on n'eut garde de le contredire. Du reste, malgré le tour qu'il venait de lui jouer, l'attachement de Napoléon pour son grand-oncle était très sincère, et cet attachement se manifesta en ce temps par une de ces lettres singulières où se montrent tout à la fois les qualités morales, l'activité et même l'inquiétude de son esprit, qui le portaient, avec une sorte de curiosité vague, vers tous les hommes dont la réputation était alors établie. Il est malheureux que Voltaire et Rousseau fussent morts lorsque le jeune Corse n'avait encore que neuf ans ; il leur eût certainement adressé des épîtres curieuses. Voici celle que dictèrent à son cœur les souffrances vraiment cruelles du vieil archidiacre, et qu'il adressa au docteur Tissot, à Lausanne :

« 1er avril 1787. Ajaccio (Corse).

Monsieur,

Vous avez passé vos jours à instruire l'humanité, et votre réputation a percé jusque dans les montagnes de la Corse, où l'on se sert peu de médecins. Il est vrai que l'éloge, court, mais glorieux, que vous avez fait de leur aimé général (Paoli), est un titre bien suffisant pour les pénétrer d'une reconnaissance que je suis charmé de me trouver, par la circonstance, dans le cas de vous témoigner au nom de tous mes compatriotes. Sans avoir l'honneur d'être connu de vous, n'ayant d'autre titre que l'estime que j'ai conçue pour vos ouvrages, j'ose vous importuner en vous demandant vos conseils pour un de mes oncles qui a la goutte.

Ce sera un mauvais préambule pour ma consultation, lorsque vous saurez que le malade en question a soixante-dix ans ; mais, monsieur, considérez que l'on vit jusqu'à cent ans et plus, et mon oncle, par sa constitution, devrait être du petit nombre de ces privilégiés ; d'une taille moyenne, n'ayant fait de débauche d'aucune espèce ; ni trop sédentaire, ni trop peu ; n'ayant jamais été agité de ces passions violentes qui dérangent l'économie animale, n'ayant presque point eu de maladie dans tout le cours de sa vie. Je ne dirai pas, comme on l'a dit de Fontenelle, qu'il avait les deux grandes qualités pour vivre : bon corps et mauvais cœur ; cependant, je crois qu'ayant eu du penchant à l'égoïsme, il s'est trouvé dans une situation heureuse qui ne l'a pas mis dans le cas d'en développer toute la force. Un vieux goutteux génois lui prédit, dans le temps qu'il était encore jeune, qu'il serait affligé de cette incommodité, prédiction qu'il fondait sur ce que mon oncle a des mains et des pieds extrêmement petits, et la tête grosse. Je crois que vous jugerez que cette prédiction accomplie n'est qu'un effet du hasard.

La goutte lui prit, en effet, à l'âge de trente-deux ans : les pieds et les genoux en furent le théâtre. Il s'est écoulé quelquefois jusqu'à quatorze ans sans qu'elle revînt. Un ou deux mois étaient la durée des accès. Il y a dix ans, entre autres, qu'elle lui revint, et l'accès dura neuf mois. Il y aura deux ans au mois de juin que la goutte l'attaqua aux pieds. Depuis ce temps-là, il garde toujours le lit. Des pieds la goutte se communiqua aux genoux ; les genoux enflèrent considérablement. Depuis cette époque, tout usage du genou lui a été interdit. Des douleurs cruelles s'ensuivirent dans les genoux et les pieds ; la tête s'en ressentit, et il passa les deux premiers mois de son séjour au lit dans des crises continuelles. Peu à peu, sans aucun remède, les genoux se désenflèrent, les pieds se guérirent, et le malade n'eut plus d'autre infirmité qu'une inflexibilité de genoux occasionnée par la fixation de la goutte aux jarrets, c'est-à-dire aux nerfs et aux artères qui servent au mouvement. S'il essaye de remuer le genou, des douleurs aiguës le font cesser. Son lit n'est jamais refait ; simplement on découd les matelas et l'on remue la laine et les plumes. Il mange bien, digère bien, parle, lit, dort, et ses jours s'écoulent, mais sans mouvement, mais sans pouvoir jouir des douceurs du soleil. Il implore le secours de votre science, sinon pour le guérir, du moins pour fixer dans une autre partie ce mal gênant.

L'humanité, monsieur, me fait espérer que vous daignerez répondre à une consultation si mal rédigée. Moi-même, depuis un mois, je suis tourmenté d'une fièvre tierce, ce qui fait que je doute que vous puissiez lire ce griffonnage. Je finis, monsieur, en vous exprimant la parfaite estime que m'a inspirée la lecture de vos ouvrages, et la sincère reconnaissance que j'espère vous devoir.

Monsieur, je suis, avec le plus profond respect, votre très humble et très obéissant serviteur,

Buonaparte, officier d'artillerie au régiment de La Fère. »

On voit ici que Napoléon, qui savait tant ménager ses paroles, ne ménageait pas son encre aussitôt que le cœur venait à parler.

L'adresse de ce curieux autographe porte :

« A monsieur Tissot, docteur en médecine de la Société royale de Londres, de l'Académie médico-physique de Basle, et de la Société économique de Berne, à Lausanne en Suisse.
A Lausanne. »

Et au coin : « Isle de Corse. »

Le cachet, très bien conservé, porte les armes de la famille Buonaparte, surmontées d'une couronne de comte. La requête était sérieuse : le neveu, pieux et dévoué, l'entourait de toute la solennité désirable.

Le passage sur Paoli, auquel Bonaparte fait allusion, se trouve dans le *Traité de la santé des gens de lettres*, p. 121, édition de Lausanne de 1768. Tissot combat l'abus du travail de cabinet, qui prive trop tôt le monde des lumières et des travaux de tant d'hommes de lettres, morts trop jeunes pour le bien de l'humanité : « César, Mahomet, Cromwell, M. Paoli, plus grand qu'eux peut-être, ont sans doute reçu de la nature des forces plus qu'humaines, et, malgré cela, ils auraient succombé sans le secours de l'exercice et de la sobriété. »

Tissot avait écrit ces lignes dans le plus beau moment de la lutte de la Corse contre les Génois, et ce passage avait inspiré au jeune Bonaparte autant de respect que d'estime pour le savant philanthrope, qui savait applaudir de si loin aux efforts de ses concitoyens pour conquérir leur liberté. Ce sentiment, exprimé avec tant de chaleur dans la lettre de Bonaparte, aurait dû, semble-t-il, exciter chez le docteur Tissot quelque sympathie ; mais, soit que vingt-cinq ans écoulés depuis ce temps eussent un peu refroidi son enthousiasme pour les sujets qui se révoltent contre leurs souverains, soit que Paoli n'eût pas répondu à son attente, soit que les maux du vieil archidiacre Lucien lui parussent au-dessus des ressources de l'art, soit enfin qu'il eût mal déchiffré l'écriture, toujours mauvaise, de Napoléon, et sans doute plus mauvaise encore ce jour-là qu'à l'ordinaire, puisque lui-même *tremblait la fièvre*, Tissot ne fit aucune réponse à la lettre, sur laquelle il écrivit de sa main l'inscription suivante : « Lettre non répondue ; peu intéressante. »

On sait que ce médecin célèbre est mort à Lausanne le 12 juin 1797, à l'âge de soixante-dix ans, c'est-à-dire quand déjà le jeune officier d'artillerie auquel il avait jugé inutile de répondre s'appelait le vainqueur de l'Italie, qu'il s'était placé parmi les César, les Mahommet et les Cromwell, et qu'on pouvait dire de lui mieux que du général Paoli, « plus grand qu'eux peut-être », et le docteur Tissot put s'apercevoir qu'il avait manqué là une fameuse occasion d'être prophète.

Le brave oncle avait été toujours, malgré sa passion de thésauriser, la providence de la famille. Quand Charles-Marie Bonaparte, le père du héros, était revenu de Versailles en Corse, satisfait d'avoir obtenu des bourses pour ses enfants, il retrouva les affaires de sa maison, qu'il avait laissées en mauvais état, rétablies par les soins de Mme Lætitia et les économies du vieil oncle Lucien. La principale vertu de l'archidiacre était sans doute l'économie, mais cette vertu n'était pas chez lui stérile : elle lui avait donné le moyen de combler les déficits occasionnés par les dépenses et le luxe un peu inconsidérés de son neveu Charles-Marie, et par les expéditions militaires que celui-ci avait commandées pendant la guerre de l'indépendance, bien que l'oncle Lucien ne fût pas un grand partisan de cette guerre. Il s'accommodait assez pour son compte de la domination des Génois, sous laquelle il n'avait rien à craindre pour ses chèvres, qui, selon l'usage du pays, allaient brouter, sous la garde de ses bergers, dans les vaines pâtures ou les makis de l'île. Il aimait ses chèvres, et, pour tout dire, regrettait les Génois. Le jeune Napoléon, dans ce premier retour en Corse, apportait beaucoup d'idées françaises, et déclamait souvent devant son grand-oncle contre les chèvres trop nombreuses dans l'île, et qui y causaient de grands dégâts ; il voulait qu'on les extirpât entièrement. Il avait à ce sujet des prises terribles avec le vieil archidiacre, qui en possédait de grands troupeaux et les défendait en patriarche. Dans la chaleur de la dispute, il reprochait à son petit-neveu d'être déjà un novateur, et accusait les idées philosophiques du péril de ses chèvres.

Le congé de Napoléon était de ceux qu'on accordait ordinairement aux jeunes nobles élevés dans les écoles militaires, et qui, bien que dispensés pendant la durée de ces congés de tout service actif, gardaient tous leurs droits à l'avancement dans le corps auquel ils étaient attachés. Le 1er janvier 1788, Bonaparte était devenu le treizième lieutenant en second de son régiment, et, à la fin de ce mois, il quitta sa patrie, où il avait séjourné onze mois près de sa famille (du commencement de mars 1787 au 31 janvier 1788). Pendant ce séjour, il avait beaucoup lu, beaucoup travaillé ; il avait consulté sur les lieux de nombreux documents pour son *Histoire civile et politique de la Corse*, et il avait écrit ou griffonné avec sa fougue ordinaire les deux volumes qui devaient les composer, sauf à les revoir et à les corriger. Pour un si jeune homme (il n'avait pas encore dix-neuf ans accomplis), c'était là, certes, un honorable travail, de quelque façon qu'il fût exécuté, et qui témoignait d'une rare capacité et d'une singulière aptitude pour les entreprises sérieuses. Nous verrons tout à l'heure ce qui advint de cette œuvre, en tout cas méritoire.

Parti de la Corse pour rejoindre son régiment à Auxonne, Bonaparte revit pour la troisième et non pour la dernière fois sa chère Valence, qu'il trouvait sur son chemin. Son congé n'était pas expiré, et il résolut de passer la plus grande partie de ce qui en restait encore à courir auprès des amis qu'il s'y était faits dans son précédent séjour. Il y arriva au commencement de février 1788. Tout d'abord, il alla prendre son logement au café de Mlle Bou, disant dès son arrivée, en plaisantant : « Je viens me reposer chez moi. » Ce nouveau séjour à Valence, tout court qu'il fût, ne laissa pas d'être marqué par un incident qui mérite qu'on le rapporte. Vers le milieu de ce mois de février, la chaire de philosophie de l'université de Valence étant devenue vacante, cinq concurrents se présentèrent, pour lutter d'arguties selon l'usage des écoles du temps. Le concours s'ouvrit le 4 mars, et chacun des concurrents eut à soutenir pendant cinq jours, alternativement, les assauts de la dialectique de ses adversaires. Parmi les combattants était un jeune abbé nommé Bosc, qui, absent, fut lâchement attaqué par un de ses compétiteurs, dominicain, appelé Pajet. Les curieux étaient nombreux, et l'un d'eux, lieutenant d'artillerie, paraissait suivre avec beaucoup d'intérêt les chances de la lutte orale ; il recueillait des notes, et surtout improuvait fort la conduite déloyale du moine envers le jeune abbé. Ce lieutenant était

Bonaparte. Au sortir de la séance, ayant rencontré l'abbé Bosc, il le conduisit au café Bou, lui parla de matières théologiques et philosophiques avec science et sagacité, ce dont s'émerveilla le jeune clerc ; puis, lui mettant entre les mains une carte à jouer : « Voici, lui dit-il, le relevé succinct des erreurs avancées par cet impertinent moine dans le cours de son argumentation. A l'aide de ces documents, il vous sera facile de le confondre. Prenez courage. » Puis, le contraignant d'avaler coup sur coup, malgré l'insistance de ses refus, six tasses de café, il ajouta : « Buvez ; Voltaire puisait ses inspirations dans cette liqueur généreuse : elle vous suggérera des arguments contre ce coquin de moine. »

L'abbé Bosc se présenta de nouveau dans la lice le 6 mars, et, grâce aux renseignements écrits que lui avait fournis Bonaparte, et aux arguments qu'ils avaient trouvés ensemble après leur petit excès de tasses de café, il fit chèrement expier au dominicain et ses erreurs et ses impertinentes insinuations.

Quelques années après, le lieutenant Bonaparte était devenu général en chef de l'armée d'Italie ; son nom était dans toutes les bouches, et l'abbé Bosc, devenu curé de son côté, aimait à rappeler et les six tasses de café et la carte aux notes qu'il avait précieusement conservée, et qui, de babiole, était devenue à ses yeux une sorte de relique. Plus tard, lorsque le lieutenant Bonaparte était devenu empereur, un jour que le curé Bosc racontait cette anecdote devant Fourcroy, avec qui il dînait au château d'Alex, celui-ci le pria avec tant d'insistance de lui donner la carte aux notes de Napoléon, que le bon abbé consentit à s'en dessaisir, et le célèbre Fourcroy aimait à montrer ces caractères menus et hiéroglyphiques qui témoignaient des précoces expansions intellectuelles du grand et bizarre enfant gâté du XVIIIe siècle et de la Révolution française.

Napoléon passa ainsi, à Valence, deux mois de son congé ; il en partit au commencement d'avril pour Paris, où il arriva peu après, et où il s'arrêta près d'un mois encore, car il n'alla rejoindre, à Auxonne, le régiment d'artillerie de La Fère, que le 1er mai 1788. Dans ce court intervalle, il alla visiter plusieurs fois, à Passy, l'abbé Raynal, qu'il avait vu à Marseille, et à qui il communiqua son manuscrit de l'*Histoire de Corse*, terminée tant bien que mal. Frappé de quelques phrases énergiques, et sensible aussi peut-être à la chaude admiration que le jeune officier d'artillerie professait pour lui, l'abbé Raynal loua l'œuvre et l'engagea à la publier. Napoléon envoya également son travail au P. Patrault de l'école de Brienne, pour avoir son avis ; celui-ci lui manda que son œuvre, toute méritoire qu'elle était, lui paraissait trop hostile à la France, et était écrite dans un trop grand esprit de liberté. Napoléon fut très blessé de ce jugement ; il avait fondé de grandes espérances sur la publication de ce livre, espérances qu'il caressa longtemps. Il perdit depuis ou brûla cet ouvrage de sa jeunesse, où il avait comme jeté sa gourme et son premier feu.

Le régiment d'artillerie de La Fère était en garnison à Auxonne depuis le 25 décembre 1787, lorsque Napoléon y arriva le 1er mai 1788, et il devait y rester jusqu'au 1er septembre 1789. C'est à Auxonne que le jeune officier atteignit sa vingtième année, et il a laissé dans cette ville, comme à Valence, des souvenirs très précis près de tous ceux qui l'ont connu dans cette garnison. Sa manière de vivre et d'être étonnait et occupait tout le monde. Il avait loué une chambre dans la maison du professeur de mathématiques de l'École d'Auxonne, M. Lombard, qui l'avait pris en grande amitié, et qui, comme s'il eût pressenti les hautes destinées qui attendaient son élève, ne cessait de répéter : *Ce jeune homme ira loin.* Bonaparte était très studieux et très assidu aux leçons du savant professeur. Il donnait au travail presque tout le temps que son service n'exigeait pas, et, pour être moins souvent dérangé, il allait sans façon manger un peu de bouillie de maïs ou de millet chez une bonne femme qui demeurait dans la maison. Quand il se promenait, il avait toujours des livres ou des papiers à la main. Il dirigeait le plus souvent ses pas vers le village de Villers-Rôti, à une lieue d'Auxonne, et s'asseyait là sous un vieux et gros tilleul, qu'on appelait l'*arbre de Sully*, parce qu'il avait été planté un jour que l'ami de Henri IV passait par là pour se rendre à Autun. Dans ses courses, il s'arrêtait souvent pour tracer sur le sable du chemin des figures de géométrie avec le bout de son épée. Une de ses promenades favorites était la grande chaussée établie à l'extrémité du pont sur la Saône. Arrivé à une chaumière qui était au bout de cette chaussée, il s'y faisait servir une tasse de lait ou de café, qu'il prenait toujours l'un ou l'autre pur. Cette chaumière prit plus tard et conserva jusqu'à la Restauration le nom de *Café Bonaparte.*

Il n'aimait pas, comme il disait, « qu'on l'empêchât de penser ». Or presque tous les officiers de la garnison d'Auxonne se prirent, vers ce temps-là, d'une belle passion pour la musique, et ils déchiraient impitoyablement, jusque très avant dans la nuit, les oreilles de leurs voisins. On se plaignit au commandant d'école, qui n'était pas plus tendre que mélomane, et il défendit ce tapage depuis la retraite jusqu'au roulement du matin ; mais dans le jour le vacarme était permis, et à quelques-uns il paraissait insupportable. De ce nombre était le lieutenant Bonaparte, qui faillit avoir un duel à propos de musique. C'était se mettre en flagrante contradiction avec les principes du maître à chanter du *Bourgeois gentilhomme*, qui prétendait que si les hommes ne s'entendent pas entre eux, c'est parce qu'ils ne savent pas la musique. Un de ses camarades du même grade, logé au-dessus de lui (M. Belli de Bussy, qui depuis fut son aide de camp pendant la campagne de France), avait pris le goût de sonner du cor, et l'assourdissait de manière à le distraire de toute espèce de travail. Bonaparte le rencontre dans l'escalier : « Mon cher, vous devez bien vous fatiguer avec votre maudit instrument. — Mais non, pas du tout. — Eh bien, vous fatiguez beaucoup les autres. — J'en suis fâché. — Mais vous feriez mieux d'aller sonner de votre cor plus loin. — Je suis maître de ma chambre. — On pourrait vous donner quelque doute là-dessus. — Je ne pense pas que personne fût assez osé. » Duel arrêté. Dans le régiment de La Fère, à moins de courir la chance d'être renvoyés, deux lieutenants ne pouvaient se battre qu'après avoir préalablement fait juger le duel par leurs camarades, qui décidaient s'il aurait lieu ou non. Le conseil décida en cette occasion qu'en effet ce vacarme du cor trop prolongé ne pouvait pas se produire quotidiennement sans préjudice pour les voisins, et qu'à l'avenir on irait donner du cor à pleins poumons dans les forêts.

Les deux lieutenants devaient avoir une fortune bien diverse ; M. Belli de Busy se retira de bonne heure du service ; mais l'empereur prouva en 1814 à M. Belli de Bussy qu'il avait oublié la rancune du lieutenant. Lors de la grande invasion, le patriotisme se réveilla dans l'aristocrate qui trouva l'occasion de donner à son ancien adversaire des renseignements importants sur la position de l'ennemi, dans cette terrible lutte qu'on a appelée si justement la *campagne de France*. Napoléon le nomma d'emblée son aide de camp, avec le grade de colonel d'artillerie, et, pour subvenir aux frais de son équipement, lui remit sur le Trésor un bon de 25 000 francs. A la place du petit caporal, Henri IV, qui aimait la plaisanterie en action, l'aurait nommé son grand-veneur pour qu'il pût donner du cor tout à son aise ; malheureusement, à cette triste époque, il s'agissait de courre autre chose que les daims et les sangliers.

Un autre souvenir du séjour de Bonaparte à Auxonne se rattache à une anecdote ultérieure. En cette année 1789, le général du Teil ordonna, dans le polygone d'Auxonne, divers travaux dont il chargea le lieutenant Bonaparte, auquel il adjoignit le sieur Floret, alors sergent au régiment d'artillerie de La Fère. Le commandant d'école, qui était sévère, trouvant que ses instructions n'avaient pas été suivies, mit le lieutenant aux arrêts et le sergent en prison.

A une affaire assez importante de la première campagne de Saxe, sous l'ex-lieutenant Bonaparte alors passé empereur, ce même Floret, qui était devenu capitaine, commandant d'artillerie au 1er régiment à pied, ayant tardé à venir se mettre en ligne, l'empereur Napoléon arrive : « Monsieur Floret, s'écria-t-il, votre batterie est toujours en retard !... Je vous ferai arrêter à la tête de votre compagnie ! — Sire, si vous me faites arrêter, ce ne sera pas le moyen de me faire aller plus vite », répondit froidement le capitaine. Ce mot fit sourire l'Empereur. Deux jours après, Napoléon rencontrant cet officier, et ne pensant plus à ce qui s'était passé, s'approche de Floret, cause amicalement avec lui, et lui rappelle, entre autres choses, le temps où ils étaient en garnison à Auxonne. « Te souviens-tu, dit-il en lui tirant l'oreille, de ces travaux que nous fûmes chargés d'exécuter au polygone ? — Oui, sire. — Te rappelles-tu que nous les effectuâmes si mal, que le sergent Floret fut mis en prison pour huit jours, et le lieutenant Bonaparte aux arrêts pendant vingt-quatre heures ? — C'est vrai, sire, répondit Floret avec une sorte de vivacité ; vous avez toujours été plus heureux que moi. »

Ces anecdotes sont charmantes et la vie militaire de Napoléon, comme celle de plusieurs autres grands capitaines, en est remplie. Seulement ici, on rencontre une vivacité, une bonne humeur de corps de garde, en un mot, une *grognardise* qui ne se trouve que rarement ailleurs.

Le séjour de Bonaparte à Auxonne, ou bien, pour les besoins du service, dans des lieux peu éloignés, à Seurre et à Autun, fut d'un an et quatre mois (du 1er mai 1788 au 1er septembre 1789). Il avait dans cet intervalle, comme nous l'avons dit, atteint sa vingtième année. Une émeute ayant éclaté à Seurre au commencement de 1789, le marquis de Gouvernet, lieutenant général, commandant en chef le duché de Bourgogne, envoya de Dijon à Auxonne l'ordre d'en faire partir immédiatement pour Seurre un détachement de cent hommes du régiment d'artillerie de La Fère. Ce détachement était commandé par M. de Menoir, lieutenant en premier, qui devint colonel d'artillerie sous le Consulat, et par Bonaparte, lieutenant en second. Heureusement encore, comme à Lyon, ce détachement n'eut point à sévir ; l'ordre s'était rétabli de lui-même. On jugea nécessaire cependant de laisser là quelque temps ce détachement.

Ici encore se place une petite anecdote caractéristique. A Seurre, Bonaparte était logé chez le procureur de cette petite ville. Celui-ci, voulant régaler son hôte d'une distraction, donna en son honneur un bal, auquel il invita tous ses amis et les personnages marquants de la localité. Minuit venait de sonner ; tous les violons étaient en branle depuis deux heures et notre lieutenant n'avait pas encore paru. Le maître de la maison monte à la chambre de son hôte, frappe à la porte, entre et le trouve couché tout de son long sur des plans. Comme Archimède au milieu du sac de Syracuse, il n'avait entendu ni la musique ni le sourd retentissement des sauts et des galops des danseurs, qui faisaient trembler la maison, lui dont l'oreille s'était montrée si délicate à l'occasion du cor de chasse de M. de Bussy. Sur les instances du procureur, Napoléon se rendit au bal, où il ne resta que trois quarts d'heure. Pendant son séjour à Seurre, le jeune Bonaparte fut remarqué comme étant très studieux, très sérieux, très liseur et peu communicatif ; on s'aperçut aussi qu'il était moins que recherché dans sa tenue. Cette remarque avait été faite également à Auxonne, où sa mise simple, presque négligée, contrastait avec celle de plusieurs de ses camarades, qui étaient très élégants, et donnaient autant d'heures aux soins de leur toilette que Napoléon en donnait à l'étude et à la méditation. Une autre remarque que l'on fit encore, c'est qu'une riche bibliothèque de la ville ayant été mise à sa disposition, les ouvrages qu'il recherchait avec le plus d'avidité étaient ceux qui traitaient des révolutions chez les peuples. Les préoccupations du patriote corse semblent, dès cette époque, avoir commencé à dominer fortement son esprit. On a de lui, du 12 juin 1789, une lettre politique écrite d'Auxonne à Paoli, qui était alors en Angleterre, lettre dans laquelle il entretient le citoyen démocrate de son *Histoire de Corse*, lettre curieuse à plus d'un titre et qui témoigne hautement des sentiments qui l'agitaient déjà à cette époque.

On sait ce qu'était Pascal Paoli. Né le 25 avril 1725, d'Hyacinthe Paoli, au village de Stretta, paroisse de Rostino, en Corse, il avait été nommé général de la nation en 1755, par une assemblée tenue au couvent des frères servites de San-Antonio-di-Casabianca, et, le 13 juin 1769, après d'infructueux efforts pour rendre l'indépendance à son pays (quelques mois avant la naissance de Napoléon), il s'était embarqué pour Livourne, puis pour Londres, où il avait vécu depuis, loin de sa patrie annexée à la France. Le père de Napoléon, Charles-Marie Bonaparte, avait combattu avec lui pour cette indépendance, qui lui était chère ; ainsi c'est à cet ancien ami de sa famille, mais surtout au chef de l'ancien parti national, que le jeune homme corse adressait cette lettre, qui fut trouvée en 1797, à Corte, dans les papiers de Paoli, qui venait de quitter sa patrie pour la troisième et dernière fois.

> « Général,
>
> Je naquis quand la patrie périssait. Trente mille Français, vomis sur nos côtes, noyant le trône de la liberté dans des flots de sang, tel fut le spectacle odieux qui vint le premier frapper mes regards. Les cris du mourant, les gémissements de l'opprimé, les larmes du désespoir environnèrent mon berceau dès ma naissance.
>
> Vous quittâtes notre île, et avec vous disparut l'espérance du bonheur ; l'esclavage fut le prix de notre

soumission. Accablés sous la triple chaîne du soldat, du légiste et du percepteur d'impôts, nos compatriotes vivent méprisés..., méprisés par ceux qui ont les forces de l'administration en main. N'est-ce pas la plus cruelle des tortures que puisse éprouver celui qui a du sentiment ? L'infortuné Péruvien périssant sous le fer de l'avide Espagnol éprouvait-il une vexation plus ulcérante ? Les traîtres à la patrie, les âmes viles que corrompit l'amour d'un gain sordide ont, pour se justifier, semé des calomnies contre le gouvernement national et contre votre personne en particulier. Les écrivains, les admettant comme des vérités, les transmettent à la postérité.

En les lisant, mon ardeur s'est échauffée, et j'ai résolu de dissiper ces brouillards, enfants de l'ignorance. Une étude de la langue française commencée de bonne heure, de longues observations et des mémoires puisés dans les portefeuilles des patriotes m'ont mis à même d'espérer quelque succès... Je veux comparer votre administration avec l'administration actuelle... Je veux noircir du pinceau de l'infamie ceux qui ont trahi la cause commune... Je veux appeler au tribunal de l'opinion ceux qui gouvernent, détailler leurs vexations, découvrir leurs sourdes menées, et, s'il est possible, intéresser le vertueux ministre qui gouverne l'État (c'était alors Necker) au sort déplorable qui nous afflige si cruellement.

Si ma fortune m'eût permis de vivre dans la capitale, j'aurais eu sans doute d'autres moyens pour faire entendre nos gémissements ; mais, obligé de servir, je me trouve réduit au seul moyen de la publicité ; car, pour des mémoires particuliers, ou ils ne parviendraient pas, ou, étouffés par la clameur des intéressés, ils ne feraient qu'occasionner la perte de l'auteur.

Jeune encore, mon entreprise peut être téméraire ; mais l'amour de la vérité, de la patrie, de mes compatriotes, cet enthousiasme que m'inspire toujours la perspective d'une amélioration dans notre état, me soutiendront. Si vous daignez, général, approuver un travail où il sera si fort question de vous ; si vous daignez encourager les efforts d'un jeune homme que vous vîtes naître, et dont les parents furent toujours attachés au bon parti, j'oserai augurer favorablement du succès.

J'espérai quelque temps pouvoir aller à Londres vous exprimer les sentiments que vous m'avez fait naître, et causer ensemble des malheurs de la patrie ; mais l'éloignement y met obstacle. Viendra peut-être un jour où je me trouverai à même de le franchir.

Quel que soit le succès de mon ouvrage, je sens qu'il soulèvera contre moi la nombreuse cohorte d'employés français qui gouvernent notre île, et que j'attaque ; mais qu'importe, s'il y va de l'intérêt de la patrie ! j'entendrai gronder le méchant, et si ce tonnerre tombe, je descendrai dans ma conscience, je me souviendrai de la légitimité de mes motifs, et, dès ce moment, je le braverai.

Permettez-moi, général, de vous offrir les hommages de ma famille. Eh ! pourquoi ne dirais-je pas de mes compatriotes ? ils soupirent au souvenir d'un temps où ils espérèrent la liberté. Ma mère, madame Lætitia, m'a chargé surtout de vous renouveler le souvenir des années écoulées à Corte.

Je suis avec respect, général, votre très humble et très obéissant serviteur,

Napoléon Buonaparte,
Officier au régiment de La Fère.

Auxonne en Bourgogne, 12 juin 1789. »

Le Corse, le libéral, le républicain déjà, éclatent dans cette lettre. Une profonde amertume y règne, et, malgré l'inexpérience de l'écrivain et quelques expressions pompeuses, on y trouve un je ne sais quoi d'éloquent à la Raynal, en un mot on y sent un homme sérieux et profondément passionné, qui apportera dans tous les actes de sa vie le sérieux et la passion. On se figure qu'à cet âge, Brutus, ce jeune homme triste et pâle qui parcourait silencieusement les rues de Rome, ne devait ni penser, ni écrire, ni se conduire autrement. Singulier rapprochement, dira-t-on ; Brutus devenir César ! Ce sont là les caprices ou, si l'on veut, les ironies de l'histoire.

Le mois suivant (juillet 1789), Napoléon écrivait d'Auxonne à sa mère, au moment peut-être où l'on prenait à Paris la Bastille, et où commençait cette Révolution qui allait lui ouvrir une si vaste carrière et le conduire à de si hautes destinées. Voici ce que confiait le futur empereur à la sollicitude maternelle :

> « Je n'ai d'autre ressource ici que de travailler. Je ne m'habille que tous les huit jours, je ne dors que très peu depuis ma maladie : cela est incroyable. Je me couche à dix heures et je me lève à quatre heures du matin. Je ne fais qu'un repas par jour à trois heures : cela me fait très bien à la santé. »

Cela lui faisait au contraire très mal à la santé, car la maladie dont il parle n'avait d'autre cause que le régime annihilant auquel il s'était soumis pendant l'hiver de 1788 à 1789. Par besoin d'économie, par vertu, et comme pour tout essayer des choses humaines, Napoléon avait persuadé à deux de ses amis, Alexandre des Maxis et un autre dont l'histoire n'a pas conservé le nom, que l'homme pouvait ne vivre qu'avec du lait et du pain : principe animal et principe végétal. Les deux amis s'étaient laissé convaincre, et l'on se réunissait pour ce copieux repas dans la chambre du jeune Bonaparte. Seulement, pour que l'esprit ne fût pas complètement déshérité de ce festin du corps, il avait été convenu que chacun à son tour y apporterait un conte en prose, qu'on lirait après ce qu'ils appelaient par hyperbole le *dîner*. Napoléon fournissait son contingent avec une exactitude militaire ; ses récits étaient toujours bizarres et roulaient sur quelque aventure romanesque et tragique. Ce qu'il y avait de sombre et d'amer en lui y débordait, et souvent sa physionomie réfléchie prenait un air de tristesse en les lisant. Mais ces agapes fraternelles, bonnes au cœur, étaient mauvaises à l'estomac ; et c'était en ne vivant que de lait que Napoléon était tombé dans un état d'anémie dont un seul repas par jour ne pouvait guère le tirer. Il fut traité par M. Bienvelot, chirurgien-major du régiment d'artillerie de La Fère, lequel l'était encore sous le Consulat, dans le même régiment, lorsque, le 15 prairial an X (4 juin 1802), Bonaparte, premier Consul, en passa la revue au Champ-de-Mars. L'ancien officier de La Fère reconnut son docteur, et lui dit : « Eh bien, mon vieux Bienvelot, êtes-vous toujours aussi original ? — Pas tant que vous, citoyen premier Consul, qui ne faites rien comme les autres, et que personne jusqu'ici n'a encore pu imiter. »

Les soins de M. Bienvelot donnés au jeune Napoléon à Auxonne firent beaucoup pour le rétablissement de la santé de celui-ci, qui, par ordonnance, dut manger de la viande et boire du vin ; mais il fallait encore quelques distractions et l'air natal, et, par les conseils du même docteur, le petit lieutenant d'artillerie obtint un congé de semestre, et partit d'Auxonne pour la Corse le 1er septembre 1789.

Il va sans dire qu'il ne manqua pas de s'arrêter dans cette Valence qui tint toujours une si grande place en ses souvenirs. Il y revit avec une vive satisfaction tous ceux dont il avait pour ainsi dire reçu la bienvenue aussi bienveillants à son égard : l'excellente Mme du Colombier ; la non moins excellente Mlle Bou, son ancienne hôtesse ; l'abbé-prélat M. de Saint-Ruf, dont l'obligeance envers lui ne s'était pas affaiblie malgré la divergence de leurs opinions politiques, qui s'accusait de plus en plus à mesure que les événements marchaient, et qui devait les pousser bientôt très loin en sens divers. Mais il avait hâte de revoir sa patrie, sa mère, sa famille, et il arriva en Corse dans les derniers jours de septembre. Il fut reçu avec des larmes de joie par tous les siens, et sa conduite dans ses diverses garnisons en France lui méritait bien cet accueil. Jamais sa famille n'avait reçu de plaintes contre lui ; officier pauvre, il n'avait aucune dette, vivant chétivement, mais sans créanciers. Il en résultait que, malgré sa jeunesse, il jouissait, dès l'âge de vingt ans, de cette considération précieuse que les mieux doués n'acquièrent ordinairement qu'avec les années, et à laquelle bon nombre d'hommes n'arrivent jamais.

Cependant la Révolution marchait toujours. Elle avait fait, même en Corse, de grands progrès. Le jeune officier d'artillerie se sentait poussé invinciblement vers elle. Chose singulière, il retrouva son vieux grand-oncle, l'archidiacre, presque démocrate en dépit de sa robe et de ce qu'il redoutait pour le clergé. Il s'éteignait visiblement, souhaitant peut-être de s'endormir avant l'orage que tout annonçait, mais que son petit-neveu semblait respirer d'avance. Il ne tarda pas, durant ce semestre, d'en donner des marques non équivoques. Il prit part, dès son arrivée, aux assemblées populaires, et, le 31 octobre 1789, il signa, le premier en tête, l'*adresse de plusieurs Corses à l'Assemblée nationale*, qu'il passe même pour avoir rédigée. Voici le début de cette pièce importante, dont l'original imprimé est devenu d'une extrême rareté :

ADRESSE DE PLUSIEURS CORSES
À L'ASSEMBLÉE NATIONALE.

Ajaccio, le 31 octobre 1789.

A Nosseigneurs de l'Assemblée nationale,

» Nosseigneurs,

Lorsque des magistrats usurpent une autorité contraire à la loi ; lorsque des députés sans mission prennent le nom du peuple pour parler contre son vœu (allusion à des Corses qui, sans mandat, avaient contrecarré à Versailles les députés légaux de la Corse, Colonna, di Cesare-Rocca et Salicetti), il est permis à des particuliers de s'unir, de protester, et, de cette manière, de résister à l'oppression. Daignez donc, Nosseigneurs, jeter un coup d'œil sur notre position. » Suit l'exposé des griefs de la Corse. La pièce se termine ainsi :

Vous, les protecteurs de la liberté, daignez jeter un coup d'œil sur nous, qui en avons été jadis les plus zélés défenseurs. Nous avons tout perdu en la perdant, et nous n'avons trouvé dans le titre de vos compatriotes que l'avilissement et la tyrannie. Un peuple immense attend de vous son bonheur. Nous en faisons partie... jetez les yeux sur nous, ou nous périssons.

Nous sommes avec respect, Nosseigneurs, vos très humbles et très obéissants sujets. »

Les signatures de cette adresse, rédigée en quelque sorte *ab irato*, et dans un style souvent incorrect, mais énergique, sont surtout curieuses à connaître. Les voici dans leur ordre et avec les qualités :

BUONAPARTE, officier d'artillerie ; TARTAROLI, propriétaire ; POZZO DI BORGO, secrétaire des électeurs de la noblesse de Corse ; BUONAPARTE, ancien archidiacre ; ORTO, ancien procureur du roi de l'amirauté, et ancien podestat ; LAZARO BALLERO, avocat et député de la corporation des laboureurs ; FRANCESCO POZZO DI BORGO, ancien officier municipal et député de la corporation des laboureurs ; PIETRO DELLA COSTA, ancien officier de la légion corse ; GIUSEPPE DRAGO ; GIOVAN GIUSEPPE POZZO DI BORGO ; GIOVAN-BATISTA TERNANO ; GIROLOMO BALLERO, négociant ; PIETRO ZERBI, député de la corporation des cordonniers ; GIOVAN BATISTA PIETRAPIANA, procureur du siège royal et député de la corporation des maçons ; ANTONIO PERALDI, chanoine ; ANTONIO COLONNA D'ORNANO ; SILVESTRO CALCATOGIO, chef des laboureurs ; IGNAZIO MATTEO, vicaire général ; MARIO GIGLIARA, chef des laboureurs ; FILIPPO SPETURNO, chanoine ; CARLO PAULINO ; ANTONIO PETRETTI GUIDACCIOLI ; l'abbé COLONNA ; l'abbé GIOVAN-BATISTA RECCO ; TOMASO TAVERA ; PIETRO PETRETTO ; ANDREA SUZINNI ; SIMONI BONISONI ; GIUSEPPE CUNEO ; GIROLOMO COSTA, chanoine ; l'abbé FRANCESCO RAMOLINI ; GIUSEPPE ANTONIO

RUBAGLIA, négociant ; l'abbé GIOVAN-BATISTA POZZO DI BORGO, électeur du clergé d'Ajaccio ; GIOVAN-MARIA PARAVICINI ; FESCH, archidiacre du chapitre ; CUTOLI, etc., etc.

Ainsi déjà, ce jeune officier de vingt ans s'était mis, par son ascendant moral et sa bouillante ardeur, à la tête des plus notables citoyens de sa patrie, revendiquant la liberté, avec des citoyens de toutes les classes. On voit là, en effet, pêle-mêle, et dans un véritable laisser-aller égalitaire et démocratique, des hommes des plus humbles professions mêlés aux noms les plus aristocratiques de l'île, et le jeune Bonaparte y entraîne jusqu'à son vieux grand-oncle, l'archidiacre Lucien.

A cette heure solennelle où la France nouvelle jetait un défi superbe au vieux monde, au lendemain de la prise de cette forteresse en qui se personnifiaient tous les abus de la royauté, le souffle de la Révolution avait évidemment passé sur l'âme de Bonaparte, et toutes les ardeurs bouillonnaient dans son cerveau. La grande aurore de 89 l'éblouissait de ses feux naissants. Le 1er janvier 1790, il était devenu le huitième lieutenant en second du régiment de La Fère, mais le citoyen primait en lui le lieutenant. L'adresse que nous venons de rappeler était un acte collectif, dont il avait, sans nul doute, pris l'initiative, et que, en le signant le premier, il avait particulièrement marqué de son nom et de sa griffe, *ex ungue leonis*. Il ne devait pas tarder à faire plus encore, mais cette fois en son propre nom, et sous sa seule responsabilité. En effet, le 23 janvier 1790, il écrivit sa fameuse lettre à Buttafuoco, foudroyante apostrophe à celui qu'il regardait comme le Judas de sa patrie. Cette lettre, qui est datée de l'an II de la liberté, et signée simplement *Buonaparte,* sans autre qualification, est une véhémente philippique qu'il fit imprimer peu après, sous ce titre *: Lettre écrite par Buonaparte à M. Matteo di Buttafuoco, maréchal des camps et armées du roi, député de la noblesse corse à l'Assemblée nationale constituante.* On lit à la première ligne de cette lettre : *De mon cabinet de Milleli.* Or, ces mots seraient pour le lecteur une énigme, si nous ne les faisions pas suivre de quelques éclaircissements. Ce cabinet, comme si tout devait être bizarre dans ces commencements d'un grand homme, était une grotte près d'Ajaccio, qui tire son mérite principal des souvenirs de Napoléon qui y sont attachés. La tradition de ceux qui ont familièrement vécu avec lui durant son jeune âge est restée vivante à Ajaccio. Dans presque toutes les classes, on y trouvait encore, il y a une trentaine d'années, des compagnons de son enfance, et il n'en était aucun qui ne dît, avec une sorte de simplicité mêlée d'orgueil, quand on parlait de lui : *Era uno di noi !* c'était un de nous. La maison de campagne où il fut élevé, et qui appartenait à sa famille, était un peu au-dessus de la ville, et la grotte de Milleli est située à quelque distance. C'est là qu'il aimait à se retirer, loin de tout bruit et de toute compagnie. Il s'y cachait, dit-on, pour apprendre ses leçons avec plus de calme et de tranquillité ; mais sans doute aussi que la nature et la position du lieu exerçaient sur son âme, qui ne se connaissait point encore, une attraction involontaire, ainsi que le dit M. de Coston, à qui nous allons emprunter la description de cette grotte, désignée vulgairement aujourd'hui sous le nom de *Grotte de Napoléon.* Il en fait remarquer le caractère singulier dans ses rapports avec la nature même du jeune Corse. Jamais cachette d'enfant ne fut mieux, dit-il, à la mesure de celui qui l'avait choisie pour asile. Elle est formée par deux énormes blocs de granit éboulés du sommet de la montagne. En roulant sur la pente, ils sont venus choquer l'un contre l'autre, et se sont servis mutuellement d'appui : il en résulte une espèce de voûte naturelle, à la manière d'une voûte cyclopéenne. Une extrémité est ouverte, l'autre bouchée par le talus du terrain, et dans le vide, un homme se tient à l'aise. Les forces de ces rudes et pesantes masses de pierre, se balançant l'une l'autre, les ont maintenues dans un merveilleux équilibre, et ont là arrêté leur chute, formant cette grotte étrange, ce *cabinet* où aimait à venir s'abriter du soleil cette jeune tête occupée dès l'enfance de tant d'idées. La colline où se trouve la grotte est déserte, d'un caractère grandiose et sauvage ; elle est pleine d'aspérités et parsemée de blocs éboulés, semblables à ceux qui forment la *Grotte de Napoléon*. La végétation en est presque africaine. Les plantes qui y croissent le plus volontiers sont les cactus à feuilles grasses et épineuses, s'élevant à huit et dix pieds de hauteur ; parmi ces cactus sont mêlés des buissons de myrtes et d'oliviers, des arbousiers avec leur feuillage d'un vert sombre et leurs fruits rouges, des lauriers et de grandes bruyères. Le silence n'est troublé que par le sifflement des merles voltigeant dans les broussailles, et par le bruit lointain de la mer roulant sur la plage. La vue domine la ville et les vergers qui l'entourent, et se repose sur les flots bleus du golfe. La courbe immense de la côte est aride et sans villages, et la solitude, quand on regarde au-dessus de la ville, est aussi grande que celle du désert. En avant, la pleine mer ; en arrière, les hautes cimes de la montagne d'Ajaccio, toutes voisines des neiges éternelles du *Monte*

Rotondo. Voilà quelle était et quelle est encore la grotte à laquelle Napoléon enfant a mis son nom, et qui, sans lui, serait encore perdue peut-être parmi les accidents ignorés de cette contrée rocailleuse. C'est là ce que Napoléon appelait *son cabinet de Milleli*, et c'est de là qu'en partant d'Ajaccio pour la France, le 23 janvier 1790, il lançait sa bombe à l'ancien patriote corse, qui s'était si aisément accommodé du joug français.

Arrêtons-nous un peu dans cette grotte, pour ainsi dire découverte par un bambin de huit ans, qui y va méditer et apprendre ses leçons. A cet âge on s'arrête aux buissons du chemin, on fait la chasse aux papillons, on met au pillage les prairies émaillées, et si par fortune, on aperçoit un nid de bouvreuil caché dans les branches, plus heureux qu'un roi, on embrasse le vieux tronc et l'on met la veste en lambeaux pour posséder l'innocente couvée. Voilà l'enfance, et qui de nous oserait la blâmer ? *Non ignara mali*... Ici, tout est différent ; la nature ne se reconnaît plus, tant elle est bouleversée : il n'y a rien de l'enfant, presque rien d'humain. Ce n'est qu'après avoir connu les hommes que Diogène les méprise et les fuit ; les anachorètes avaient une barbe blanche, devenue proverbiale, quand ils s'enfonçaient dans les déserts de la Thébaïde : dans la grotte de Milleli, c'est un petit être tout frais et tout rose, sur le menton duquel le duvet n'a pas encore eu le temps de naître, mais déjà, dans cette tête, s'agitait un monde. Des rêves d'une ambition immense voltigeaient sous ces voûtes humides, l'aiglon, sortait la tête de son aire, embrassant l'horizon de son œil étincelant et regardant la nature face à face.

Revenons à la fameuse *Lettre à Matteo Buttafuoco*, où règne, avec le sentiment et l'expression de l'ironie la plus amère, la déclamation la plus énergique contre les trahisons vraies ou supposées de celui auquel elle s'adresse ; elle fait merveilleusement connaître quelle impression avait produite la Révolution française sur les idées du jeune Corse, et retrace avec une rapidité et une éloquence remarquables les événements qui amenèrent la soumission de sa patrie à la France. Toutefois, avant de parler de cette pièce historique, disons quelques mots de celui à qui elle s'adresse. Buttafuoco n'était pas, à proprement dire, un traître, du moins dans la honteuse acception de ce mot. Frappé des troubles, des tiraillements qui agitaient son pays depuis trop longtemps, il avait cru que le seul moyen d'y mettre un terme était une incorporation pure et simple à la France, et, lorsqu'en 1765 Gênes céda à Louis XV la souveraineté de l'île, comprenant que la lutte avec la France était désormais impossible, Buttafuoco fit connaître ses sentiments à Paoli, dont il avait été jusque-là le compagnon d'armes. Mais Paoli voulait pour son pays une liberté absolue. Alors les liens qui unissaient ces deux hommes furent rompus, et Buttafuoco fut déclaré traître à la patrie. Celui-ci suivit en Corse l'armée française, mais à la condition expresse qu'il ne serait jamais contraint à tirer l'épée contre ses compatriotes. Sur ces entrefaites, 1789 éclata, et Buttafuoco eut le tort de rester dévoué aux principes de l'ancienne monarchie. Les idées républicaines travaillaient profondément la Corse et la réveillaient de son engourdissement ; les partisans de Paoli sentirent renaître leur enthousiasme pour la liberté, et cette haine vigoureuse, endormie mais non éteinte, contre ce qu'ils appelaient le despotisme militaire. Dans ceux qui s'étaient ralliés à la monarchie de Louis XV, ils ne virent plus que des adversaires politiques. C'est alors que le jeune Bonaparte, gagné entièrement aux principes républicains, lança sa fameuse lettre qui accrut encore l'irritation. Il est impossible à qui ne l'a pas lue de se faire une idée de la violence avec laquelle elle est écrite. Il y a surtout, vers la fin, un passage singulièrement curieux :

> « O Lameth ! ô Robespierre ! ô Péthion ! ô Volney ! ô Mirabeau ! ô Barnave ! ô Bailly ! ô La Fayette », s'écrie le fougueux patriote après avoir tracé le portrait le plus hideux de celui à qui il s'adresse, « voilà l'homme qui ose s'asseoir parmi vous ! Tout dégouttant du sang de ses frères, souillé de crimes de toute espèce, il se présente avec confiance sous une veste de général, inique récompense de ses forfaits ! Il ose se dire représentant de la nation, lui qui la vendit, et vous le souffrez ! il ose lever les yeux, prêter les oreilles à vos discours, et vous en souffrez ! Si c'est la voix du peuple, il n'eut que celle de douze nobles ; si c'est la voix du peuple, Ajaccio, Bastia et la plupart des cantons ont fait à son effigie ce qu'ils eussent voulu faire à sa personne. (Il avait été brûlé en effigie).
>
> Et vous, que l'erreur du moment, peut-être les abus de l'instant, portent à vous opposer aux nouveaux changements, pourrez-vous souffrir un traître, celui qui, sous l'extérieur froid d'un homme sensé, cache une avidité de valet ? Je ne saurais l'imaginer. Vous serez les premiers à le chasser ignominieusement dès que l'on vous aura instruits du tissu d'horreurs dont il a été l'artisan.
>
> De mon cabinet de Milleli,
> le 23 janvier an II. »

On voit que Bonaparte était admirablement préparé pour les grands jours qui s'approchaient. Par les idées et surtout par le tempérament, il était dès lors acquis à la

Révolution. Mais, dans cette philippique, il y avait évidemment beaucoup d'exagération. Buttafuoco répondit au bouillant officier : « Vous voulez blâmer dans votre lettre, et vous ne connaissez les personnes que par vos souffleurs. » Il répondait en même temps à son compatriote Salicetti, qui l'avait traité d'aristocrate en pleine Assemblée nationale : « Je fus sans doute zélé royaliste, c'était un devoir ; j'ai autant loué ceux du tiers état qui ont soutenu leurs droits avec modération. Mon avis était pour la monarchie réglée et tempérée par les états généraux permanents ; ce système aurait satisfait tout le monde, mais on n'adoptait que des idées extrêmes. » Nous croyons savoir qu'en ce moment même un des descendants de Buttafuoco prépare avec un soin pieux une correspondance et des documents qui tendront à sa réhabilitation. Ces documents viendront s'ajouter à un témoignage peu connu. Napoléon, lorsque M. de Talleyrand lui rapporta ses œuvres de jeunesse, qu'il avait fait rechercher, brûla sa lettre à Buttafuoco, qu'il disait « empreinte de l'exaltation produite dans une jeune tête par les événements de la Révolution. »

Sa bombe à Buttafuoco lancée, cet acte de patriotisme corse accompli, le citoyen avait quitté ses concitoyens, et le lieutenant d'artillerie était immédiatement parti pour aller reprendre stoïquement son service, emmenant dans cette patrie nouvelle, qui n'était pas encore même sa patrie d'adoption, son frère Louis. Le 31 janvier 1790, il était déjà à Valence, où il aimait singulièrement à se retrouver, et il y assistait à la fédération des gardes nationales du Dauphiné, du Vivarais et de la Provence, réunies sous les murs de Valence, d'après les mandats de leurs municipalités respectives. C'était un dimanche, une double fête ; en quelque sorte de l'enthousiasme de ces Français récemment émancipés commença à passer dans son âme.

« Le dimanche 31 janvier 1790, dit le procès-verbal de cette fédération du Midi, sous les murs de la ville de Valence, se sont réunis, par détachements de cavalerie et d'infanterie, mille six cents citoyens armés. »

Il y eut ce jour-là un grand dîner chez le commandant de la garde nationale de Valence et, le soir, chez M. Perrin, citoyen renommé par son zèle patriotique, un bal nombreux auquel assista Bonaparte. C'était ce grand mouvement national, cet enthousiasme de la liberté, qui, du jeune Corse, allait bientôt faire un Français.

Les semestriers n'étaient tenus à rentrer dans leurs corps respectifs que sur l'appel de leurs chefs, et les semestres comportaient, hors de cet appel, plusieurs mois et souvent un an d'absence. Bonaparte passa environ trois mois à Valence, où il était comme en famille, *chez lui,* selon son expression. Il ne rejoignit son corps que le 1er juin 1790, à Auxonne, où il arriva avec son frère Louis, qu'il présenta à ses camarades comme *un jeune homme qui vient observer une nation qui tend à se détruire ou à se régénérer.* « Un de mes parents, ancien compagnon d'armes de Napoléon, m'a certifié avoir présentes à sa mémoire, dit M. de Coston, les expressions énergiques dont se servit Bonaparte en sa présence. » Il doutait un peu encore, comme on voit ; mais *observer* était son mot comme son acte favori.

C'est pendant ce second séjour de onze mois à Auxonne (du 1er juin 1790 aux derniers jours d'avril 1791) qu'il fit imprimer à Dôle, chez M. F.-X Joly, sa lettre à Buttafuoco, qui ne fut tirée qu'à cent exemplaires. Napoléon, toujours accompagné de son frère Louis, allait en corriger lui-même les épreuves chez l'imprimeur à Dôle. Ils partaient d'Auxonne à pied, dès quatre heures du matin, prenaient chez M. Joly un déjeuner frugal et se remettaient en route pour revenir à Auxonne, où ils étaient souvent de retour avant midi, ayant ainsi parcouru huit lieues de poste dans la matinée.

A Auxonne, Napoléon était à la fois et le mentor et le précepteur de son jeune frère. Le futur roi de Hollande couchait à la caserne, dans un cabinet de domestique contigu à la petite chambre qu'occupait le futur empereur. Bonaparte mettait lui-même le pot au feu, dont Louis et lui se contentaient philosophiquement.

Au rapport de M. de Coston, on n'a jamais connu à Bonaparte d'aventures galantes à Auxonne, quoique plusieurs dames peu scrupuleuses se soient vantées plus tard d'avoir eu des relations intimes avec lui. Il nous apprend, toutefois, qu'il aimait beaucoup une demoiselle Pillet, belle-fille de M. Chabert, honorable citoyen d'Auxonne, dont le salon lui était ouvert. Mlle Manesca Pillet était une belle personne, très bien élevée ; Napoléon voulait l'épouser, et l'on avait conservé précieusement dans la maison Chabert des fiches de jeu en ivoire où le futur conquérant de l'Europe s'était plu à écrire le nom de baptême peu commun, et qui lui plaisait beaucoup, de sa prétendue.

Dans les courses qu'il aimait à faire aux environs d'Auxonne, à Dôle, à Nuits, à Cîteaux, partout le jeune officier d'artillerie, d'une bonne logique et d'une langue alerte, prêtait main-forte à la cause de la Révolution sans précisément déplaire aux aristocrates, dont cependant il combattait vaillamment les doctrines surannées.

C'est ainsi qu'étant allé, au printemps de 1791, faire à Nuits une visite à M. de Gassendi, capitaine commandant au régiment de La Fère, qui avait épousé, le 4 mai 1790, la fille d'un riche médecin de Nuits, il ne tarda pas à s'apercevoir du dissentiment des opinions politiques entre le beau-père et le gendre. Le gentilhomme Gassendi, tout descendant qu'il était du philosophe de ce nom, était aristocrate, et le médecin très chaud patriote. Celui-ci trouva dans le jeune lieutenant un auxiliaire puissant, ne déguisant rien, allant au fond des choses, rétorquant sans embarras tous les arguments de son adversaire, et il en fut si ravi que, le lendemain, au point du jour, il faisait à Bonaparte une visite de reconnaissance et de sympathie.

Le tocsin de la Révolution venait de sonner. Bonaparte, alors détaché en garnison à Nuits, a tracé de l'état des opinions à ce moment un tableau d'une vérité saisissante ; et, à ce propos, M. de Coston raconte une anecdote très caractéristique. Il y avait, dans cette même ville de Nuits, si célèbre par ses vins, beaucoup d'aristocrates. Le maire, loin d'être patriote, s'était fait en quelque façon l'espion du parti ; il dénonçait aux ennemis de la Révolution tous ceux qui en professaient les principes, et il s'étonnait qu'on ne les pendît point en compagnie des membres les plus illustres de l'Assemblée constituante, qui n'étaient pour lui que des *coquins* et des *brigands*. Il faisait sa lecture habituelle et ses délices des *Actes des Apôtres*, l'insolent journal qui leur prodiguait les insultes les plus irritantes. Mais monsieur le maire de Nuits tenait surtout à ce qu'on destituât, puisqu'on était assez faible pour ne pouvoir les pendre, ceux qui n'étaient pas, comme lui, ennemis des philosophes et des novateurs. Or, un dimanche, Bonaparte fut invité à souper chez Mme Marey, auprès de laquelle un de ses camarades – que M. de Coston ne désigne que par les initiales M. R... de V..., mais dont nous n'avons, nous, aucune raison pour ne pas écrire le nom tout au long, M. Rolland de Villeneuve – semblait fort bien établi. C'était là le repaire de l'aristocratie du canton, bien que la dame ne fût que la femme d'un marchand de vins ; mais elle avait une grande fortune et les meilleures manières du monde ; c'était la Célimène de l'endroit. Là se trouvait toute la gentilhommerie contre-révolutionnaire des environs. Le jeune officier avait donné dans un vrai guêpier. Il lui fallut rompre force lances. La partie n'était pas égale. Au plus fort de la mêlée, on annonce M. le maire. Napoléon crut que c'était un secours envoyé du ciel dans ce moment de crise. « Mais il était le pire de tous, ce maudit homme dans son bel accoutrement du dimanche, bien boursouflé sous un grand habit cramoisi. Toute la compagnie jugea le jeune républicain perdu. Heureusement, la maîtresse de la maison, peut-être par une secrète sympathie d'opinions, car elle tenait à la famille Monge, vint au secours de Napoléon dans cette circonstance ; elle détourna constamment, avec esprit, les coups qui eussent pu porter ; elle fut sans cesse pour Bonaparte le bouclier gracieux sur lequel les armes ennemies venaient s'émousser et perdre leur force ; Mme Marey préserva de toute blessure son convive, qui a toujours conservé d'elle un agréable souvenir pour le service qu'il en avait reçu dans cette chaude affaire. »

Pour un observateur superficiel, la France, en ce moment, semblait partagée en deux camps d'égale puissance. Selon les lieux où l'on était, on pouvait se faire aisément illusion sur la force respective des partis et des opinions. Partout on rencontrait des champions des deux causes qui divisaient la France ; on discutait avec feu. Dans les salons, dans la rue, sur les chemins, dans les auberges, toutes les questions à l'ordre du jour étaient agitées ; on s'enflammait de part et d'autre ; on semblait prêts à en venir aux mains. Un *patriote*, c'était alors le mot consacré, pouvait croire son parti le moins fort quand il se trouvait dans les salons ou dans les réunions d'officiers, tant il se voyait en minorité ; mais, aussitôt qu'il était dans la rue ou parmi les soldats, il se retrouvait au milieu de la nation tout entière. Par instinct, par nature, Bonaparte appartenait à ce parti. Peu à peu les résistances de la cour, l'insolence des journalistes qui la soutenaient, les menaces de l'émigration produisirent un effet contraire à ce qu'on s'en était promis. Les opinions, les sentiments du jour ne laissèrent pas que de gagner jusqu'aux officiers mêmes, surtout après le fameux serment *à la Nation, à la Loi et au Roi*. C'est à ce sujet que Napoléon a dit : « Jusque-là, si j'eusse reçu l'ordre de tourner mes canons contre le peuple, je ne doute pas que l'habitude, le préjugé, l'éducation, le nom du roi, ne m'eussent porté à obéir ; mais, une fois le serment national prêté, c'était fini : je n'eusse plus connu que la nation. Mes penchants naturels se trouvaient dès lors en harmonie avec mes devoirs, et concordaient à merveille avec toute la métaphysique de l'Assemblée. Toutefois, les officiers patriotes, il faut en convenir, ne composaient que le petit nombre ; mais, avec le levier des soldats, ils conduisaient le régiment et faisaient la loi. Les camarades du parti opposé, les chefs même recouraient à eux dans les moments de crise. »

Telles étaient la véritable situation de la France et les très vives et très sincères opinions de Napoléon Bonaparte, lorsqu'il reçut, 1er avril 1791, son brevet de lieutenant en premier au régiment de Grenoble, qui tenait alors garnison à Valence. Il partit en conséquence d'Auxonne avec son frère Louis, de l'éducation duquel, comme nous l'avons, vu, il s'était chargé.

On a dit qu'à Auxonne Bonaparte avait laissé quelques dettes ; un billet de 100 livres entre les mains d'un marchand de drap pour fournitures d'étoffes ; un autre de 15 livres à un fournisseur pour le prix d'une épée de rencontre à poignée de cuivre doré et une reconnaissance d'une petite fourniture de bois : voilà des dettes honorables. L'entretien de son frère Louis sur sa solde l'obligeait d'ailleurs à la plus sévère économie. Plus tard, sous l'Empire, le marchand de drap, M. Louvrier, se vantait, avec une prétention d'assez mauvais goût, d'avoir fourni à Napoléon son premier habit d'uniforme et ses premières épaulettes de lieutenant. Sous la Restauration, le drapier donna bassement une autre direction aux fils de sa trame : quand il racontait l'anecdote, il ajoutait, mensongèrement sans doute, que le drap du lieutenant n'avait été payé que par le premier Consul.

Du commencement de mai 1791 au 1er octobre de la même année, nouveau séjour de Napoléon à Valence. C'était pour la seconde fois qu'il y tenait garnison. Comme un chef de famille qui suivrait l'éducation d'un fils, il avait auprès de lui son frère Louis, qu'il avait toujours dirigé à Auxonne.

Un matin, que M. Parmentier, chirurgien-major du 4e régiment d'artillerie, se trouvait dans la chambre de Napoléon, le jeune Louis entra les yeux rouges et un peu gros, comme quelqu'un qui a dormi plus longtemps que de coutume. Bonaparte fit observer avec quelque sévérité à son jeune frère qu'il s'était oublié dans son lit. Louis s'excusa timidement en disant qu'il venait de faire un songe agréable, qu'il avait rêvé qu'il était roi. « —Toi, répliqua Bonaparte avec une légère pointe d'ironie ; quand tu seras roi, je serai empereur. » M. Parmentier, qui avait assisté à ce petit dialogue, aimait plus tard à répéter cette anecdote.

Fidèle à ses anciennes affections, Bonaparte voulut habiter la première chambre qu'il avait occupée chez Mlle Bou ; elle n'était pas libre, et il s'installa avec Louis dans une autre pièce plus grande, au premier étage et prenant jour sur la rue de l'Équerre. Il ne trouva plus dans sa nouvelle garnison tous ceux qu'il y avait connus, ni M. de Grave, évêque de Valence, mort en 1788 à Paris ; ni l'abbé de Saint-Ruf, mort quelque temps auparavant, le 4 avril 1791 ; mais il y revit ses autres amis, ainsi que Mme du Colombier, auprès de laquelle il reprit presque toutes ses anciennes habitudes. Seulement, son nouveau grade le contraignait, par bienséance, à manger avec les lieutenants du régiment, qui prenaient leur pension chez un sieur Geny, traiteur, qui tenait alors l'hôtel des *Trois-Pigeons,* rue Pérollerie. Quant à son frère, il mangeait avec Mlle Bou, dans un salon-cuisine de l'arrière-fond du café. Il s'abonna de nouveau au cabinet littéraire de M. Aurel, où on le voyait fort assidu.

Cependant, la Révolution marchait, et le patriotisme de Bonaparte devenait de jour en jour plus ardent. Il entra dans la Société des *Amis de la constitution,* dont il fut successivement secrétaire et président, cumulant ces fonctions avec celles de bibliothécaire.

La Société des Amis de la constitution de Valence, d'abord composée de vingt-cinq membres, tint sa première séance chez Mlle Bou et dans son café ; d'autres séances eurent lieu dans le cabinet littéraire de M. Aurel ; plus tard, le 3 juillet 1791, après la fuite du roi, cette société, dans laquelle Bonaparte fit recevoir deux officiers supérieurs de son régiment, MM. de Mauroy et de Campagnol, se réunit dans l'église de Saint-Ruf avec vingt-deux sociétés patriotiques des départements de la Drôme, de l'Isère et de l'Ardèche ; et, dans cette espèce de fédération, Bonaparte prononça un chaleureux discours. Dans une lettre du 27 juillet 1791, écrite à M. Naudin, commissaire des guerres, qu'il avait connu et avec lequel il s'était lié à Auxonne, il parle de sa sollicitude pour la mère patrie, et s'exprime avec une grande vivacité sur cette réunion du 3 juillet, où fut prêté le serment civique.

> « Ce pays-ci est plein de zèle et de feu, dit-il. Dans une assemblée composée de vingt-deux sociétés des trois départements, on fit, il y a quinze jours, la pétition que le roi fût jugé.
>
> Mes respects à Mme Renaud, à Marescot et à Mme de Goi. J'ai porté un toast aux patriotes d'Auxonne, lors du banquet du 14. Ce régiment-ci est très sûr en soldats, sergents et la moitié des officiers. »
>
> Le post-scriptum surtout est remarquable :
>
> *P.-S.* Le sang méridional coule dans mes veines avec la rapidité du Rhône ; pardonnez donc si vous avez de la peine à lire mon griffonnage. »

Griffonnage, en effet, dit M. de Coston, griffonnage dont nous avons sous les yeux un *fac-similé* qui témoigne à lui seul de la chaleur de ce sang méridional qui coulait dans les veines de Bonaparte « avec la rapidité du Rhône ».

Tout le monde, à Valence, parlait des ardeurs révolutionnaires du jeune lieutenant. M. de Campagnol, son colonel, ne les partageait point, non plus que ses autres chefs et quelques-uns de ses camarades. On commençait à se diviser plus sérieusement que par le passé. La fuite du roi était l'objet de toutes les conversations, et, comme on l'imagine bien, était diversement jugée. Il fallait avoir été élevé dans la foi monarchique la plus aveugle ou la plus servile, pour ne pas voir un acte coupable au plus haut degré dans cette désertion, dans ce passage à l'ennemi du chef militaire et civil d'un grand empire, pour aller se mettre à la tête ou se laisser remorquer à la queue des émigrés et des armées liguées contre la France. Bonaparte pensait comme ceux qui jugeaient que cette fuite à l'étranger n'était ni d'un roi, ni d'un honnête homme, ni d'un homme courageux ; il mit même tant de vivacité dans ce blâme au moment du retour de Louis XVI que M. de Campagnol, très bon royaliste, s'en souvint quand Louis XVI eut été refait roi par l'assemblée. Bonaparte reçut une forte admonestation sur sa participation aux séances des Amis de la constitution, et lorsque, au commencement d'août 1791, il sollicita un congé, ce congé lui fut positivement refusé ; mais, avec sa puissance de volonté ordinaire, il tourna la difficulté en s'adressant directement au baron du Teil, l'ancien commandant de l'école d'Auxonne, qui avait toujours eu beaucoup de bonté pour lui, et qui était alors maréchal de camp, inspecteur général de l'artillerie du VIe arrondissement, comprenant l'école et la place de Valence. Celui-ci lui fit accorder par le ministre de la Guerre un congé, au grand déplaisir des chefs immédiats du lieutenant, que M. du Teil n'en avait nullement prévenus. Paris l'attirait en ce moment : il en respirait de loin l'esprit, et sentait qu'il y avait quelque chose à voir et à juger, et aussi quelque chose à faire pour la cause de son pays natal. En effet, avec cet esprit pratique qu'il mêla toujours à son enthousiasme, il avait rédigé pour le ministre de la Guerre un mémoire qu'il voulait lui présenter et lui expliquer de vive voix. Dans ce mémoire, il proposait d'armer les gardes nationales corses avec les fusils d'artillerie qu'on venait de retirer à cette partie de l'armée comme inutiles ou embarrassants. Mais il avait besoin, pour ce voyage, de plus d'argent qu'il n'en possédait, car il ne pouvait faire d'économies sur sa solde, qui suffisait à peine à ses besoins et à ceux de son frère Louis, et il est probable qu'il devait encore les fameuses 100 livres à ce M. Louvrier, qui se voyait menacé de n'être payé qu'à l'avènement du consulat – le pauvre homme !

Dans cette situation embarrassante, Bonaparte écrivit à son grand-oncle l'archidiacre Lucien les deux lettres que, dans le recueil d'Adolphe Blanqui, on voit datées, par erreur de 1792, puisque l'archidiacre mourut comme nous le verrons tout à l'heure, à Ajaccio, dans la nuit du 15 au 16 octobre 1791, en présence de son petit-neveu Napoléon, qui, n'ayant pu se rendre à Paris faute d'argent, était allé jouir de son congé en Corse, près de sa famille. On lit dans la première :

> « J'attends avec impatience les 6 écus que me doit maman (sans doute la part modeste de la mère dans l'entretien de Louis) ; j'en ai le plus grand besoin. »

Et en la seconde :

> « Envoyez-moi 300 francs ; cette somme me suffira pour aller à Paris. Là, du moins, on peut se produire, surmonter les obstacles ; tout me dit que j'y réussirai : voulez-vous m'en empêcher faute de cent écus ? »

Il ne reçut pas l'argent demandé et resta quelques jours encore à Valence, où, aspirant à toutes les gloires, il avait écrit un discours sur cette question : « Quelles vérités et quels sentiments importe-t-il le plus d'inculquer aux hommes pour leur bonheur ? » mise au concours par l'Académie de Lyon pour un prix de 1 200 francs, fondé par l'abbé Raynal de ses propres deniers. Le concours fut jugé le 25 août 1791 par l'Académie, et aucun des concurrents n'obtint le prix, qui, plus tard, devait être adjugé à Daunou. On connaît aujourd'hui le travail que le jeune officier présenta au concours. Ce travail incohérent, déclamatoire souvent, mais plein de feu, est écrit tout entier dans les idées philosophiques du temps. C'est une sorte de nébuleuse ardente, en travail de formation, et dont se dégagent de temps en temps des étincelles lumineuses, comme des rayons de soleil qui jaillissent du milieu d'épaisses ténèbres. Voici d'ailleurs en quels termes les juges du concours apprécièrent le mémoire du jeune Bonaparte : « Le numéro 15 est un *songe* très prononcé, c'est peut-être l'ouvrage d'un homme sensible ; mais il est trop mal ordonné, trop disparate, trop décousu pour fixer l'attention. » Au luxe de déclamations qui signalaient cet écrit, on aurait difficilement deviné la future haine de l'empereur pour les *idéologues*, mot qui, dans sa bouche impériale, sera le *nec plus ultra* du dédain et du mépris.

Enchaîné à Valence, malgré son congé, par la pauvreté, il faut bien le dire, Napoléon ne put partir pour la Corse avec son frère Louis que le 1er ou le 2 octobre 1791, afin de profiter des trois mois qui restaient à courir de ce congé. Ils prirent un bateau qui les porta à Avignon, d'où ils gagnèrent Marseille, et de là la Corse. Ils arrivèrent à Ajaccio dans la première quinzaine d'octobre, et Napoléon trouva son grand-oncle Lucien, qu'il aimait beaucoup, malgré tout, au lit de la mort. Il était avec tous les siens près du mourant dans la nuit du 15 au 16 octobre, et il le vit expirer avec douleur. L'archidiacre était plus philosophe que ne semblait l'indiquer son habit. Au moment suprême, il s'occupait surtout des intérêts et de l'avenir de sa famille, et paraissait peu s'inquiéter de son salut dans l'autre monde. L'abbé Fesch, alors grand vicaire de l'évêque constitutionnel d'Ajaccio, accourut au lit du mourant pour lui débiter les homélies d'usage. L'agonisant l'interrompit ; Fesch n'en tint aucun compte. Le vieillard s'impatienta : « Eh ! laissez donc, je n'ai plus que quelques moments à vivre ; je veux les consacrer aux miens. » Il les fit en effet approcher, leur donna des avis, des conseils ; et, s'adressant à Joseph, quelques instants avant de mourir : « Tu es l'aîné de la famille, lui dit-il ; mais voilà celui qui en est le chef. Aie soin de t'en souvenir. » Et il désignait Napoléon. Napoléon avait alors vingt-deux ans, et Joseph près de vingt-quatre.

Napoléon a raconté lui-même, à Sainte-Hélène, qu'à genoux en ce moment près du lit où l'archidiacre venait de rendre le dernier soupir, il pleura comme un enfant, lui qui pleurait si peu.

Dans les cinq mois que Bonaparte avait passés à Valence lors de sa seconde garnison, il avait beaucoup pensé, beaucoup agi, beaucoup souffert aussi ; car il y avait vécu dans la gêne, tout occupé, comme eût pu le faire un père, de l'éducation de Louis. Lui-même a rappelé ces temps où il vivait durement avec ce jeune frère, à l'avenir duquel il s'était dévoué ; il les a rappelés dans une circonstance où, pourquoi ne le dirions-nous pas, il nous semble avoir jugé trop sévèrement ce Louis qu'il aimait tant. L'empereur, parlant au duc de Vicence, de son frère qui venait d'abdiquer le trône de Hollande, s'exprimait ainsi :

> « Abdiquer sans me prévenir ! se sauver en Westphalie comme s'il fuyait un tyran !... Mon frère me nuire au lieu de m'aider !... Ce Louis que j'ai fait élever sur ma solde de lieutenant, Dieu sait au prix de quelles privations !... Je trouvais de l'argent pour payer la pension de mon jeune frère. Savez-vous comment j'y parvenais ? C'était en ne mettant jamais les pieds ni au café ni dans le monde ; c'était en mangeant du *pain sec*, en brossant mes habits moi-même, afin qu'ils durassent plus longtemps. Pour ne pas faire tache parmi mes camarades, je vivais comme un ours, toujours seul dans ma petite chambre, avec mes livres, alors mes seuls amis. Et ces livres ! par quelles dures économies, faites sur le *nécessaire,* achetais-je cette jouissance ! Quand, à force d'abstinence, j'avais amassé deux écus de six livres, je m'acheminais avec une joie d'enfant vers la boutique d'un libraire qui demeurait près de l'évêché. Souvent j'allais visiter ses rayons avec le péché d'envie ; je convoitais longtemps avant que ma bourse me permît d'acheter ! Telles ont été les joies et les débauches de ma jeunesse ! » Ici, cette interruption arrachée au duc de Vicence : « Sire, jamais le trône ne vous vit plus grand que ne l'était le lieutenant d'artillerie dans sa modeste chambre de

Valence. — Eh ! non, j'avais du cœur, voilà tout, répondit l'empereur avec simplicité. Tout petit garçon, j'ai été initié à la gêne et aux privations d'une nombreuse famille. Mon père et ma mère ont connu de mauvais jours !... Huit enfants !... Le ciel est juste... *Ma mère est une digne femme.* »

Nous soulignons ces mots, qui viennent à l'appui de la thèse que nous avons soutenue plus haut.

Pour consacrer le souvenir du double séjour que Napoléon a fait à Valence, dans la maison de Mlle Bou, M. Planta, maire de cette ville, ordonna, le 11 brumaire an X (2 novembre 1801), l'érection d'une table de marbre avec une inscription en lettres d'or, au frontispice de cette maison, portant que Bonaparte y avait occupé un logement de 1785 à 1791, ce qui n'était pas absolument exact, puisque cette inscription faisait bon marché de la solution de continuité pendant laquelle Napoléon avait habité Auxonne et Douai.

On sera peut-être surpris de nous voir insister si souvent, et avec une complaisance qui peut paraître minutieuse, sur les moindres circonstances des premières années de Bonaparte ; c'est qu'elles nous semblent, à nous, dignes du plus grand intérêt : une fois ces humbles commencements mis hors de toute contestation, le contraste fera mieux comprendre la fortune extraordinaire de notre héros. Encore une fois, voilà pourquoi nous nous complaisons tant à insister sur toutes ces misères extraordinairement honorables, et qui n'ont armorié les commencements d'aucun héros de l'histoire. Nous nous supposons à l'embouchure du Missouri ou des Amazones : quelles proportions ne prendra pas notre étonnement, si, transporté tout à coup vers la source, nous sommes en présence d'un mince filet d'eau que le moindre rayon de soleil menace de tarir et de dessécher !

Nous voici arrivés à une phase nouvelle de la vie de Bonaparte. Son séjour et sa conduite en Corse vont décider de sa fortune. D'abord, nous l'y voyons, comme à Valence, se jeter dans le grand parti de la Révolution française, et y rechercher Paoli, qui, rentré au sein de sa patrie, semblait avoir sincèrement embrassé ce parti. Il alla voir Paoli, qui accueillit avec grande amitié le fils de son ancien compagnon d'armes. Bonaparte accompagna dans ses courses le vieux général, qui, chemin faisant, lui montrait avec orgueil les lieux où il avait autrefois combattu pour l'indépendance de l'île, et lui racontait l'histoire de ces combats. Une fois, à Ponte-Novo, un cortège de 500 hommes à cheval accompagnait Paoli. Bonaparte marchait à ses côtés. Paoli lui désignait les positions, les lieux de résistance, de défaite et de triomphe des Corses dans la guerre de l'indépendance ; il parlait avec feu de cette lutte à son jeune compatriote, qui l'écoutait avec une attention pleine d'intelligence, et lui soumettait de temps en temps des observations. A l'une d'elles, qui était probablement une de ces subites illuminations dont parle Bossuet, Paoli ne put s'empêcher de s'écrier : « O Napoléon ! tu n'as rien de moderne ; tu appartiens tout à fait aux hommes de Plutarque. Courage ! tu prendras ton essor. » A partir de ce moment, le grand citoyen conçut pour son jeune ami une sorte d'admiration, et il allait disant à tout venant : « Ce jeune homme, si on lui en donne le temps, fera parler *le monde* de lui. » Ce mot ne rappelle-t-il pas la fameuse exclamation de Kléber : « Général, vous êtes grand comme le monde ! »

Mais, puisque nous en sommes aux rapprochements, voici l'occasion de placer cette fameuse prophétie, si connue dans l'histoire que l'on doit à l'esprit si perspicace de l'auteur du *Contrat social* :

> « Il est encore en Europe un pays capable de législation, c'est l'île de Corse. La valeur et la constance avec lesquelles ce brave peuple a su recouvrer et défendre sa liberté, mériteraient que quelque homme sage lui apprît à la conserver. *J'ai quelque pressentiment qu'un jour cette petite île étonnera l'Europe.* »

Le séjour de Bonaparte en Corse était limité par son congé au 1er janvier 1792 ; mais, dès le 1er novembre 1791, le général Rossi, son parent, avait demandé au ministre de la Guerre et obtenu l'autorisation de choisir le lieutenant d'artillerie Bonaparte pour adjudant-major d'un des quatre bataillons de volontaires nationaux corses qu'on organisait dans l'île, et, par conséquent, l'autorisation pour Bonaparte d'y rester au-delà du terme de son congé. Mais déjà, le 2 décembre 1791, à la suite d'un discours trop accentué, prononcé au club de Calvi, Bonaparte s'était attiré les reproches de Paoli.

Les grades dans les volontaires nationaux n'avaient rien de commun avec ceux de l'armée régulière. L'adjudant-major des volontaires corses restait toujours premier lieutenant dans le 4e d'artillerie, et c'est à raison de son ancienneté dans ce dernier grade qu'il fut promu, le 14 janvier 1792, à celui de capitaine en second d'artillerie et classé dans la douzième compagnie du 4e régiment, en garnison à Valence, sans obligation de rejoindre.

Il est à remarquer que ce fut le comte Louis de Narbonne, ministre de la Guerre du 7 décembre 1791 au 10 mars 1792, qui contre-signa le brevet de Bonaparte, dont plus tard il devait devenir aide de camp.

Ainsi Bonaparte avait été, de 1785 à 1791, simple lieutenant. Cette circonstance, il devait la rappeler lui-même plus tard dans l'occasion suivante.

On était sous l'Empire. A une revue, un jeune sous-lieutenant sort des rangs et vient se placer devant Napoléon, qui lui dit : « Que me voulez-vous ? — Sire, il y a quatre ans que je suis sous-lieutenant, et depuis lors je n'ai pas eu d'avancement. » Après un moment de silence, Napoléon répondit : « Moi, monsieur, je l'ai été pendant sept ans. — Sire, cela est vrai, mais Votre Majesté a bien rattrapé le temps perdu. » Ici, si l'écolier de Brienne avait été un peu moins rebelle au thème et à la version, il aurait pu, en guise d'épiphonème, ajouter : *Vade, et fac similiter.*

Revenons à la Corse. Napoléon, quoique capitaine, resta dans son pays ; mais il se montrait de plus en plus révolutionnaire, au grand déplaisir de Paoli, qui avait d'autres vues sur lui dans le cas où la Révolution triompherait tout à fait en France. Cette circonstance ne tarda guère à se présenter. Le canon du 10 août retentit bientôt jusqu'en Corse. La République fut proclamée, et Bonaparte en manifesta une grande joie, que Paoli et ses partisans feignirent de partager.

En janvier 1793, le gouvernement de la République française avait ordonné une expédition contre la Sardaigne. Paoli, et certes, quel que soit le sentiment qui l'inspira dans cette circonstance, cela ne lui fait pas honneur et justifie ce nom de traître que lui donnèrent les républicains français, Paoli fit échouer l'expédition de Sardaigne. Dans ce but, il avait demandé et obtenu le commandement de la contre-attaque pour son neveu et confident, le général Cesare Rocca, à qui il avait dit en secret : « Souviens-toi, ô Cesare ! que la Sardaigne est l'alliée naturelle de notre île ; que, dans toutes les circonstances, elle nous a secourus en vivres et en munitions, et que le roi du Piémont a toujours été l'ami des Corses et de leur cause. Fais donc en sorte que cette expédition s'en aille en fumée. »

Le 8 mars 1793, Bonaparte fut promu au grade de capitaine commandant dans le 4e régiment d'artillerie, et, pour la première fois, son nom figure dans l'almanach national de la même époque, sous cette forme : *Buonaparte.* Dès ce moment, nous allons le voir s'élever de grade en grade avec une rapidité extraordinaire. Les ailes ont poussé à l'aiglon d'Auxonne, de La Fère et de Valence, des ailes de la plus grande envergure, et l'aiglon menace de devenir un aigle immense. On le voit aussi, dès cette époque, prendre un intérêt passionné à la cause de la Révolution et à tout ce qui touche à la France. Jusqu'à ce jour, il avait été Corse ; la Révolution le fit Français : le voilà tout fait des nôtres.

Après l'expédition malheureuse de la Sardaigne, il avait rejoint à Corte son bataillon, où il apprit sa promotion et, peu après, l'acte du 2 avril 1793, par lequel la Convention nationale mandait à sa barre le général Paoli dénoncé comme traître, ainsi que Pozzo di Borgo, alors procureur général syndic du département de la Corse, et nommait commissaires en Corse les représentants du peuple Lacombe-Saint-Michel, Delcher et Salicetti, qu'elle autorisait à faire arrêter Paoli s'ils le jugeaient à propos. Paoli n'obéit pas au décret de la Convention ; il lui écrivit toutefois une très longue lettre, où il essayait de se justifier et où il offrait, si la Convention jugeait « ce nouveau sacrifice » nécessaire, de s'éloigner de la Corse. Mais déjà il avait résolu d'abandonner la France, et il s'en était ouvert à ses amis et, entre autres, à Napoléon. Il crut un moment pouvoir lui faire partager son opinion. Il lui peignit sous les plus noires couleurs la situation de la République, il lui parla de l'anarchie dans laquelle la France était plongée, de l'heureuse constitution de l'Angleterre, des brillantes récompenses que lui vaudrait son génie s'il consentait à seconder son dessein de livrer la Corse aux Anglais ; il essaya, en un mot, de le séduire. Mais Bonaparte, avec son énergique esprit, sa précoce et pénétrante sagacité, et, disons le mot, son républicanisme, rejeta sans hésiter un seul instant les propositions de Paoli, au grand étonnement de ce dernier. Ce ne fut pas sans une extrême surprise que Paoli entendit ce jeune officier de vingt-quatre ans, qui jusque-là avait amèrement enduré la sujétion de la Corse à la France, rétorquer avec fougue, vivement et franchement, tous ses arguments. « Eh ! quoi ! se séparer maintenant de la France ! nous ne ferons jamais cela ! Nos plus chers intérêts, nos habitudes, nos coutumes, l'honneur, la gloire, nos serments solennels, tout enfin exige que la Corse soit, oui, soit française ! L'anarchie actuelle, fille de la grande Révolution, ne peut être qu'éphémère. Tout doit changer, l'ordre renaîtra infailliblement ; les lois se modèleront sur les idées du siècle, et la France, avant peu, s'élèvera majestueusement au comble de la gloire. Moi ! l'abandonner ! Vous, général, vous, parler de se livrer à l'Angleterre ! la vénale Angleterre, protectrice des peuples libres ! Ah ! quelle erreur ! Et puis, l'éloignement, la langue, notre caractère, les dépenses énormes, incalculables, qu'il faudrait faire, tout s'oppose impérieusement à notre réunion avec la reine qui tyrannise les mers et les terres qui ne lui appartiennent pas ! » Jusque-là, il avait été Corse ;

la Révolution française, nous le répétons, l'avait fait Français et républicain.

A cette sortie imprévue, Paoli, déconcerté et presque hors de lui, regardant Napoléon de travers, lui tourna le dos sans dire un mot, et rentra dans son cabinet, dont il ferma brusquement la porte, laissant Napoléon seul dans la pièce où avait eu lieu l'entretien. Connaissant le caractère bilieux et vindicatif de Paoli, Napoléon comprit ce que cette attitude et ce regard voulaient dire ; il sentit que Paoli ne laisserait pas partir librement de Corte celui dont il avait en vain voulu faire un complice, et qu'il devait considérer désormais comme un ennemi. Dans ces conjonctures, Bonaparte jugea qu'il était prudent de ne pas perdre une minute. Il monta donc à cheval et sortit précipitamment de Corte, par des sentiers détournés qui lui étaient parfaitement connus. C'est ainsi qu'il arriva, au milieu de la nuit, dans des lieux nommés *Sanguinares,* sortes de makis incultes fréquentés par les seuls bergers. Il mit pied à terre chez l'un d'eux, un certain Bagaglino, qui gardait depuis longtemps les troupeaux de la famille Bonaparte, et qui était le chef de plusieurs autres bergers des environs. C'est dans cette cabane que Napoléon demeura quelques jours et qu'il put échapper aux émissaires que l'irascible Paoli avait envoyés pour l'arrêter. De là, il se rendit près d'un des commissaires de la Convention, à Calvi, où s'était déjà réfugiée toute sa famille, que le parti anglais avait obligée de quitter Ajaccio.

Sous l'influence de Paoli, la réaction contre-révolutionnaire qui voulait livrer la Corse à l'Angleterre prenait de moment en moment une plus grande importance. Paoli avait réellement négocié la reddition et la remise de l'île aux Anglais ; d'un instant à l'autre, il attendait la flotte anglaise. Pendant que Bonaparte se tenait sur la défensive dans les *Sanguinares,* partout la voix de Paoli était écoutée, partout on désobéissait aux commissaires de la Convention, et, le 27 mai 1793, Paoli était parvenu à réunir une consulte nationale à Corte. Dans cette consulte, dont Paoli fut nommé président, et Pozzo di Borgo secrétaire, on se borna d'abord à prétendre, en termes vagues, qu'on ne s'assemblait que pour résister au parti qui, disait-on, voulait s'opposer au bonheur de la Corse, et on signalait les familles Bonaparte et Arena comme perturbatrices du repos public.

Toutes ces tergiversations avaient ceci pour cause : l'escadre anglaise n'était pas encore en vue et l'on craignait l'énergie bien connue des commissaires de la République.

La situation de ceux-ci, ainsi que celle des patriotes, devint dès lors très critique en Corse. Calvi, cependant, n'était point entré dans la conjuration antifrançaise. Toutefois les représentants de la Convention qui s'y trouvaient alors, et que Bonaparte y avait rejoints, désespérant de réduire les adhérents de Paoli par leur seule présence, résolurent d'aller chercher sur le continent des forces nouvelles pour dominer le parti contre-révolutionnaire, et empêcher, s'il en était temps encore les Anglais de s'emparer de l'île. Ils firent donc embarquer avec eux, à Calvi, Bonaparte et sa famille, pour les soustraire à la fureur de leurs ennemis. Cette colère était telle, qu'à peine la frégate française qui emportait vers Marseille Bonaparte et les siens fut-elle en mer, que leur maison d'Ajaccio était pillée, leurs campagnes dévastées et leurs troupeaux détruits par les fauteurs armés de ce gouvernement, appelé *rebelle* par les républicains, et *gouvernement provisoire* par les partisans du général Paoli. On sait ce qui advint après ce départ des commissaires de la Convention et, avec eux, des familles du parti français : la Corse, comme Toulon, fut livrée aux Anglais ; mais elle ne devait pas tarder à rentrer dans le giron de la République, et Paoli à se voir contraint lui-même de se réfugier en Angleterre.

Telle fut la rupture de Napoléon et de Paoli. Cependant, chose étrange, malgré la trahison de Paoli envers la France, malgré l'arrestation ordonnée par lui du jeune officier d'artillerie, ces deux grands cœurs ne purent parvenir ni à se haïr ni à se mépriser ; au contraire, il y eut toujours entre eux un courant sympathique, né de leur commun amour du pays natal. Pour les républicains purs de la Convention, Paoli était un traître : aux yeux de Napoléon, il ne fut qu'un patriote égaré, qu'il estima toujours. Et tel était chez le vieux Paoli l'ardent amour de la terre natale que les victoires de l'enfant d'Ajaccio en Italie et en Égypte le faisaient tressaillir d'aise à Londres ; il battait bruyamment des mains et riait dans sa barbe grise à la nouvelle de ses triomphes, comme s'ils eussent été remportés pour sa propre cause. A le voir et à l'entendre, on eût dit qu'ils étaient encore tous deux dans l'intimité où ils avaient autrefois vécu. Lorsque Napoléon fut devenu consul, puis empereur, l'enthousiasme de Paoli ne connut plus de bornes. A chaque nouvelle victoire de son jeune compatriote, il donnait un dîner, auquel Fox ne paraissait pas trop contrarié d'assister. Les choses allèrent si loin, que le ministère anglais s'en émut. C'est à Pitt surtout que cet enthousiasme déplaisait. On en fit des reproches au vieux général corse, complètement fourvoyé, qui répondit : « Vos reproches sont justes ; mais, que voulez-vous ? Napoléon est un des miens, je l'ai vu croître, je lui ai prédit sa fortune. Voulez-vous que je déteste sa gloire, et que je ne sois pas fier pour mon pays de l'honneur qu'il lui fait ? » Toutes les puissances du monde ne l'eussent pas fait sortir de là.

De son côté, Napoléon portait le plus vif intérêt à ce vieil ami de sa famille et de la liberté corse, qui s'était malheureusement trop effrayé de premières violences rendues inévitables, et dans sa plus haute fortune il a fréquemment exprimé ses sympathies. Il aurait voulu, a-t-il dit lui-même, pouvoir le rappeler, l'associer à ses entreprises et à sa gloire ; mais comment s'y prendre ? comment satisfaire à tout, dans l'entraînement de ses conquêtes, emporté comme tant d'autres dans le tourbillon vertigineux où l'avaient lancé ses passions et son génie ? Paoli mourut en 1807, dans tout l'enivrement des triomphes du vainqueur d'Austerlitz et d'Iéna, envoyant sans doute sa dernière pensée et son dernier soupir à son jeune et brillant ami.

Peut-être n'a-t-on pas encore assez approfondi le caractère de la lutte entre Paoli et Bonaparte, ces deux génies que l'âge seul séparait et qui, nés au même jour, auraient été si puissants par leur union. Paoli n'a pas été, comme on l'a prétendu à tort, le parrain de Bonaparte ; le seul lien qui les unissait était l'amitié du général corse pour Charles Bonaparte, son ancien secrétaire, et l'un de ses partisans les plus zélés. Paoli avait aspiré avec bonheur le vent de la liberté qui soufflait sur la France ; il avait compris, dans les longues heures de l'exil, que la Corse ne pouvait se défendre seule contre toutes les ambitions qui s'élevaient autour d'elle, et parfois bien loin d'elle ; il acceptait maintenant la domination de la

France comme un protectorat d'autant plus doux que son amour-propre était agréablement flatté des honneurs qu'à l'exemple des républiques grecques on lui avait rendus à Paris.

Napoléon à cette époque encore, était plus Corse que Français ; fier des dernières pages si glorieuses de l'histoire de son pays, sur lesquelles rayonnait le grand nom de Paoli, il se fit son ombre, le suivait pas à pas, recueillant ses grands enseignements, et Paoli se prit pour lui de l'affection qu'éprouvent les vieillards pour le talent naissant qui s'incline devant eux.

Mais Paoli appartenait trop au vieux monde qui s'écroulait ; il s'effraya de la pente vertigineuse qui emportait son œuvre ; 1793 le fit trembler ; sa voix n'avait plus, d'ailleurs, sur ses compatriotes l'influence d'autrefois ; il demanda aux Anglais un pouvoir et le respect que la France lui refusait déjà. Bonaparte, au contraire, né au milieu de l'embrasement, s'y précipita avec ardeur, et, laissant Paoli se roidir contre le mouvement, il se sépara de lui. Paoli se prit alors de haine pour son élève dont le rôle venait si subitement de changer, et qui osait lui tenir tête ; ce fut une de ces haines terribles et aveugles : si Bonaparte fût tombé entre ses mains, il l'eût certainement fait mettre à mort.

La haine des vieillards ressemble à celle des enfants, elle est oublieuse. Aussi, de nouveau vaincu, rendu à sa solitude de Londres, le vieux lion corse, négligé de ceux même dont il espérait tout, se prit à regretter la France, la France alors régénérée après ses sanglantes épreuves ; l'amour de sa patrie, cet amour passionné qui fait aimer le sol et ceux qui l'habitent, se réveilla en lui aussi puissant, aussi ardent qu'aux grands jours de sa lutte contre Gênes ; il applaudit aux succès de son ancien ennemi qui n'était plus que son élève, son compatriote, et l'astre couchant salua avec enthousiasme le nouveau soleil qui montait toujours.

Mais revenons à l'an Ier de la République. Au commencement de juin 1793, le lieutenant-colonel des volontaires corses, Bonaparte, obligé de quitter son pays livré aux Anglais, et redevenu simple capitaine d'artillerie dans les cadres réguliers des armées de la République française naissante, arriva à Marseille avec sa famille, fort dépourvu d'argent, et se logea dans les petits appartements de l'hôtel Cypières rue Lafont. Plusieurs familles corses du parti français, chassées de l'île par la contre-révolution, vinrent aussi chercher l'hospitalité sur le continent, et, le 11 juillet 1793, la Convention nationale, sur la proposition de Collot-d'Herbois, mit à la disposition du ministre de l'Intérieur une première somme de 600 000 francs pour leur être distribuée.

Presque aussitôt après son arrivée à Marseille, le capitaine Bonaparte reçut l'ordre de se diriger sur Nice, où se trouvait déjà une partie du 4e régiment d'artillerie, auquel il appartenait. Son ancienneté l'avait porté, comme on l'a vu, au commandement de la 12e compagnie de ce régiment, qui était, à son arrivée, détachée dans les montagnes, et se trouvait en ce moment à trois lieues du camp des Fourches, en face de celui de Braous, alors occupé par l'ennemi ; mais il fut autorisé par M. Dujard, chef de brigade du régiment et commandant en chef l'artillerie de l'armée d'Italie, à rester à Nice comme chargé des détails de l'administration de plusieurs compagnies détachées à l'exemple de la sienne. Le capitaine Bonaparte avait avec lui son sergent-major, appelé Dintroz, qui était

Franc-Comtois, brave et digne garçon assez instruit et qui avait une belle écriture. Il tenait à merveille les registres du jeune capitaine, qui se prit pour lui d'une véritable affection. Ils se lièrent intimement et se tutoyaient. Cette marque de familiarité se prolongea même entre eux jusqu'après l'époque où Bonaparte fut nommé général en chef de l'armée d'Italie. Il avait conçu à Nice une telle estime pour Dintroz qu'il lui confia, en entrant en campagne, les fonctions pénibles de conducteur général d'artillerie de cette armée, avec le grade de capitaine. On raconte de cette époque une anecdote qui témoigne au plus haut degré de cette familiarité républicaine et soldatesque.

La veille de la bataille de Castiglione, le général en chef Bonaparte envoya au conducteur général Dintroz l'ordre autographe de lui faire parvenir sur-le-champ deux obusiers de six pouces. On connaît la mauvaise écriture de notre héros. Dintroz ne pouvant déchiffrer le billet, même avec l'aide des nombreux employés qui étaient avec lui au grand parc, se disposait à lui en faire demander l'explication, lorsqu'il le voit accourir au galop, et là s'établit entre eux le dialogue suivant :

BONAPARTE. Pourquoi ne m'as-tu pas encore expédié ce que je t'ai demandé ?

DINTROZ *(bégayant selon sa coutume)*. Je... je... je... (très vite) j' n'ai pas pu lire ton billet.

BONAPARTE. Tu es une f... bête : apprends à lire.

DINTROZ. Et toi, b..., apprends à écrire.

L'ordre fut donné de nouveau, et les obusiers ne se firent pas attendre.

Après cette campagne si brillante, loin de garder rancune à Dintroz, Bonaparte, voulant le récompenser de son zèle et de ses fatigues, lui offrit le grade de chef de bataillon d'artillerie, que celui-ci, malade et épuisé, ne put accepter, et il obtint du général en chef sa retraite, dont le brevet était accompagné d'un cadeau de 10 000 francs. Le pauvre et brave Dintroz mourut de consomption en arrivant dans son pays.

Nous nous sommes arrêtés un peu longuement sur cette amitié militaire ; c'est parce qu'elle est caractéristique : la bonne confraternité y garde sans mélange son caractère républicain. Vieux amis d'un autre temps, le capitaine et le général ne croyaient pas la discipline violée parce qu'ils se tutoyaient et s'expliquaient en s'envoyant à la tête les épithètes de... bête et de b...

Comme si tout devait être agitation et mouvement dans la vie de cet homme extraordinaire, il y avait à peine un mois que le capitaine Bonaparte avait quitté la Corse et qu'il était à Nice, lorsqu'il reçut du chef de brigade Dujard l'ordre de partir de Nice sur-le-champ, et de se rendre en poste à Vonges, poudrerie située dans le département de la Côte-d'Or, sur la rive gauche de la Saône, entre Auxonne et Gray. Il devait y inspecter les poudres nécessaires au service de l'armée et en presser l'envoi. Sa mission consistait surtout à empêcher que les fédérés qui s'étaient organisés à Marseille et à Avignon n'employassent ces munitions contre les troupes de la République. L'ordre verbal du chef de brigade Dujard fut porté au milieu de la nuit au capitaine Bonaparte, que l'adjudant chargé de lui signifier trouva au travail avec Dintroz dans son appartement. Dès le lendemain, il était en route.

Le sort en était jeté. Bonaparte ne devait pas aller à tire-d'aile jusqu'à Vonges. Le 5 ou le 8 juillet, il rencontra à Valence l'adjudant général Carteaux, que le délégué de la Convention avait nommé, depuis quelques jours, général de brigade, et qui, à la tête d'une colonne de deux mille hommes, se disposait à partir de cette ville pour le Midi. Carteaux avait ordre de longer les deux rives du Rhône, afin de s'opposer à la jonction des fédérés de Marseille et de Nîmes, et Bonaparte fut requis par le représentant du peuple Albitte, l'un des trois délégués de la Convention nationale près de l'armée des Alpes, pour servir provisoirement dans la petite armée de Carteaux. Le voilà donc appelé à une tout autre œuvre que celle à laquelle il devait naturellement s'attendre à son départ de Marseille pour Nice, la guerre contre les Austro-Sardes dans les Alpes-Maritimes. Patience, cela viendra. Il s'agit maintenant d'avoir raison des fédérés du Midi, rebelles à la République, puis, après, des Anglais dans Toulon, œuvre plus difficile et qui sera le vrai commencement de cette étonnante fortune.

Albitte avait été délégué par ses collègues, Dubois-Crancé et Gautier, pour accomplir la première de ces œuvres ; ses pouvoirs étaient très étendus, car, le 17 juillet 1793, ce proconsul avait annoncé à la Convention, comme chose toute naturelle de sa part, qu'il venait d'élever l'adjudant général Carteaux au grade de général de brigade. Bonaparte, ainsi requis, se rangea provisoirement sous les ordres du général Carteaux. Voilà donc le jeune capitaine attaché à l'artillerie de l'armée de celui-ci. Nous ne le suivrons pas dans tous les détails des premières opérations auxquelles il prit part dans cette campagne ; nous n'en marquerons que les points principaux. Le conventionnel Albitte, suivant l'usage, fit partie de l'expédition et l'anima de sa présence. Médiocre était sa capacité ; mais l'esprit et le courage du temps vivaient en lui, et il ne faillit pas à ses devoirs. Dès le 14 juillet, à cinq heures du soir, le général Carteaux, le représentant Albitte et le jeune Bonaparte faisaient leur entrée dans la citadelle du Saint-Esprit, que venaient d'évacuer devant eux les rebelles du département du Gard. L'armée républicaine poursuivit sa marche en passant par Orange. Elle était divisée en deux ailes : l'une, dont l'artillerie était commandée par le capitaine Bonaparte, l'autre, que commandait Carteaux en personne, s'avançait le long de la rive gauche. Le 25 juillet, l'une et l'autre étaient en vue d'Avignon. Le général Carteaux, ayant sommé inutilement les insurgés qui occupaient la ville de livrer la place aux troupes de la République, l'attaqua résolument, bien que son arrivée fût de beaucoup inférieure à celle des fédérés ; mais sa colonne ne fut pas la seule à agir. Il savait que celle de droite venait d'entrer sans résistance à Villeneuve-lès-Avignon, et il envoya à Bonaparte l'ordre d'opérer avec l'artillerie qu'il commandait. Bonaparte, qui ne demandait pas mieux, plaça ses deux pièces de quatre en batterie sur un emplacement d'où l'on découvrait très bien la plate-forme du rocher d'Avignon, sur laquelle les insurgés avaient établi leur artillerie de siège, et il pointa lui-même ses canons. Au premier coup, il démonta une pièce des assiégés ; au second, il tua un de leurs canonniers et cassa le bras à un autre. A ces ravages, les insurgés, voyant qu'ils ne pouvaient pas lutter contre l'artillerie républicaine, cessèrent leur feu, qu'ils dirigeaient d'ailleurs assez mal ; ils évacuèrent la ville en désordre et se retirèrent sur Saint-Rémy. Le général Carteaux entra dans Avignon avec sa colonne ce jour-là même (25 juillet 1793), tandis que la colonne de droite resta sur l'autre rive du Rhône, à Villeneuve-lès-Avignon, jusqu'au lendemain 26 ou surlendemain 27 juillet. Ce jour-là, Bonaparte reçut des représentants du peuple en mission dans les départements méridionaux l'ordre de revenir sur la gauche, pour marcher avec un détachement de deux cents hommes du 59e régiment, ses vingt artilleurs et ses deux pièces, sur Tarascon, ce qu'il fit avec l'entrain que les hommes de sa trempe mettaient à tout en ce temps-là. Le 28 juillet 1793, il entrait sans résistance dans Tarascon, au cri de : *Vive la République !*

Le politique commençait à se dessiner en lui ; une circonstance va le prouver. Beaucaire n'est, comme on sait, séparé de Tarascon que par le Rhône, sur lequel il y avait alors un pont de bateaux. Le lendemain 29, Bonaparte se fait annoncer aux autorités de Beaucaire, rendez-vous des insurgés du Gard, et se met en marche avec cent hommes et ses deux canons. A la vue de cette troupe marchant sur le pont, Bonaparte en tête, des cris répétés de : *Vive la République !* sont poussés par un groupe de citoyens rassemblés sur la rive droite du fleuve. On les prend pour des fédérés, car ce cri était alors commun aux deux partis. En un instant les pièces sont braquées, et l'on allait faire feu, quand un délégué des représentants du peuple accourt et dit : *Arrêtez ! ils sont des nôtres. — Ah ! c'est différent ; c'est très bien,* répond Bonaparte d'un air très satisfait ; car, comme nous aurons l'occasion de le voir, il lui répugnait extrêmement d'avoir à tirer le canon contre des poitrines françaises. Alors la petite troupe républicaine entra à Beaucaire sans avoir à combattre.

Ce même soir 29 juillet 1793, le capitaine Bonaparte soupa dans une auberge de Beaucaire avec des négociants de Montpellier, de Nîmes et de Marseille. C'était à l'époque de la foire. Vers la fin du repas, il s'engagea, entre le jeune militaire et les négociants, une discussion politique sur la situation de la France ; les convives avaient chacun une opinion différente, qu'ils soutenaient avec chaleur ; et c'est cette discussion, d'ailleurs très convenablement menée de part et d'autre qui fait le sujet du mémorable et célèbre écrit de Bonaparte, intitulé : le *Souper de Beaucaire*, qu'il publia quelques jours après à Avignon, avec l'autorisation des représentants du peuple en mission dans le Midi, auxquels il l'avait communiqué.

Nous ne suivrons point Bonaparte pas à pas dans le reste de cette rapide campagne, où les troupes du général Carteaux, agissant au nom de la République, arrivèrent à dissoudre l'insurrection des fédérés. Il nous suffira de dire qu'après avoir rétabli et consolidé l'autorité de la Convention à Beaucaire, Bonaparte repassa le Rhône, se porta sur Arles, et rejoignit le 8 août le général Carteaux à Saint-Martin-de-la-Crau. Mais il avait gagné les fièvres dans le Delta du Rhône, et, quelques jours après, c'est-à-dire dans la première quinzaine d'août, il sentit le besoin de prendre du repos, et se rendit au quartier général à Avignon, où il logea chez M. Bouchet, négociant. Toujours actif, et pouvant dire comme le grand poète de l'Italie :

I miei pensier in me dormir non puono,
« Mes pensées ne peuvent pas dormir en moi. »

il consigna dans la brochure le *Souper de Beaucaire*, la conversation qu'il avait eue dans cette ville le 29 juillet précédent, et l'état des opinions dans le Midi. Cet écrit, émanant d'un si jeune homme et composé dans de telles circonstances, est remarquable surtout par la sagacité des vues militaires et politiques ; il est d'un bout à l'autre plein de modération et de bon sens ; et tout ce que, à cette date, l'éloquent convive concevait de succès pour la cause qu'il avait embrassée et qui semblait si compromise aux yeux des insurgés, s'est réalisé de point en point.

C'est en août 1793 que le jeune auteur sollicita et obtint des représentants du peuple en mission dans le Midi l'autorisation de faire imprimer le *Souper de Beaucaire* par M. Marc Aurel de Valence, nommé imprimeur en chef de l'armée du Midi le 19 juillet 1793, et qui se trouvait en ce moment à Avignon avec une imprimerie ambulante. Bonaparte fut heureux de retrouver le père Aurel, une de ses vieilles connaissances de Valence. L'impression fut exécutée aux frais du trésor national.

C'était, en effet, une publication utile à répandre pour l'apaisement des esprits, et l'on ne doit pas être surpris que les délégués de la Convention l'aient compris de cette manière. Ainsi Bonaparte défendait alors la grande cause patriotique, non seulement de l'épée, mais de la plume, *ense et calamo.*

Les particularités relatives à cet opuscule nous ont paru, à double titre, dignes d'être rappelées, et nous comprenons que le prote qui en avait conservé le manuscrit signé par l'auteur y ait attaché quelque prix. Les exemplaires imprimés à Avignon en août 1793 sont devenus introuvables. Diverses causes y ont contribué. On dit, en effet, que Napoléon voulut plus tard le retirer du commerce ; mais on peut en attribuer à des causes plus naturelles la disparition presque entière. Tout le monde sait avec quelle facilité les brochures, ce qu'on appelle les plaquettes dans le commerce de la librairie, deviennent en peu de temps très rares, sinon introuvables. D'après la lettre suivante de Louis Bonaparte, datée de Paris 4 germinal an VII (24 mars 1799), on pourrait penser que Bonaparte voulait lui-même, dès ce temps-là, retirer le *Souper de Beaucaire* du commerce de la librairie. Cette lettre est assez curieuse, ce nous semble, et clora, comme il le mérite, cet historique de la brochure du républicain Bonaparte.

« Paris, 4 germinal an VII.

Louis Bonaparte, aide de camp du général en chef de l'armée d'Orient au citoyen Aurel, imprimeur-libraire à Avignon.

C'est chez vous, citoyen, qu'a été imprimée en 1793 une brochure ayant pour titre le *Souper de Beaucaire.* Si vous pouviez m'en envoyer plusieurs exemplaires, je vous en ferais passer aussitôt le prix.

Salut et fraternité, Louis Bonaparte,

Rue du Rocher, n° 505, près la barrière de Monceau. »

L'adresse porte :

« Au citoyen Aurel, imprimeur-libraire à Avignon, département de Vaucluse. »

Voici le début de cette brochure, remarquable à plus d'un titre :

« Je me trouvais à Beaucaire le dernier jour de la foire : le hasard me fit avoir pour convives, à souper, deux négociants marseillais, un Nîmois et un fabricant de Montpellier. Après plusieurs moments employés à nous reconnaître, l'on sut que je venais d'Avignon et que j'étais militaire. Les esprits de mes convives, qui avaient été toute la semaine fixés sur le

> cours du négoce qui accroît les fortunes, l'étaient dans ce moment sur l'issue des événements présents, d'où en dépend la conservation ; ils cherchaient à connaître mon opinion, pour, en la comparant à la leur, pouvoir se rectifier et acquérir des probabilités sur l'avenir, qui nous affectait différemment ; les Marseillais surtout paraissaient être moins pétulants : l'évacuation d'Avignon leur avait appris à douter de tout ; il ne leur restait qu'une grande sollicitude sur leur sort. La confiance nous eut bientôt rendus babillards, et nous commençâmes un entretien à peu près en ces termes. »

Suit un dialogue où les convives prennent tour à tour la parole, avec ces mots à chaque changement d'interlocuteur : le NÎMOIS... Le MARSEILLAIS... le FABRICANT DE MONTPELLIER ; quant à l'auteur, il se désigne toujours par ce mot : le MILITAIRE. Est-il besoin de dire que c'est ce dernier qui tient presque constamment le dé de la conversation ? Il a affaire à des esprits prévenus, mais non endurcis. La Convention a soulevé des défiances, a éveillé des craintes, surtout dans nos départements du Midi ; on y fait le signe de la croix quand on entend prononcer les noms de nos grands révolutionnaires. Bonaparte, dont l'esprit droit est loin de partager ces préjugés, répète sur tous les tons ce mot à ses convives : « Confiance, confiance, confiance ; laissez à la Révolution le temps de grandir ; est-il juste de mettre en doute la vigueur future de l'enfant qui vient de naître ? » Toutes ces raisons, auxquelles l'uniforme militaire et ce ton bref, sûr de lui-même, que tout le monde connaît portent la conviction dans les esprits, et le curieux écrit se termine par ces mots :

« LE MILITAIRE. Croyez-moi, Marseillais, secouez le joug du petit nombre de scélérats qui vous conduisent à la contre-révolution ; rétablissez vos autorités constituées, acceptez la Constitution ; rendez la liberté aux représentants ; qu'ils aillent à Paris intercéder pour vous ; vous avez été égarés. Il n'est pas nouveau que le peuple le soit par un petit nombre de conspirateurs et d'intrigants ; de tout temps, la facilité et l'ignorance de la multitude ont été la cause de la plupart des guerres civiles.

» LE MARSEILLAIS. Eh ! monsieur, qui peut faire le bien de Marseille ? Seront-ce les réfugiés qui nous arrivent de tous les côtés du département ? Ils sont intéressés à agir en désespérés. Seront-ce ceux qui nous gouvernent ? ne sont-ils pas dans le même cas ? Sera-ce le peuple ? Une partie ne connaît pas sa position, elle est aveuglée et fanatisée ; l'autre partie est désarmée, suspectée, humiliée ; je vois donc, avec une profonde affliction, des malheurs sans remède.

» LE MILITAIRE. Vous voilà enfin raisonnable ; pourquoi une pareille conversion ne s'opérerait-elle pas sur un grand nombre de vos concitoyens qui sont trompés et de bonne foi ? Alors Albitte, qui ne peut que vouloir épargner le sang français, vous enverra quelque homme loyal et habile ; on sera d'accord, et, sans s'arrêter un seul moment, l'armée ira sous les murs de Perpignan faire danser la carmagnole à l'Espagnol enorgueilli de quelques succès, et Marseille sera toujours le centre de gravité de la liberté, ce sera seulement quelques feuillets qu'il faudra arracher à son histoire. »

Puis, l'auteur de la brochure conclut en ces termes :

« Cet heureux pronostic nous remit en humeur ; le Marseillais nous paya de bon cœur plusieurs bouteilles de vin de Champagne qui dissipèrent entièrement les soucis et les sollicitudes. Nous allâmes nous coucher à deux heures du matin, nous donnant rendez-vous au déjeuner du lendemain, où le Marseillais avait encore bien des doutes à proposer, et, moi, bien des vérités intéressantes à lui apprendre. »

Ainsi donc, comme le jeune Bonaparte lui-même le sentait, toute la France était alors plus ou moins républicaine ; elle n'avait qu'un cœur, seulement ce cœur ne battait pas également partout : les pulsations étaient rapides à Paris, lentes en province : Toulon, Marseille, Lyon, Avignon, Nîmes, Montpellier, Beaucaire trouvaient que la Convention allait trop vite en besogne. C'est ce que montre la brochure du *Souper de Beaucaire*, avec une grande franchise d'allure et une admirable lucidité de raisonnement. Nous avons là, sur notre bureau, cette brochure, devenue à peu près introuvable en librairie et dont l'importance historique et politique n'échappera à personne. Notre intention était d'abord de la donner en entier, et si nous renonçons à la publier, c'est uniquement à cause de son étendue, et parce que ces pages ralentiraient un récit dont le principal mérite doit être la concision et la rapidité. Ce n'est nullement, comme quelques-uns pourront le croire, la crainte de déplaire qui arrête notre plume. Le *Grand Dictionnaire* a pris pour règle de ne jamais s'abandonner à une critique, à une opposition de parti pris. Il n'est que l'humble serviteur, l'instrument passif de l'histoire ; contrairement à un adage bien connu, il raconte non pour plaire, mais pour prouver, et comme aucune intention méchante ne se cache au fond de son encrier, il n'a besoin ni de ruser ni de dissimuler. De même que le bœuf, attaché à sa charrue, creuse un sillon droit et profond, sans s'inquiéter des racines malfaisantes que le tranchant du fer détruit ; ainsi le *Grand Dictionnaire* tend simplement à déraciner les erreurs et les préjugés qui ont envahi le domaine de l'histoire.

Bonaparte, remis de son indisposition, partit en poste d'Avignon le 22 avril 1793, avec l'agrément des délégués de la Convention, pour aller remplir à Auxonne ou à Vonges la mission dont il avait été primitivement chargé. Vers le 28 août, il était à Auxonne, et c'est là que, le 3 septembre, il apprit la trahison qui avait livré Toulon aux ennemis de la France. Les Anglais en avaient pris possession le 27 août. Cet événement fut connu au camp devant Lyon le 1er septembre, et on n'en fut instruit à Auxonne que deux jours après. Bonaparte prit, sur cette nouvelle, une détermination qui témoigne de son esprit d'initiative ; il partit spontanément pour Paris, sans autorisation de son chef, parvint à s'aboucher avec les membres du comité de Salut public, et obtint d'eux l'ordre de commander provisoirement l'artillerie du siège de Toulon,

Il n'était toujours que capitaine de l'arme et n'avait que vingt-quatre ans et un mois, même un peu moins : on était au 12 ou au 13 septembre 1793. Il partit en poste de Paris et arriva rapidement à Lyon, où il s'embarqua aussitôt dans un bateau commandé par un nommé Benoît Mathieu de Condrieux, qui le conduisit jusqu'à Avignon. D'Avignon, Bonaparte se rendit en toute hâte à Ollioules, quartier général de l'armée de siège, où il arriva le 1er vendémiaire an II (22 septembre 1793). Il s'empressa d'aller faire une visite et de présenter ses lettres de service au général Carteaux, qui était le commandant en chef de cette armée. Comme on le voit, la trahison de Toulon lui tenait au cœur.

Ici commence une sorte d'époque bizarre, où l'on voit l'impéritie d'un chef d'un âge mûr lutter maladroitement contre la capacité précoce d'un jeune homme de vingt-quatre ans ; épopée tout à la fois sublime et burlesque, grâce à la présomption comique du chef et aux soudaines illuminations du subordonné.

En présentant des lettres de service signées par les membres du comité de la guerre de la Convention, et où le nom de Carnot se trouvait, Bonaparte ne pouvait être mal reçu. Il aborde l'officier général, homme magnifique, doré depuis les pieds jusqu'à la tête. « C'était bien inutile, dit Carteaux avec une prétention superbe en caressant sa moustache ; nous n'avons plus besoin de rien pour reprendre Toulon. Malgré cela, soyez le bienvenu ; vous partagerez demain la gloire de le brûler sans en avoir pris la fatigue. » Le général Carteaux, comme un homme sûr de son fait, donna rendez-vous au jeune officier pour le lendemain, au jour naissant, *afin de lui faire voir quelque chose de bon.* Bonaparte n'eut garde d'y manquer, et Carteaux le mena, d'un air triomphant, à une batterie dont il avait lui-même indiqué la direction dans le but louable d'incendier la flotte anglaise. Cette curieuse batterie n'avait pas moins d'une lieue d'étendue ; les canons y étaient disposés de distance en distance en dehors des gorges d'Ollioules sur la droite et à deux mille toises de la mer ; c'était cette batterie sans pareille qui devait agir et incendier les vaisseaux anglais mouillés à plus de quatre cents toises du rivage. Après une discussion de quelques instants, il fallut, on le pense bien, renoncer à entreprendre cette belle opération, et Toulon ne fut nullement *brûlé* ce jour-là. Dès ce même jour 24 septembre, Bonaparte reconnut toute l'importance du Caire, position restée inoccupée ; il vit, avec son œil d'aigle, que c'était de là qu'on pouvait dominer Toulon, et il dit avec assurance à Carteaux que s'il voulait s'établir en force sur ce point et y faire placer, sans perdre une minute, de nombreuses batteries, il répondait de le faire entrer dans Toulon. Carteaux parut se rendre à cet avis ; mais il ne prit que des demi-mesures ; il envoya quatre cents hommes pour occuper la position du Caire. Les Anglais, qui, comme Bonaparte, avaient compris toute l'importance de cette position, résolurent de l'occuper eux-mêmes ; quelques jours après, ils envoyèrent quatre mille hommes, qui en chassèrent aisément les quatre cents Français, et élevèrent le fort Murgrave sur ce promontoire du Caire qui, comme l'avait vu sur-le-champ Napoléon, était la vraie clef de Toulon. Ainsi, grâce à l'impéritie de Carteaux, c'étaient les ennemis qui profitaient des savantes combinaisons de Bonaparte. Carteaux n'ordonna pas même une attaque générale des Anglais pour les empêcher de poursuivre les travaux commencés. Ils purent, pour ainsi dire en paix, travailler pendant un mois à fortifier cette formidable redoute, qui devait être notre pierre d'achoppement, et dont la prise seule nous permit bien tard de nous rendre maîtres de Toulon. Aucun effort, disons-nous, ne fut même tenté par le général Carteaux pour interdire à l'ennemi de faire là ce qui devait nous coûter tant à recouvrer. Bonaparte ne cessait de lui dire que cette position ruinait toutes les espérances d'une prise immédiate de Toulon, et qu'on laissait ainsi prendre aux ennemis une position formidable. Carteaux, plein de confiance bien qu'il pût voir les ingénieurs anglais tracer les premiers linéaments de ce qui devait être le fort Murgrave, répondait avec aplomb aux représentations que lui faisait Bonaparte : « Tranquillise-toi ; quand je croirai utile de débusquer les ennemis, ils partiront. »

On ne riait de rien dans ces jours solennels, et Bonaparte jeune, n'était pas rieur de sa nature. Il s'affligeait de l'ignorance du général en chef ; il en craignait les suites fâcheuses pour l'armée de siège ; mais il ne pouvait rien contre son supérieur, dont les plans fantastiques contrariaient incessamment les siens.

On peut dire que le général en chef Carteaux accumula fautes sur fautes dans ce commandement du siège de Toulon.

Notre intention, on le conçoit, ne saurait être de donner ici l'histoire détaillée de ce siège, et d'en suivre jour par jour les péripéties. Il nous suffira de dire que, jusqu'au moment où Carteaux cessa d'y commander, Bonaparte s'y vit perpétuellement contrarié par l'ignorance et la présomption du général en chef, brave homme au demeurant, mais dont les procédés militaires parurent, dans le temps, les plus étranges du monde aux juges compétents.

On en raconte, en effet, des traits incroyables. Ainsi Carteaux proposa un jour à Bonaparte d'établir sur une hauteur, entre le fort Malbousquet et les forts Rouge et Blanc, tous trois occupés par les Anglais, une batterie qui les mitraillerait à la fois ; il fit mieux, il lui *ordonna* de faire construire cette batterie. Les militaires expérimentés savent que c'est en plaçant contre un fort trois ou quatre batteries dont les feux convergent, que le feu de l'assiégeant peut avoir l'avantage sur celui de l'assiégé ; ils savent également que de faibles batteries, construites à la hâte, ne peuvent rien contre des batteries établies avec soin et le relief de la fortification permanente. Il fut impossible à Bonaparte de faire comprendre à Carteaux que la batterie qu'il ordonnait de construire serait rasée en un quart d'heure, et que les canonniers en seraient tous tués. Force fut cependant à Carteaux de retirer cet ordre impossible à exécuter.

Une autre fois, il voulait faire construire une batterie sur la terrasse d'une maison de campagne ; mais cette terrasse était si étroite que, par l'effet du recul, les canonniers ne pouvaient manquer d'être écrasés par les débris de la maison.

On n'en finirait pas si l'on voulait rapporter tous les faits du même genre qui illustrèrent devant Toulon le commandement de ce général en chef, si peu digne de l'être. Bonaparte était renversé par la tactique militaire de Carteaux ; et déjà sans doute il méditait ce mot célèbre : « Il (Sébastiani) me fait marcher de surprise en surprise. »

On peut dire avec justice que tout ce qui s'exécuta de bien à ce siège, sous le commandement de Carteaux, fut fait pour ainsi dire en dépit de Carteaux, par Bonaparte, qui ne lui obéissait que dans la rigoureuse mesure hiérarchique exigée par la discipline militaire, dont le jeune officier, malgré les bouillonnements de son naissant génie, avait un sentiment très profond.

C'est ainsi que, dès son arrivée, Bonaparte fit élever, presque malgré son général en chef, les batteries qu'il baptisa *lui-même* de la *Montagne* et des *Sans-Culottes*, batteries qui jouèrent un si grand rôle durant le siège, et ne cessèrent de jeter l'alarme parmi les assiégés. Le feu en était épouvantable : les premières chaloupes anglaises furent coulées bas, quelques frégates furent démâtées, quatre vaisseaux de ligne furent si fort endommagés, qu'ils durent entrer dans le bassin pour y être réparés.

Ce fut pendant la construction d'une de ces batteries que Bonaparte, ayant besoin de dicter un ordre, demanda un homme qui sût écrire. *« Présent, capitaine »*, répondit un sergent d'un bataillon de la Côte-d'Or. Comme il achevait d'écrire sur l'épaulement de la batterie, un boulet ennemi, qui venait de frapper à côté, le couvrit de terre, lui et son papier. *Bon !* dit le secrétaire improvisé ; *je n'aurai pas besoin de sable.* C'était Junot. Cette preuve de sang-froid fut l'origine de sa fortune. Bonaparte prit aussitôt le sergent en amitié, et ce sergent devint successivement officier, chef de bataillon, aide de camp, général, enfin duc d'Abrantès. On sait que pareille chose arriva au siège de Stralsund, à Charles XII et à son secrétaire. C'est identique, seulement c'est tout le contraire, comme disait le caporal instructeur faisant exécuter l'exercice de flanc droit et de flanc gauche : l'exclamation de terreur du Suédois, en passant par la bouche du soldat bourguignon, s'était changée en un mot plaisant.

A propos de ce fameux siège de Toulon, *première page d'une grande histoire*, nous allons rapporter encore un fait excessivement honorable, où la calomnie joue, comme partout, un bien vilain rôle.

Un jour, un canonnier ayant été tué à une batterie, Bonaparte arracha le refouloir de ses mains et se mit à charger lui-même dix ou douze coups. Quelques jours après, il était couvert d'une gale très maligne : le canonnier mort en était infecté. Bonaparte apprit ce détail de son adjudant, le brave Muiron, tué depuis, colonel aide de camp du général Bonaparte, auquel il sauva la vie, au prix de la sienne en le couvrant de son corps, à la bataille d'Arcole, le 16 novembre 1796.

Entraîné par l'ardeur de sa jeunesse et par sa passion pour le service, Bonaparte se contenta d'un léger traitement. Le mal sembla disparaître ; il n'était que rentré. Cette maladie cutanée, gagnée devant Toulon au service de la République, affecta longtemps la santé de Napoléon ; mais la cause en était si glorieuse, qu'on rougit en songeant aux cruelles épigrammes qu'elle devait inspirer plus tard (1814) aux royalistes. De telles armes, si lâchement empoisonnées, ne blessent que les mains qui ont le courage de s'en servir.

Cependant, et malgré Carteaux, la liberté d'action de Bonaparte devenait de jour en jour plus grande. Il y avait à peine quinze jours qu'il était arrivé, et déjà tout le monde, hors le général en chef, semblait disposé à ne suivre que ses avis. Gasparin et Salicetti, délégués de la Convention, qui présidaient aux opérations du siège, l'écoutaient avec déférence ; Gasparin surtout en faisait les plus grands éloges et lui donnait, malgré sa jeunesse, les marques d'une sorte de respect bienveillant, qui allèrent profondément au cœur du jeune officier. Il s'en souvint dans son testament de Sainte-Hélène, bien qu'il ne fût resté que quelques jours avec ce représentant, qui mourut le 11 novembre suivant. Dans le sein du conseil, Gasparin appuyait toujours les avis du jeune officier et les soutenait contre ceux de Carteaux.

A partir du 9 octobre 1793, jour de la prise de Lyon par l'armée des Alpes, le secours que la soumission de cette ville permettait d'envoyer donna l'espoir d'une prompte réduction de Toulon, et Bonaparte fit tout ce qu'il put pour hâter cette reddition. Le 15 octobre, il soutint opiniâtrement au conseil que le vrai point d'attaque était le fort *Murgrave,* appelé par les Anglais le *Petit-Gibraltar* ; que *Toulon était là,* ajoutant que soixante-douze heures après la prise de ce fort, l'armée de siège aurait recouvré Toulon. Là-dessus, Carteaux, appelé à donner son avis, répondit que la chose valait peut-être la peine d'être examinée ; et, après huit jours de profonde méditation, il envoya l'ordre suivant à son jeune subordonné :

« Le commandant de l'artillerie *foudroiera* Toulon pendant trois jours, et le quatrième, je ferai attaquer la ville par trois colonnes. » Ce mot souligné sonnait admirablement dans une bouche républicaine.

Ce ton d'assurance de Carteaux rappelle parfaitement – avec une légère nuance que le lecteur saisira – celui que prendra plus tard le général en chef de l'armée d'Italie, en se parlant à lui-même. La scène se passe dans son cabinet des Tuileries ; le premier consul est couché tout de son long sur une carte, et il s'écrie, en présence de son secrétaire qui l'écoute avec surprise : « Ce pauvre M. du Mélas passera par Turin… il se repliera vers Alexandrie… Je passerai le Pô… je le joindrai sur la route de Plaisance dans les plaines de la Scrivia… et je le battrai là, là !… » Et, en disant ces mots, il piquait une épingle, à San-Giuliano (village qui se trouve dans la plaine de Marengo). La suite prouvera que c'était là une vision extraordinaire de l'avenir.

Cette héroïque résolution, le foudroiement de Toulon, fut le coup de grâce du pauvre Carteaux. L'ordre pittoresque du général en chef et le projet de Bonaparte furent expédiés au comité de Salut public par un courrier extraordinaire, dépêché par Gasparin lui-même, et Carteaux fut immédiatement révoqué.

Un dernier mot sur ce type curieux de nos armées de la République. Le général était accompagné de Mme Carteaux, femme de bon sens. Son mari lui faisait en particulier des doléances sur ce que son autorité semblait tomber de ses mains dans celles de Bonaparte. « Laisse faire ce jeune homme, répondait Mme Carteaux ; il en sait plus que toi, et il ne te demande rien. Ne te rend-il pas compte exactement de tout ? la gloire te reste, et, s'il fait des fautes, elles seront pour lui. » Dans une autre circonstance, elle lui disait : « Ne t'y trompe pas : Bonaparte a trop d'esprit pour rester longtemps un sans-culotte. » — Citoyenne Carteaux, répliqua le général en se redressant fièrement, car il se sentait blessé dans son amour-propre ; citoyenne Carteaux, c'est donc à dire que nous sommes tous des bêtes ? — Je ne dis pas cela, mon ami, reprit-elle sur le ton d'Alceste à Oronte ; je dis seulement que ce jeune homme ne te ressemble en aucune manière. »

Gasparin tomba malade sur ces entrefaites et partit pour Orange, son pays, où il mourut, presque aussitôt.

Carteaux avait commandé en chef devant Toulon depuis fin août jusqu'au 6 novembre, c'est-à-dire pendant deux mois et six jours ; et Bonaparte avait servi sous lui du 23 septembre au 6 novembre, c'est-à-dire pendant quarante-cinq jours.

Bonaparte, qui avait appris à estimer Carteaux, comme homme et comme républicain, a dit plus tard de lui que ce n'était pas un méchant homme, mais un officier très médiocre. Il ne lui garda nullement rancune des rapports tendus qu'ils avaient eus au siège de Toulon, et, devenu premier consul, il le nomma, d'abord administrateur général de la loterie, puis administrateur de la principauté de Piombino. Carteaux exerçait de nouveau les fonctions d'administrateur de la loterie, lorsque, le 17 mars 1804, il écrivit à Bonaparte la lettre suivante, qui a passé sous nos yeux à la vente de la collection Villenave : « Général premier consul, comme dit le proverbe, *où l'on trouve son bien on le reprend.* C'est à ce titre que j'ai accepté de vous offrir, d'après la soumission ci-jointe des actionnaires d'Avignon, la somme de 166 650 francs qu'ils vous restituent sous le titre précieux de don à la patrie pour les frais de la guerre. Une telle offrande répugnera peut-être à votre cœur, mais je crois que, sans blesser ni votre religion ni votre honneur, vous pouvez accepter. » Le premier consul accepta et fit verser la somme au trésor public. Carteaux, qui n'avait jamais su s'enrichir dans les diverses fonctions qu'il avait exercées, et qui était devenu infirme, fut mis à la retraite à son retour d'Italie, et reçut de celui dont il avait été autrefois le supérieur une pension de 3 000 francs sur la cassette particulière de Napoléon. Cet honnête républicain mourut au mois d'avril 1813. Comme on le voit, le ciel lui avait accordé vingt ans pour méditer sur la prédiction de la citoyenne Carteaux.

Enfin, le 17 novembre 1793, le général français Dugommier vint prendre le commandement du siège de Toulon. Napoléon, à Sainte-Hélène, a fait de ce général ce bel éloge : « Il avait toutes les qualités d'un vieux militaire ; extrêmement brave de sa personne, il aimait les braves et en était aimé. Il était bon, quoique vif, très actif, juste ; avait le coup d'œil militaire, du sang-froid et de l'opiniâtreté dans le combat. »

Il n'y a ici que cinq lignes ; mais cela peint.

Dès la première entrevue, le vieux général et le jeune officier d'artillerie s'entendirent à merveille et se parlèrent comme s'ils s'étaient connus toute leur vie. Ils poussèrent de concert le siège avec une vigueur extraordinaire.

Bonaparte venait d'être nommé, par rang d'ancienneté (21 novembre), troisième chef de bataillon de son régiment, lorsque Robespierre jeune vint remplacer Gasparin en qualité de délégué de la Convention. Comme les autres, le frère de Maximilien ne tarda pas à être frappé de la fiévreuse activité de Bonaparte ; nous verrons tout à l'heure ce que cette attention valut au jeune officier.

De jour en jour, les assiégeants faisaient de nouveaux progrès. Le 14 décembre, les représentants du peuple, Robespierre jeune, Salicetti et Ricord réunirent à Ollioules un conseil de guerre, où l'assaut du fort Margrave fut résolu.

Toulon était là, selon la pittoresque expression de Bonaparte, et Dugommier, avec son tact militaire, le comprenait comme lui ; mais c'était un rude morceau à emporter que ce fort Murgrave. Il le fallait emporter cependant, ou se résoudre à voir traîner le siège en longueur, et à ne prendre Toulon que dans un délai qui n'allait point à l'impatience de ces temps de fiévreuse ardeur. Il fallait donc tout tenter et tout braver pour enlever cette position aux Anglais. Trois mille hommes de leurs meilleures troupes et quarante-quatre pièces de gros calibre défendaient le fort Murgrave, qu'ils jugeaient imprenable, et auquel ils avaient donné le nom de *Petit-Gibraltar*. Le commandant des Anglais avait même dit : *Si les Français emportent cette batterie, je me fais jacobin.* Les plus grands moyens de défense étaient accumulés dans cette grande redoute située sur le promontoire du Caire, d'où l'on domine la ville. C'était, on se le rappelle, cette même position que, le surlendemain de son arrivée à l'armée, Bonaparte avait proposé au général en chef Carteaux de faire occuper par une force suffisante, avant que les Anglais se fussent avisés eux-mêmes de son importance et s'y fussent solidement établis, l'assurant que dans huit ou dix jours il serait maître de Toulon.

Tous les efforts furent dirigée sur ce point, et d'abord sans succès. Bonaparte avait fait construire, à cent vingt toises de la redoute anglaise, comme le meilleur moyen de l'entamer, une batterie masquée, qui fut foudroyée au moment où elle commençait à tirer. Et cette batterie masquée avait été jugée par Bonaparte indispensable au succès de l'opération. C'est ici que l'énergie morale du jeune officier devait se montrer dans toute sa puissance. Les canonniers effrayés refusaient de servir cette batterie. Bonaparte, persuadé plus que jamais que toute attaque sur un autre point serait vaine pour l'unique objet qu'il fallait se proposer ; que la prise de Toulon dépendait absolument de celle du Petit-Gibraltar ; qu'il ne fallait viser qu'à cela, qu'en un mot *Toulon était là*, Bonaparte s'avisa d'une de ces ressources morales que les grands capitaines savent seuls employer à l'occasion, lorsqu'ils agissent sur des soldats tels que les soldats républicains d'alors. Il fit, de sa personne, ce qu'il devait faire plus tard à Arcole et au pont de Lodi ; il l'exposa tout entière. Il se fit apporter un poteau et chargea Junot, qui, comme nous le savons, avait une belle écriture, d'y adapter un écriteau en gros caractères, portant ces mots : *Batterie des hommes sans peur*, et il alla en personne, avec Junot, le planter en avant de la batterie. Puis il s'écria qu'il ne commandait à personne d'y servir, mais qu'il attendait les *hommes sans peur*. Son courage inspira un courage égal à tout le monde. Tous les canonniers de l'armée voulurent servir cette batterie, remontée en un moment. C'était le 16 décembre 1793. Elle commença immédiatement à jouer, et ne cessa son feu, ce jour-là, qu'à minuit. Le lendemain 17, d'autres batteries furent établies et dirigèrent un feu roulant. Il va sans dire que les Anglais ne furent pas sans riposter de leur mieux. D'après ce qui avait été concerté entre le général en chef et le commandant de l'artillerie Bonaparte, ce jour-là même, toutes les troupes républicaines se rassemblèrent pour l'attaque générale du fort Murgrave. Il pleuvait à verse. La division qui avait été placée dans le village de la Seyne, du côté de l'ouest, témoignait, malgré le mauvais temps, une ardeur et un enthousiasme extraordinaires. Dugommier avait formé son armée en quatre colonnes, qui devaient toutes opérer à la fois ; et, le 27 frimaire an II (17 décembre 1793), malgré la plus vive résistance, et au cri de *Vive la République*, nous fûmes maîtres à minuit du fort Murgrave.

Dans cette attaque, le général Laborde et le capitaine Muiron furent grièvement blessés. Bonaparte eut un cheval tué sous lui, et reçut au mollet un coup de sabre d'un canonnier anglais. Une lettre datée du lendemain et écrite par les représentants, qui avaient assisté de leur personne à cette brillante et périlleuse affaire, rendit compte au comité de Salut public du succès de la chaude journée de la veille.

Mais Toulon n'était pas encore au pouvoir des troupes républicaines. Il fallait donc battre le fer pendant qu'il était chaud. Le 28 frimaire (18 décembre 1793), toute l'artillerie de siège bombarda Toulon, et l'on s'empara d'un autre fort important, le fort

Malbousquet ; ce qui fit dire par Bonaparte aux commissaires de la Convention : « Demain, ou après-demain au plus tard, vous souperez dans Toulon. » En effet, le 29 frimaire, l'armée républicaine prit possession de la ville ; des lettres, du même jour, de Robespierre jeune et Salicetti et du général en chef Dugommier, annoncèrent à la Convention l'entrée dans Toulon de l'armée victorieuse ; et telle avait été la part glorieuse que Bonaparte avait prise au succès du siège qu'il en reçut aussitôt la récompense. Il ne figurait sur les cadres réguliers de l'armée qu'avec le grade de chef de bataillon d'artillerie, le troisième de son régiment et le cinquante et unième de l'arme, qui, d'après l'*Almanach national* de l'an II, en comptait soixante-sept. Le lendemain 30 frimaire, les représentants du peuple l'élevèrent provisoirement au grade de général de brigade d'artillerie, lui faisant ainsi franchir les deux grades intermédiaires de lieutenant-colonel et de colonel. Cette nomination fut confirmée et rendue définitive par le comité de Salut public, où siégeait Carnot, c'est-à-dire par le gouvernement, le 18 nivôse an II (7 janvier 1794).

Le nom de Bonaparte figure pour la première fois, dans l'*Almanach national* de France de l'an III (de septembre 1794 à septembre 1795), parmi les généraux de brigade de l'armée d'Italie, page 219, sous cette forme : *Buonoparté*, et non dans celui de l'an II, comme on l'a dit par erreur, parce que celui de l'an III avait déjà paru à la fin de 1793. Dans celui de l'an IV (après le 13 vendémiaire), on lit, page 103 : *Armée de l'intérieur. Citoyen* BUONAPARTE, *général en chef.* Dans celui de l'an V, page 105 : *Armée d'Italie. Citoyen BUONAPARTE, général en chef.* Mais nous anticipons. Revenons à 93.

En conséquence de sa nomination, qui n'avait besoin que pour la forme de la sanction du gouvernement, puisque les délégués de la Convention près des armées pouvaient conférer des grades, Bonaparte assista en uniforme d'officier général à un dîner qui fut donné à Toulon par l'ordonnateur en chef Chauvet, en l'honneur des représentants du peuple Robespierre jeune, Salicetti, Ricord et Fréron. Dans le menu figurait, par plaisanterie, comme pièce de résistance, une bombe française qui, pendant le siège, était tombée sans éclater dans la maison où l'on dînait, appartenant à un citoyen de Toulon fidèle à la République. La bombe républicaine avait compris qu'elle était sous le toit d'un ami, et qu'elle devait se comporter de manière à ne pas faire de bruit pour ne point réveiller les petits enfants de son hôte. Pendant une partie du repas, ce fut un feu roulant de bons mots sur l'intelligence de cette bombe.

Le 28 décembre 1793, Dugommier adressa à la Convention son rapport général sur le siège de Toulon, qui fut lu en séance publique, et où le nom de Bonaparte tient en quelque façon la première place parmi ceux qui ont le plus contribué à la prise de la ville. C'est dans ce rapport, qui parut au *Moniteur universel*, que fut consigné pour la première fois le nom de Bonaparte, sous cette forme : *Buona-Parté.*

L'attachement et l'estime de Dugommier, qui devait bientôt trouver une mort glorieuse à l'armée des Pyrénées-Orientales, laissèrent dans l'âme de Napoléon un profond souvenir, souvenir qu'il consigna à Sainte-Hélène de la façon suivante, dans le quatrième codicille de son testament, parmi les legs qu'il se plut à faire à tous ceux dont la mémoire lui était chère ou à leurs descendants : « Deuxième legs : idem, au fils ou petit-fils du général Dugommier, qui a commandé en chef l'armée de Toulon, la somme de 100 000 francs ; nous avons, sous ses ordres, dirigé et commandé l'artillerie ; c'est un témoignage pour les marques d'estime, d'affection et d'amitié que nous a données ce brave et intrépide général. »

Bonaparte partit de Toulon dans les derniers jours de décembre 1793 ; le 30 décembre il était à Marseille, où il revit sa mère, ses frères et ses sœurs, qui n'avaient cessé d'y habiter depuis que sa famille avait quitté la Corse ; il était accompagné du sergent-calligraphe Junot, dont il avait fait son aide de camp, et un peu aussi son secrétaire. C'est de cette ville et sous cette date qu'en qualité de général de brigade d'artillerie, nous le voyons délivrer un certificat élogieux à la 17ᵉ compagnie d'artillerie à cheval, et les jours suivants donner des ordres en la même qualité. Huit jours après, le 7 janvier 1794, il recevait l'ampliation du brevet de son grade de général de brigade d'artillerie signé des membres du comité de Salut public, et telle était alors déjà la confiance qu'il inspirait, qu'il fut chargé, par le Comité, du commandement en chef de l'artillerie de l'armée d'Italie, ainsi que de l'armement des côtes de la Méditerranée, depuis l'embouchure du Rhône jusqu'à celle du Var.

Mais ne quittons pas cette bonne ville de Marseille sans dire que c'est là, pour la première fois, que Junot vit cette Paulette, dont il devint tout d'un coup éperdument amoureux. Des huit enfants, Pauline Bonaparte était celle qui ressemblait le plus à Mme Lætitia Ramolino ; elle avait alors quatorze ans, et l'aurore de cette splendide beauté que devait immortaliser le ciseau de Canova se reflétait déjà en elle.

Pendant les mois de janvier et de février 1794, Bonaparte s'occupa de l'armement dont il avait été chargé, et c'est alors qu'il fit avec sa famille plusieurs courses pour déterminer la position des diverses batteries à établir, et qu'il adressa au comité de Salut public un mémoire où étaient savamment calculés les moyens de défense du littoral de la Méditerranée, et où il annonçait les mesures qu'il avait prises lui-même en qualité de général de brigade d'artillerie, chargé de l'armement de ce littoral. Ainsi il menait de front les devoirs de sa charge et ceux non moins sacrés de la famille et de l'amitié. Le général La Poype lui avait été adjoint pour cette opération ; et c'est ici que se place un incident qui faillit le compromettre assez gravement et terminer d'une manière tragique la carrière la plus gigantesque qu'il soit donné à un homme de parcourir.

Bonaparte avait proposé au représentant Maignet, délégué de la Convention et alors tout-puissant à Marseille, de faire réparer les forts Saint-Nicolas et Saint-Jean, en partie démolis par le peuple au commencement de la Révolution. Son dessein, très louable et très patriotique, était de mettre par là à l'abri d'un coup de main les poudres de guerre et les armes qui y étaient renfermées. Le citoyen Maignet trouva là une belle occasion de faire du zèle, à cette époque suprême où chacun tremblait pour sa vie. Adressa-t-il à ce sujet une dénonciation en forme au comité de Salut public ? on serait tenté de le croire. Toujours est-il que, dans la séance de la Convention nationale du 7 ventôse an II (26 février 1794), le représentant du peuple Granet dénonça le général La Poype et son chef d'artillerie Bonaparte, comme ayant voulu faire rétablir les *bastilles* que le tyran (Louis XVI) avait fait élever autrefois autour de Marseille, et demanda qu'ils fussent cités l'un et l'autre à la barre de la Convention. La Poype dut recevoir à Marseille, vers le 6 mars, le décret qui le mandait à Paris. Il partit immédiatement, et, dans la séance du 15 mars, Barrère lut des lettres écrites par le représentant Maignet, démentant le fait imputé à La Poype, et l'attribuant uniquement au général d'artillerie Bonaparte. La Poype, justifié, fut admis aux honneurs de la séance. Mais Bonaparte n'y parut point, parce que, lorsque le décret qui l'y appelait en même temps que La Poype parvint à Marseille, il était déjà parti de cette ville avec Junot pour visiter les côtes de la Méditerranée, puis se rendre à Nice, où il avait à exercer les fonctions de commandant en chef de l'artillerie de l'armée d'Italie. Il était donc à Nice, où s'étaient rendus de leur côté les représentants du peuple Ricord et Robespierre jeune, délégués de la Convention à l'armée d'Italie. Ricord avait emmené avec lui sa femme, et Robespierre jeune sa sœur Charlotte Robespierre, amie de Mme Ricord. Or Mlle Robespierre conçut, à première vue, pour le jeune protégé de son frère une estime qui avait fait sur son cœur de jeune fille et de républicaine une telle impression, qu'elle aimait encore à en parler le 1er août 1834, quand elle mourut dans la petite chambre qu'elle occupait avec Mlle Mathon, à Paris, rue Fontaine-Saint-Marcel.

Ce fut à Nice que Bonaparte apprit la dénonciation de Maignet et la comparution du général La Poype à la barre de la Convention. Mais il était à l'armée d'Italie, où sa présence fut jugée nécessaire, et il employa l'assistance des représentants qui l'avaient vu à l'œuvre à Toulon, et qui, mieux placés pour juger de l'affaire, pouvaient la présenter sous son vrai jour au comité de

Salut public. Le Comité en jugea comme eux et révoqua l'ordre de comparution à la barre de l'Assemblée. Ce résultat, où il y allait de la liberté et de la vie du futur empereur, fut dû surtout à Joseph Robespierre, qui, au siège de Toulon, avait conçu la plus haute estime pour le caractère et les talents de Bonaparte.

Bien que les Austro-Sardes fussent en ce moment en force dans les Alpes-Maritimes, les hostilités n'avaient pas été reprises et l'armée languissait au quartier général, de Nice, où l'on attribuait son inaction au général en chef Dumerbion, vieux, impotent, goutteux, morose, rempli d'un zèle inutile, et dont le cœur valait mieux que le bras. En arrivant à Nice, Bonaparte, qui voyait d'un regard le défaut de l'armure, s'affligea de cet état de choses, et, du 27 mars au 2 avril 1794, c'est-à-dire en six jours, il se mit au courant de la situation. Il en conféra sérieusement avec les représentants Ricord et Robespierre jeune. Il reconnut d'abord toute la force des positions de l'ennemi et le vice du système d'attaque ; et il eut le bonheur non seulement d'en concevoir, mais d'en faire adopter un meilleur, grâce au concours des représentants et à la franche loyauté du général en chef. Ses démonstrations portaient la conviction dans tous les esprits droits ; à cette époque d'abnégation patriotique, tous les cœurs battaient à l'unisson quand il s'agissait du salut de la France. Il proposa de tourner la gauche de l'armée austro-sarde, pour rendre l'armée française maîtresse de la chaîne supérieure des Alpes, sans l'engager dans des entreprises trop difficiles. Ce plan devait avoir pour résultat de placer la défensive dans sa position naturelle, c'est-à-dire sur la crête des Alpes ; de porter la droite de l'armée dans un pays où les montagnes étaient beaucoup moins élevées ; de couvrir une portion de la rivière de Gênes et de rétablir les communications entre cette ville, l'armée d'Italie et Marseille. Tout ce plan reposait sur ce principe de la guerre de montagnes : forcer l'ennemi à sortir de ses positions sous peine d'être tourné. Il fut adopté le 2 avril 1794, dans un conseil de guerre composé des représentants Ricord et Robespierre jeune, du général en chef Dumerbion et des généraux Masséna, Vial, Rusca et Bonaparte.

Le même jour, 13 germinal an II (2 avril 1794), Bonaparte écrivit de Nice au chef de brigade Manceaux, directeur du parc d'artillerie à Port-la-Montagne (Toulon), le billet suivant :

> « Nous avons un besoin urgent de cartouches, envoie-nous-en un million, à Nice, sans délai. Nous entrons demain en campagne avec 30 000 hommes ; juge des cartouches que l'on *consumera.* »

Il y a *consumera* ; mais, ma foi, quand on est si français de style, de cœur et de génie, on peut bien se permettre un léger divorce avec madame la syntaxe, d'autant plus qu'il est des cas où les lexicographes ne s'entendent pas encore sur l'emploi de *consumer et* de *consommer.*

Le mouvement fut retardé de deux jours ; mais on sait que, quand Napoléon paraissait reculer, c'était pour mieux sauter.

Nous avons plusieurs fois nommé Robespierre jeune ; c'est que, comme on l'a vu et comme on le verra plus clairement encore, il fut pour beaucoup dans les heureux commencements de Bonaparte. Cette liaison, cette amitié réciproque va nous faire quitter pour un instant le fil de notre narration.

M. Fossé-Darcosse, ancien conseiller à la cour des comptes, mort à Versailles, grand amateur d'autographes, et qui en avait réuni une très riche collection, aimait à raconter que la première pièce dont l'intérêt lui avait révélé l'attrait et l'importance de ce genre de documents historiques, était une lettre de Robespierre jeune à son frère, datée de Nice, le 16 germinal an II (5 avril 1794), et où se trouve cette apostille : « *J'ajoute aux patriotes que je t'ai déjà nommés, le citoyen Buonaparte, général, chef de l'artillerie,* D'UN MÉRITE TRANSCENDANT. *Ce dernier est Corse ; il m'offre la garantie d'un homme de cette nation qui a résisté aux caresses de Paoli et dont les propriétés on été ravagées par ce traître.* » Ce post-scriptum prouve que le jeune Bonaparte avait eu avec Robespierre jeune de longs et intimes entretiens, où il aimait à parler de ses souvenirs de jeunesse.

Joseph Robespierre écrivait cela à vingt-huit ans, au début de la campagne d'Italie ; et ce jugement si clairvoyant, porté par un homme si jeune sur un officier plus jeune encore, qui n'avait pu jusque-là se signaler que par ses services au siège de Toulon, avait naturellement de quoi frapper un esprit attentif, curieux de rapprochements et de singularités historiques. Aussi est-ce cette lettre qui a fait de M. Fossé-Darcosse un amateur passionné d'autographes, et qui a été l'origine de la remarquable collection dans laquelle il nous a été donné de consulter des pièces importantes qui figureront ici même. Cette lettre fut son chemin de Damas et sa langue de feu. Ce noble goût des autographes avait rectifié en lui bien des opinions, bien des préjugés sur les hommes et les choses de la Révolution.

Notre reconnaissance devait ce souvenir et ces deux alinéas à l'excellent conseiller, au risque de nous écarter un peu du cadre qui nous est tracé. Une des qualités saillantes de notre héros est la reconnaissance, et l'on sait avec quelle facilité un auteur s'assimile, de manière presque inconsciente, le sujet qu'il traite. Ainsi nous voilà confondu avec ce morceau d'argile grossière de l'apologue oriental, qu'un sage avait ramassé dans son bain : « D'où te vient cet arôme inusité ? — J'ai séjourné quelque temps au milieu d'un bon bouquet de roses. »

Ce fut, on peut le dire, au sortir de ce conseil de guerre du 13 germinal an II, où Bonaparte fit adopter le plan de campagne qu'il y proposa, que Robespierre jeune, qui avait connu et vu à l'œuvre son nouvel ami au siège de Toulon, qui avait signé le 20 décembre 1793 sa nomination au grade de général de brigade d'artillerie ce fut à cette occasion qu'il écrivit à son frère la lettre dont nous avons recueilli le passage si remarquable qui vient d'être cité, lettre bien propre à faire tomber l'imbécile dénonciation de Maignet, lettre inconnue à tous les historiens de Napoléon, et à M. de Coston lui-même, le mieux informé de tous sur les premières années de sa vie. M. de Coston, en effet, n'a connu et ne cite de Robespierre jeune qu'une lettre, bien curieuse aussi, écrite durant sa mission près de l'armée d'Italie, mais où Bonaparte n'est pas nommé ; elle se rattache cependant à ce début de la campagne d'Italie dont nous parlions tout à l'heure, et fait le plus grand honneur aux sentiments honnêtes et au pur patriotisme du jeune délégué de la Convention. M. de Coston la cite avec les remarquables rapports au comité de Salut public, qui, bien que signés par ses collègues, sont évidemment rédigés par lui. Voici cette lettre de Joseph à Maximilien Robespierre. Ces documents parlent haut, et sont eux-mêmes, sans avoir besoin de commentaires, la réfutation de bien des calomnies et des contes ridicules ; on y voit clairement ce que pouvaient et ce que sentaient ces hommes que la réaction thermidorienne s'est attachée à noircir pour les besoins de sa cause et dont le procès, selon l'expression de Cambacérès, a été jugé, mais non plaidé. Cette lettre, qui est écrite du théâtre même de la guerre, anticipe un peu sur les événements, mais nous y reviendrons.

> « Ormes, le 29 germinal an II
> de la République.
>
> Plus nous avançons en pays ennemi, plus nous sommes convaincus qu'un des grands moyens de contre-révolution employés par ces hommes perfides, dont plusieurs sont tombés sous le glaive de la loi, était les outrages et les violences faite au culte.
>
> Partout nous avons été précédés de la terreur : les émigrés avaient persuadé que nous égorgions, violions et mangions les enfants, que nous détruisions la religion.
>
> Cette dernière calomnie produisait les plus tristes effets. Une population de 40 000 âmes de la vallée d'Oneille avait pris la fuite. On n'y rencontrait ni femmes, ni enfants, ni vieillards. Une si énorme émigration nous aurait opposé de grands obstacles, si nous n'étions parvenus à la dissoudre par l'accueil fait aux misérables habitants des campagnes, en proie à la plus affreuse ignorance.
>
> Les défenseurs de la patrie se sont parfaitement conduits : ils n'ont touché à aucune image dans un pays où la superstition en a couvert toutes les murailles. »

Les événements auxquels cette lettre se rapporte avaient eu lieu en onze jours, du 6 au 18 avril 1794. Dans ce court intervalle, l'armée républicaine avait marché de succès en succès, au pas de course.

Le 6 avril, une division de quatorze mille hommes, commandée par le général Masséna, partie de Nice la veille au matin, passe la Roya, s'empare du château de Vintimille, marche sur le mont Tanardo et y prend position. Le même jour, une brigade, sous les ordres du général Bizannet, passe la Taggia, s'établit au Monte-Grande, et s'empare du camp de Fougasse.

Le 8 avril, le général Bonaparte, à la tête de trois brigades d'infanterie, culbute au-delà de Menton une division autrichienne, et s'empare du port d'Oneille, où les Anglais s'étaient établis. Le 10 avril, combat de Ponte-di-Nave, où fut battu le reste d'une division autrichienne.

Le 17 avril au matin, l'armée entra à Ormea, ville approvisionnée de toutes sortes de munitions et défendue par une garnison de quatre cents hommes, qui capitula. C'est de là que, le lendemain, 29 germinal (18 avril), Robespierre jeune adresse à son frère la seconde lettre qu'on a vue plus haut. Ce même jour 18 avril, l'armée républicaine, poursuivant le cours de ses succès, occupa Garessio et Loano. Le 24, Masséna emporta les hauteurs de Muriato, qu'occupaient les Autrichiens.

On manquait cependant de bouches à feu, et le général Bonaparte avait été envoyé à Nice pour y activer le service de l'artillerie. Il adressa de là, le 25 avril, une lettre de service au capitaine Perrier, à Marseille, et, le même jour, une autre lettre au directeur d'artillerie, à Port-la-Montagne, pour presser l'envoi des objets nécessaires à l'armée. Tout allait bien d'ailleurs, et une lettre écrite de Saorgio le 10 floréal au II (29 avril 1794), par les représentants du peuple Ricord et Robespierre jeune l'annonçait à la Convention nationale. Telle était toutefois l'urgence des besoins de l'armée, en fait d'artillerie, que Bonaparte ne cessait d'écrire de Nice lettres sur lettres à ses subordonnée dans son arme. Le 2 mai 1794, il adressait le billet suivant à Manceaux, directeur du parc de Toulon :

> *Le général commandant d'artillerie,*
> *au citoyen Manceaux.*
>
> Nice, le 13 floréal an II.
>
> « Tu feras partir pour Nice dix pièces de 4 avec leurs caissons.
>
> Buonaparte. »

Son activité s'étendait à tout. Il écrivait, le 19 floréal an II (8 mai 1794), au citoyen Chartron, adjudant-major d'artillerie :

> « Dès le moment que la carte sera faite, tu te rendras au golfe Juan ; tu en lèveras le plan ; tu marqueras la position des batteries existantes et de celles que j'ai ordonnées ; tu auras soin de spécifier le mouillage.
>
> Buonaparte. »

Il remplissait avec zèle en ceci les fonctions dont il avait été chargé pour l'armement des côtes de la Méditerranée.

Le vieux Dumerbion avait retrouvé, malgré sa goutte, toute l'ardeur de sa jeunesse au contact de celle de Bonaparte ; il était venu lui-même à Nice pour diriger une expédition vers le nord des Alpes ; et il put, le 11 mai, annoncer à la Convention l'occupation du Col de Tende par l'armée sous ses ordres.

Par l'exécution du plan de campagne de Bonaparte, adopté au conseil de guerre du 2 avril 1794, l'armée d'Italie était ainsi maîtresse, un mois après, de toute la chaîne supérieure des Alpes maritimes, et communiquait avec le poste d'Argentière, dépendant de la droite de l'armée des Alpes, dont le quartier général était à Grenoble. Quatre mille prisonniers, soixante-dix pièces de canon, deux places fortes, Oneille et Saorgio, enfin l'occupation de la chaîne des Alpes jusqu'aux Apennins, tels furent les résultats inespérés de cette belle opération ; et c'était à Bonaparte que le général en chef Dumerbion, homme loyal autant que brave, se plaisait à en faire honneur. Il disait aux représentants du peuple à l'armée d'Italie : *C'est au talent du général Bonaparte que je dois les savantes combinaisons qui ont assuré notre victoire.*

Tout allait vite en ce temps, tout était extraordinaire. L'officier général qui avait montré ce talent, trouvé ces savantes combinaisons dont la victoire avait été le résultat, et qui recevait ce bel éloge de la bouche de son vieux général en chef, était un jeune homme qui avait encore deux mois à courir avant d'atteindre sa vingt-quatrième année.

Ces résultats obtenus, les anciens comtés de Nice, Monaco, Menton et Roquebrune, affranchis de l'étreinte de l'ennemi, et les frontières de la République française portées jusqu'à celles de la Ligurie, Bonaparte se livra tout entier à la mission dont il avait été chargé par le comité de Salut public, et sembla ne plus s'occuper que de plans topographiques et de mesures d'administration. Avec son fidèle Junot et son jeune frère Louis, il parcourt en peu de jours les côtes voisines, ayant l'œil sur tout, pour tout mettre sur un bon pied contre l'ennemi. La guerre maritime le préoccupe autant que l'autre, car l'une et l'autre doivent concourir à la défense du pays. Il envoie au comité de Salut public un travail dans lequel il indique les neuf bons mouillages où les flottes de la République peuvent abriter des vaisseaux de haut bord, entre le golfe du Lion et celui de Gênes :

1° Le port du Rhône, qu'il qualifie de chantier-construction de la Méditerranée, tandis qu'il appelle Toulon et la Spezzia ports d'armement ;

2° L'Estisset, au fond de la baie de Marseille ;

3° Port-la-Montagne, à la fois mouillage et port d'armement ;

4° L'île de Portecros, l'une des îles d'Hyères ;

5° Fréjus ;

6° Le golfe Juan ;

7° Villefranche, à l'est de Nice, au-delà de Montalban ;

8° Gênes ;

9° La Spezzia.

Il s'adjoint, pour ces sortes de travaux, les hommes les plus instruits, entre autres un capitaine d'artillerie, le citoyen Chantron, savant mathématicien et bon dessinateur, qu'il avait connu à Marseille, et qu'il avait fait appeler auprès de lui et élever au grade d'adjudant-major par Robespierre jeune. Par un ordre daté de Nice le 10 prairial an II (29 mai 1794), il avait chargé ce savant de lever divers plans jugés par lui utiles, et, pour cet objet, il lui avait envoyé le libellé suivant :

ARMÉE D'ITALIE.
Liberté. Égalité. Fraternité.
Le général commandant l'artillerie de l'armée d'Italie, au quartier général de Nice, 10 prairial an II de la République.

« Il est ordonné au citoyen Chantron, adjudant-major d'artillerie, de se rendre à Ormea.

Il dessinera les vues des monts Orio, col de l'Arma, col Capriola, qui ont été enlevés à l'ennemi.

Il visitera nos postes les plus avancés du côté de Carnin, de la Certosa et les hauteurs de Morta, qui ont été enlevés à l'ennemi le 8 floréal ; il fera après cela deux cartes :

1° Une des hauteurs qui joignent les hauteurs de Ponte-di-Nave à Carnin, à Certosa, à la hauteur de la Morta ;

2 ° L'autre, qui joigne les hauteurs de Ponte-di-Nave avec le col Ardente-Pezzo, Tanaro et la hauteur de la Briga.

Il prendra des renseignements à Oneille sur les besoins de la place et la situation de l'artillerie ; il verra le pont de pierre, celui d'Ormea.

Il visitera les vestiges du château d'Ormes ; il verra l'artillerie placée dans les postes avancés du côté de la Briga, de Carnin.

Il partira demain 11 prairial, et sera de retour, au plus tard, le 4 messidor.

Buonaparte. »

Il mène de front avec le travail topographique les affaires de l'artillerie. D'Antibes, le 27 mai, il adresse une lettre de service au capitaine Perrier, à Marseille ; de la même ville d'Antibes, le 6 juin, une nouvelle lettre au même capitaine Perrier, toujours pour affaire de l'arme. Le 10 juin, il écrit au citoyen Manceaux, directeur du parc d'artillerie à Toulon :

« Tu feras conduire deux pièces de 24 en fer, sur *porte-corps*, à la batterie Saint-Agout, près la ville de Fréjus, à droite du golfe.

Buonaparte. »

Il ne cesse d'écrire de Nice à Antibes, avec une incomparable activité, à tous ceux qui relèvent de son commandement, jusqu'au 25 messidor an II (13 juillet), qu'il fut appelé, par un ordre du représentant du peuple Ricord, à une mission plus politique que militaire et topographique. Il était chargé de se rendre à Gênes, avec des instructions secrètes, pour y prendre toutes les informations en vue d'une grande guerre en Italie, qu'on ne pouvait entreprendre sans s'être assuré des dispositions du gouvernement génois. Il paraît certain que les représentants en mission près l'armée d'Italie, convaincus qu'il faut souvent attaquer pour se défendre, avaient résolu d'assurer les possessions de la République de ce côté par une expédition victorieuse, et, par là, de rejeter les Autrichiens hors de l'Italie et de contraindre le roi de Sardaigne à la paix ou à la fuite. Cette pensée si juste, c'était Bonaparte qui l'avait suggérée aux représentants dans ses conversations antérieures ; mais, pour l'exécution de ce plan, il fallait s'assurer un allié en Italie, et c'était la République de Gênes qui paraissait naturellement pouvoir être cet allié. Il était donc nécessaire de s'instruire de ses dispositions et d'examiner les choses de près. Nul ne paraissait plus propre à cette mission que le jeune général Bonaparte, qui, au talent et aux connaissances militaires dont il avait déjà donné tant de preuves, joignait un instinct et des vues politiques dont la justesse et la portée avaient frappé Robespierre jeune et Ricord. La mission du général Bonaparte à Gênes avait pour but, bien qu'il n'en fût rien dit dans ses instructions officielles, d'engager le gouvernement génois à se lier avec nous, et de recueillir des renseignements utiles de toutes sortes, au cas où la Convention se déterminerait à permettre une descente en Italie.

La mission de Bonaparte à Gênes était, du reste, parfaitement définie par la lettre de créance que le représentant Ricord, en l'absence de son collègue Robespierre, en mission à Paris, lui avait expédiée de Loano le 13 juillet, et par les instructions secrètes qui l'accompagnaient. Comme cette mission joue un rôle important dans la vie de notre héros, nous allons mettre ici sous les yeux du lecteur le texte même des pièces. La lettre ou l'ordre de Ricord était ainsi conçu :

> « Le général Bonaparte se rendra à Gênes pour, conjointement avec le chargé d'affaires de la République française, conférer avec le gouvernement de Gênes sur des objets portés dans ses instructions.
>
> Le chargé d'affaires de la République française le reconnaîtra et le fera reconnaître par le gouvernement de Gênes.
>
> Loano, le 25 messidor an II de la République.
>
> *Signé :* Ricord. »

A cet ordre étaient jointes les instructions suivantes :

INSTRUCTIONS SECRÈTES.

> « Le général Bonaparte se rendra à Gênes.
>
> 1° Il verra la forteresse de Savone et les pays circonvoisins.
>
> 2° Il verra la forteresse de Gênes et les pays voisins, afin d'avoir des renseignements sur les pays qu'il importe de connaître au commencement d'une guerre dont il n'est pas possible de prévoir les effets.
>
> 3° Il prendra sur l'artillerie et les autres objets militaires tous les renseignements possibles.
>
> 4° Il pourvoira à la rentrée à Nice de quatre milliers de poudre qui avaient été achetés pour Bastia, et qui ont été payés.
>
> 5° Il verra à approfondir, autant qu'il sera possible, la conduite civique et politique du ministre de la République française, Tilly, et de ses autres agents,

sur le compte desquels il nous vient différentes plaintes.

6° Il fera toutes les démarches et recueillera tous les faits qui peuvent déceler l'intention du gouvernement génois relativement à la coalition.

Fait et arrêté à Loano, le 25 messidor an II de la République.

Signé: Ricord. »

Robespierre jeune, nous l'avons dit, était parti pour Paris depuis plusieurs jours, au moment où Ricord signait à Loano cet ordre et ces instructions ; mais le voyage du général Bonaparte à Gênes avait été ordonné par Ricord conformément à ce qui avait été convenu entre celui-ci et son collègue absent. Bonaparte ne mit que quelques jours à remplir sa mission à Gênes, et il en revenait pour rentrer à Nice le 9 thermidor an II, le jour même où s'accomplissait à Paris la chute de Robespierre ; or, cet événement ne devait à aucun titre lui rester indifférent, car la hache thermidorienne qui avait frappé les deux Robespierre et qui lui avait enlevé un ami véritable, allait être un moment suspendue sur sa propre tête. Des hommes qui avaient été terroristes l'accusaient de terrorisme.

Bonaparte était-il réellement terroriste ? Non, dans le sens vulgaire qu'on attache à ce mot ; mais il avait compris, comme tant d'autres grands esprits de cette grande époque, qu'il faut appliquer aux vieilles sociétés le système au moyen duquel on rajeunit, on vivifie les terres usées, c'est-à-dire y apporter de la terre neuve ou remuer l'ancienne à de grandes profondeurs ; il avait compris qu'une révolution ne s'opère pas sans troubles et même sans violences ; que, de ces troubles et de ces violences, il ne faut pas trop s'effrayer, et qu'une vie nouvelle ne peut être que la conséquence d'une sorte de métempsycose. Il avait compris le mythe antique : pour redevenir jeune, beau, vigoureux, le vieil Eson avait dû être préalablement coupé en morceaux et plongé dans une chaudière bouillante ; 93 n'était, à ses yeux comme aux nôtres, que la crise suprême d'une grande démolition. Toute la théorie des révolutions est dans ces deux mots : démolition et reconstruction. Pour reconstruire, il faut tout d'abord démolir. Certes, elle n'était pas belle cette place où s'élève aujourd'hui le Louvre, ce chef-d'œuvre unique de sculpture et d'architecture ; il y a quelques années à peine gisaient là des masures informes et innomées, un je ne sais quoi qui n'avait de nom dans aucune langue. Le marteau retentit dans ces ruines, et bientôt l'œil attristé n'eut plus à contempler que des décombres et des gravois, restes hideux des vieilles maisons jetées à bas par le pic des démolisseurs. On ne passait que péniblement et avec tristesse à travers les pierres, les poutres, les débris amoncelés, et les esprits étroits devaient appeler vandales les courageux pionniers de ces futurs embellissements. Aujourd'hui, la plus magnifique harmonie règne au milieu de ce chaos, et le Louvre de Paris est devenu le monument le plus beau et le plus grandiose du monde entier. Il en est ainsi dans l'ordre social. Seulement, personne ne voulant s'y laisser exproprier de ses privilèges pour cause d'utilité publique, l'expropriation s'y fait de vive force, quand elle est devenue nécessaire. La mauvaise volonté des privilégiés à céder aux exigences du temps et de la raison est la seule cause de ces crises suprêmes, appelées révolutions, et des emportements qui les accompagnent. C'est la loi : *dura lex, sed lex.* Le nom de Robespierre, le nom du plus grand démolisseur qu'offre l'histoire, n'effrayait pas plus Bonaparte qu'il ne nous effraye aujourd'hui, nous, fils des destructeurs d'une monarchie de quatorze siècles. Or, on a vu qu'il s'était lié étroitement avec le frère de Maximilien, qui, dans Toulon fumant, avait le premier récompensé ses services en le nommant général de brigade d'artillerie ; la reconnaissance, ce levain généreux qui ne vieillit jamais dans le cœur des Napoléons, l'attachait déjà à ce nom. Il s'était plus étroitement lié encore avec Robespierre jeune à Nice, et, dans cette rapide campagne des Alpes-Maritimes, qui avait reculé les frontières de la République, une grande intimité s'était établie entre eux ; ils s'étaient fait des confidences ; et, peut-être au-delà du point immédiatement praticable dont nous venons de parler, avaient-ils eu le projet d'une expédition sur un plan vaste en Italie, laquelle, en couvrant de gloire la Montagne à l'extérieur, lui aurait permis d'asseoir à l'intérieur la République sur des bases constitutionnelles qui ne donneraient point prise contre elle aux royalistes déguisés, ainsi qu'on le vit plus tard. Bonaparte, comme tout l'indique, aurait-il donc conçu dès lors le plan de cette grande campagne d'Italie qui devait porter si haut la gloire des armes françaises, et qui, exécutée dès cette époque avec le concours de la Montagne, eût empêché la partie corrompue de l'assemblée de triompher et de jeter la France dans la voie contre-révolutionnaire qu'elle suivit sous le Directoire ?

Ce n'est ni le moment ni le lieu de répondre à ce point d'interrogation ; mais la question nous semble valoir la peine d'être posée et, sans avoir la prétention de la résoudre, voici, du moins, ce que nous pouvons dire.

Les actes du gouvernement de la Convention, inspirés jusque-là par Robespierre l'aîné, n'avaient point trouvé un désapprobateur en Bonaparte, et son affection pour Robespierre jeune était connue de tout le monde. Le conventionnel en mission avait une confiance telle en la capacité de ce jeune général, qu'il avait conçu l'idée d'en faire un appui direct pour le parti de son frère. M. de Coston, qui a étudié la vie de notre héros avec la conscience et la passion qu'apporte un paléographe à déchiffrer un vieux parchemin, M. de Coston n'hésite pas à dire que, vers la fin de juin 1794, Robespierre jeune, sur le point de partir pour Paris, où l'attendait l'échafaud, sollicita, au *nom de son frère,* le jeune général à venir prendre la place d'Henriot, commandant de la force armée dans la capitale. A cette occasion, il raconte même une scène qui est à peine croyable, et que nous allons rapporter avec toute la réserve qu'impose l'hypothèse d'une détermination qui, si elle eût passé dans le domaine des faits, aurait changé la face de l'histoire.

Peu de jours après son entretien avec Robespierre jeune, Bonaparte, qui désirait depuis quelque temps rapprocher sa famille de lui, l'attira au château Sallé, à un quart de lieue d'Antibes. Joseph s'y rendit de Saint-Maximin, qu'il habitait ; quand ils se trouvèrent tous réunis, Bonaparte, qui paraissait plus préoccupé que de coutume, s'adressant tout à coup à Joseph et à Lucien, leur annonça qu'il ne tenait qu'à lui de partir dès le lendemain pour Paris, en position de les y établir avantageusement. « On m'offre, continua-t-il, la place d'Henriot. Je dois donner ma réponse ce soir. Eh bien ! qu'en dites-vous ? » Ses frères hésitèrent un moment ; sur quoi Bonaparte reprit : « Eh ! eh ! cela vaut bien la peine d'y penser. Il ne s'agirait pas de faire l'enthousiaste ; il n'est pas si facile de sauver sa tête à Paris qu'à Saint-Maximin. » Il soulignait ce dernier mot en regardant fixement Joseph, qui jouissait à Saint-Maximin de la réputation d'enthousiaste. « Robespierre jeune est honnête, mais son frère ne badine pas... » Puis, après une pause pendant laquelle le mot ambitieux de César : *le second à Rome*, lui revint sans doute à la mémoire, il reprit brusquement : « Moi servir, moi soutenir cet homme ! non, jamais. Je sais combien je lui serais utile en remplaçant son imbécile commandant de Paris, mais c'est ce que je ne veux pas être... il n'est pas temps aujourd'hui ; il n'y a de place honorable pour moi qu'à l'armée... Prenez patience ; *je commanderai à Paris plus tard.* »

Il y a de tout dans ce discours prononcé d'une voix vibrante et saccadée : un peu du jacobin, beaucoup du républicain ; mais, par-dessus tout, du futur empereur et du maître absolu. Nous ne donnons pas cet épisode comme authentique. Bonaparte estimait beaucoup Robespierre jeune, et il le lui aurait prouvé plus tard si la hache révolutionnaire lui en avait laissé le temps ; mais, comme il voyait juste, Robespierre l'aîné ne pouvait pas être son homme : son idéal était tout personnel. Toutefois, il ne pensait pas que Maximilien fût ce monstre sans idées, sans portée politique, dont nos grand-mères ont fait une légende à la façon de celle de Barbe-Bleue.

En parlant du séjour qu'elle fit à Nice, où elle avait accompagné son frère, Mlle Charlotte Robespierre, dans les Mémoires qu'on lui attribue et qui ont été en effet écrits sous sa dictée par M. de Laponneraye, rappelle les relations que son frère et elle eurent à Nice avec le jeune général, et elle parle des sentiments qui alors l'animaient. « Pendant son second séjour à l'armée d'Italie, mon frère, dit-elle, eut l'occasion de se lier assez étroitement avec Bonaparte. Durant sa première mission, il avait fait, ainsi que moi, sa connaissance, mais il ne l'avait pas cultivée aussi particulièrement que dans la seconde. Bonaparte avait une très haute estime pour mes deux frères, et surtout pour l'aîné ; il admirait ses talents, son énergie, la pureté de son patriotisme et de ses intentions ; je dirai même qu'il était républicain montagnard, du moins il m'a fait cet effet par la manière dont il envisageait les choses à l'époque où je me trouvais à Nice. Dans la suite, ses victoires lui tournèrent la tête et le firent aspirer à dominer ses concitoyens ; mais lorsqu'il n'était que général d'artillerie à l'armée d'Italie, il était partisan d'une liberté large et d'une véritable égalité. »

Ceci est de l'histoire, et toutes les fantasmagories de la calomnie ne prévaudront pas contre elle. Tels étaient, en effet, les opinions et les sentiments du jeune Bonaparte à cette époque, qu'au lendemain même de la catastrophe thermidorienne, le jeune général se vit impliqué et fut l'objet de poursuites. On cherchait à l'englober parmi les adhérents du système politique de la Montagne vaincue, et, comme on l'a dit justement, la hache réactionnaire fut un moment suspendue sur sa tête.

Il était revenu à Nice de sa mission à Gênes dès le 9 thermidor (27 juillet 1794) au soir. On n'y savait rien encore des événements dont Paris avait été le théâtre, ni de l'exécution des deux Robespierre et de leurs amis ; et Bonaparte avait repris son service actif de chef de l'artillerie de l'armée d'Italie. Le 4 août (17 thermidor), il était au camp de Sieg, à peu de distance de Nice, ne s'occupant, avec son ardeur ordinaire, que de la poursuite des opérations militaires et ne se doutant encore de rien. De là, il adressait le billet suivant au citoyen Berthier, alors chef de brigade d'artillerie à pied :

« Je donne l'ordre à Songis qu'il fasse passer deux pièces de 24 à Fréjus. Tu voudras bien y faire un tour pour t'assurer si la batterie est en état, et pour déterminer l'emploi que l'on doit faire des pièces de 8.

Buonaparte. »

Ce n'est que le 5 août qu'on apprit à Nice les événements de Paris. Dans le premier mouvement de stupeur que cette nouvelle y causa, Bonaparte, qui avait reconnu à Gênes le patriotisme du ministre de la République française, et s'était, dans sa mission rapide, spontanément lié avec lui, lui écrivit le lendemain la lettre suivante :

Nice, 19 thermidor an II (6 août 1764)

« Tu auras appris la conspiration et la mort de Robespierre, Couthon, Saint-Just, etc. Il avait pour lui les jacobins, la municipalité de Paris, l'état-major de la garde nationale ; mais, après un moment de vacillation, le peuple s'est rallié à la Convention.

Barrère, Carnot, Prieur, Billaud-Varennes, etc., sont toujours au comité de Salut public ; cela n'apporte aucun changement aux affaires. Ricord, après avoir été chargé par le comité de Salut public de la notification de la conspiration, a été rappelé dans le sein de la Convention ; Salicetti est dans ce moment-ci représentant à l'armée d'Italie. Nos opérations maritimes seront, je crois, un peu contrariées, peut-être même absolument changées.

L'artillerie était en avant, et le tyran sarde allait recevoir un grand coup ; mais j'espère que cela ne sera que retardé. J'ai été un peu affecté de la catastrophe de Robespierre le jeune, que j'aimais et que je croyais pur ; mais, fût-il mon frère, je l'eusse moi-même poignardé s'il avait aspiré à la tyrannie. »

On voit par cette lettre que la conspiration des thermidoriens contre Robespierre était présentée aux armées comme *la conspiration de Robespierre.* Eh bien, la veille même (18 thermidor), lorsque Bonaparte écrivait cette lettre à Tilly, les trois représentants près l'armée des Alpes et d'Italie, Salicetti, Albitte et La Porte, avaient écrit de Barcelonnette une lettre au comité de Salut public, pleine d'assertions venimeuses contre Robespierre jeune, Ricord et lui, Bonaparte, lettre dans laquelle ils annonçaient au Comité, entre autres choses, qu'ils venaient d'ordonner l'arrestation à Nice de ce dernier. Ce leur avait semblé sans doute une bonne occasion de faire du zèle et de montrer par là qu'ils n'étaient pas du parti vaincu. Ils avaient cru Bonaparte plus réellement compromis qu'il ne l'était, à cause de la liaison intime et des bons rapports qu'il avait constamment entretenus avec Robespierre jeune. Ils espéraient que, dans ses papiers, dont ils avaient ordonné la saisie, on trouverait matière à quelque grave sujet d'accusation contre lui. Dans les lettres au comité de Salut public, ils lui imputaient surtout à crime son voyage à Gênes, ignorant qu'il l'avait fait en vertu d'une commission régulière et même impérative d'un délégué de la Convention, ayant droit et pouvoir de la donner.

Cette lettre de Barcelonnette au comité de Salut public, long échafaudage de mensonges et d'assertions lancés à tout hasard contre Ricord autant que contre Bonaparte, et évidemment écrite par Salicetti, quoique signée de ses deux collègues, porte, cela est triste à dire, le caractère de la plus basse envie, et l'on sent en la lisant qu'elle est l'œuvre malheureuse et honteuse de ce même Salicetti qui, depuis, dut venir à résipiscence devant la vérité, et qui en fut pour ses frais de dénonciation. La lettre finissait par ces mots :

> « Vous voudrez bien, chers collègues, adresser tous les ordres que vous aurez à nous donner à Nice, où Salicetti et Albitte se rendent à l'instant, tandis que La Porte reste à l'armée des Alpes pour correspondre et suivre les opérations convenues.
>
> *Signé :* Albitte, Salicetti, La Porte. »

L'ordre d'arrestation du général Bonaparte portait :

> « *Le 19 thermidor an II de la République française une et indivisible et démocratique.*
>
> De Barcelonnette
>
> Les représentants du peuple près l'armée des Alpes et d'Italie,
>
> Considérant que le général Buonaparte, commandant en chef l'artillerie de l'armée d'Italie, *a totalement perdu leur confiance, par la conduite la plus suspecte et surtout par le voyage qu'il a dernièrement fait à Gênes ;*
>
> Arrêtent ce qui suit :
>
> Le général de brigade Buonaparte, commandant en chef l'artillerie de l'armée d'Italie, est provisoirement suspendu de ses fonctions. Il sera, par les soins et sous la responsabilité du général en chef de ladite armée, mis en état d'arrestation et *traduit* au comité de Salut public à Paris sous bonne et sûre escorte. Les scellés seront apposés sur tous ses papiers et effets, dont sera fait inventaire par des commissaires qui seront nommés sur les lieux par les représentants du peuple Salicetti et Albitte, et tous ceux desdits papiers qui seront trouvés suspects seront envoyés au comité de Salut public.
>
> *Signé :* Albitte, Salicetti, La Porte. »

A quelques jours de là, ils écrivaient :

« A notre armée de Barcelonnette.

Nous avons mis le général Buonaparte en état d'arrestation ; on examine ses papiers. Son successeur (c'était le général de brigade d'artillerie Dujard, un de ses bons camarades) reçoit de lui les renseignements nécessaires pour la direction de l'artillerie, tant de siège que de campagne, qui se trouve préparée.

Nous aurons soin de vous rendre compte sous peu du parti que nous aurons cru devoir prendre à son égard. »

Ils sentaient déjà que les éléments d'une accusation sérieuse allaient leur manquer, et ils se préparaient pour la retraite.

Ce fut l'ordonnateur Denniée qui fut chargé par Salicetti et Albitte d'examiner les papiers saisis, et il le fit avec une bonne grâce et une loyauté dont Napoléon a toujours conservé la plus vive reconnaissance.

Bonaparte, dans les premiers moments de sa détention, fut mis au secret au fort Carré d'Antibes ; mais le secret fut levé peu après son emprisonnement, et Junot, son aide de camp, ayant été admis à le voir, dicta, pour les représentants qui l'avaient fait arrêter, une lettre dans laquelle il rappelle d'abord ses services et ses titres à la confiance des républicains, et où il procède presque d'un bout à l'autre par interrogations et par apostrophes. Il y dit :

« Vous m'avez suspendu de mes fonctions, arrêté et déclaré suspect.

Me voilà flétri sans avoir été jugé, ou bien jugé sans avoir été entendu.

Dans un état révolutionnaire, il y a deux classes : les suspects et les patriotes.

Lorsque les premiers sont accusés, ils sont traités, par forme de sûreté, de mesures générales.

L'oppression de la seconde classe est l'ébranlement de la liberté publique ; le magistrat ne peut condamner qu'après les plus mûres informations, et que par une succession de faits.

Déclarer un patriote suspect, c'est un jugement qui lui arrache ce qu'il a de plus précieux : la confiance et l'estime.

Dans quelle classe veut-on me placer ?

Depuis l'origine de la Révolution, n'ai-je pas toujours été attaché aux principes ?

Ne m'a-t-on pas toujours vu dans la lutte, soit comme citoyen contre les ennemis intérieurs, soit comme militaire contre les étrangers ?

J'ai sacrifié le séjour de mon département ; j'ai abandonné mes biens ; j'ai tout perdu pour la République.

Depuis, j'ai servi sous Toulon avec quelque distinction, et j'ai mérité à l'armée d'Italie une part des lauriers qu'elle a acquis à la prise de Saorgio, d'Oneille et de Tanaro.

A la découverte de la conspiration de Robespierre, ma conduite est celle d'un homme accoutumé à ne voir que les principes.

On ne peut donc me contester le titre de patriote.

Pourquoi donc me déclare-t-on suspect sans m'entendre ? m'arrête-t-on huit jours après que l'on avait la nouvelle de la mort du tyran ?

On me déclare suspect, et l'on met les scellés sur mes papiers.

On devait faire l'inverse : mettre les scellés sur mes papiers, m'entendre, me demander des éclaircissements et ensuite me déclarer suspect, s'il y avait lieu.

On veut que j'aille à Paris avec un arrêté qui me déclare suspect ; on doit supposer que les représentants ne l'ont fait qu'en conséquence d'une information, et l'on ne me jugera qu'avec l'intérêt que mérite un homme de cette classe.

Innocent, patriote, calomnié quelles que soient les mesures que prenne le Comité, je ne pourrai me plaindre de lui.

Si trois hommes déclaraient que j'ai commis un délit, je ne pourrais pas me plaindre du jury qui me condamnerait.

Salicetti, tu me connais. As-tu rien vu, dans ma conduite de cinq ans, qui soit suspect à la Révolution ?

Albitte, tu ne me connais point ; on n'a pu te prouver aucun fait ; tu ne m'as pas entendu ; tu connais cependant avec quelle adresse quelquefois la calomnie siffle. (Il ne parle pas ici de La Porte, le moins influent des trois).

Dois-je donc être confondu avec les ennemis de la patrie, et des patriotes doivent-ils inconsidérément perdre un général qui n'a point été inutile à la République ? Des représentants doivent-ils mettre le gouvernement dans la nécessité d'être injuste et impolitique ?

Entendez-moi, détruisez l'oppression qui m'environne et restituez-moi l'estime des patriotes.

Une heure après, si les méchants veulent ma vie, je l'estime si peu, je l'ai si souvent méprisée ! Oui, la seule idée qu'elle peut être encore utile à la patrie m'en fait soutenir le fardeau avec courage. »

Tout cela était écrasant ; on ne trouva rien de compromettant dans ses papiers, et les commissaires eux-mêmes, il faut bien le dire, furent les premiers à regretter leur précipitation : dans une lettre du 20 août, adressée au comité de Salut public, ils avouèrent franchement qu'on avait toutes les raisons de maintenir le général Bonaparte dans son grade et son commandement.

Voici l'ordre d'élargissement que le général en chef Dumerbion mit un grand empressement et un grand plaisir à signifier au jeune prisonnier :

> « Après avoir scrupuleusement examiné les papiers du citoyen Buonaparte, suspendu provisoirement des fonctions de général d'artillerie de l'armée d'Italie, et mis en état d'arrestation après le supplice du conspirateur Robespierre, par forme de sûreté générale ;
>
> Après avoir pris connaissance des ordres à lui donnés le 25 messidor, par le représentant du peuple Ricord pour se rendre à Gênes, où il devait remplir une mission spéciale précisée par l'arrêté dudit jour, et reçu de lui un rapport par écrit du résultat de sa mission ; après avoir pris les renseignements les plus exacts sur la conduite antérieure dudit général et cherché la vérité dans plusieurs interrogatoires qui lui ont été faits par eux-mêmes, n'ayant rien trouvé de positif qui pût justifier les soupçons qu'ils avaient pu concevoir de sa conduite et de ses dispositions ;
>
> Prenant en outre en considération l'utilité dont peuvent être à la République les connaissances militaires ou locales dudit Buonaparte, et voulant recevoir de lui tous les renseignements qu'il peut donner sur la situation antérieure de l'armée et ses dispositions ultérieures ;
>
> Arrêtent que le citoyen Buonaparte sera mis provisoirement en liberté pour rester au quartier général, et qu'il sera nécessairement rendu compte au comité de Salut public de l'opinion que l'examen le plus approfondi a donnée aux représentants du peuple de la conduite dudit Buonaparte, pour, après la réponse du comité de Salut public, être statué définitivement.
>
> *Signé :* Albitte, Salicetti.

Collationné conforme à l'original,

Signé : Cavenez.

Certifié conforme. Le général en chef de l'armée d'Italie,

Signé : Dumerbion. »

Dans leur lettre du 7 fructidor an II (24 août 1794) au comité de Salut public, les mêmes représentants disaient :

« Chers collègues,

Par le courrier que nous avons envoyé de Barcelonnette, conjointement avec notre collègue La Porte, et par lequel nous vous instruisons de nos mesures concertées, et des soupçons graves que nous avions sur Ricord et Buonaparte, général d'artillerie, nous vous annoncions que l'un et l'autre vous seraient envoyés ; vous avez rappelé le premier ; le second, comme nous vous l'avons déjà mandé, a été mis par nous en état d'arrestation. Par l'examen de ses papiers, et tous les renseignements que nous avons pris, nous avons reconnu que rien de positif ne pouvait faire durer sa détention plus longtemps.

Surtout quand nous avons trouvé l'arrêté de Ricord, dont nous vous envoyons copie, par lequel ce représentant envoyait à Gênes le général Buonaparte, et que *nous avons été convaincus de l'utilité dont peuvent être les talents de ce militaire, qui, nous ne pouvons le nier, devient très nécessaire dans une armée dont il a, mieux que personne, la connaissance, et où les hommes de ce genre sont extrêmement difficiles à trouver ;*

En conséquence, nous l'avons remis en liberté, sans cependant l'avoir réintégré pour tirer de lui tous les renseignements dont nous avons besoin et nous prouver, par son dévouement à la chose publique et

> l'usage de ses connaissances, qu'il peut reconquérir la confiance et rentrer dans un emploi qu'au demeurant, il est très capable de remplir avec succès, et où *les circonstances et la position critique où se trouve l'armée d'Italie pourraient nous obliger de le remettre provisoirement,* en attendant les ordres que vous pourrez donner à cet égard.
>
> Salut et fraternité,
>
> *Signé :* Salicetti, Albitte. »

On ne pouvait justifier en termes plus explicites et plus honorables que ne le faisaient là Salicetti et Albitte la conduite du jeune général ; et l'on sent, au ton d'estime et de considération avec lequel ils parlent de lui, qu'ils ne lui garderont pas longtemps rigueur, et que *les circonstances* ne vont pas tarder à les *obliger* à le faire rentrer plus que provisoirement dans cet emploi qu'ils lui avaient ôté, et, qu'*au demeurant, il est très capable de remplir avec succès.* C'était dire en propres termes, malgré les circonlocutions : le général Bonaparte est à lui seul l'âme de toute l'armée, et nous sommes perdus si nous le perdons.

Le comité de Salut public, qui, lui, n'avait autorisé aucune mesure contre Bonaparte, et qui n'avait désapprouvé ni approuvé celles que les représentants avaient cru devoir prendre, les laissa faire, et nous voyons, peu après sa sortie de prison, Bonaparte agir comme auparavant en qualité de commandant en chef de l'artillerie. Il n'eut du reste qu'à se louer, en cette crise, de ses camarades. Tous lui témoignèrent la plus grande bienveillance, à commencer par le général en chef Dumerbion. Pendant sa captivité au fort Carré d'Antibes, son ancien camarade, le général Dujard, qui avait été mis à sa place par les représentants, ne prit aucune disposition, et lui rendit, avec le plus honorable empressement, l'emploi qu'il n'avait occupé un moment que par devoir.

Aussi voyons-nous, dès le commencement du mois de septembre 1794, Bonaparte rentré pleinement dans ses anciennes attributions, et nous le verrons exerçant ses fonctions de général pendant la campagne suivante.

La position de l'armée d'Italie était devenue en effet critique après le 9 thermidor, comme l'avaient mandé Salicetti et Albitte au comité de Salut public. Une sorte de torpeur s'était emparée d'elle. L'armée piémontaise avait repris courage ; elle se renforçait tous les jours par l'arrivée de nouveaux bataillons autrichiens.

Les deux armées françaises qui investissaient le Piémont étaient dans un état déplorable. La première, l'armée des Alpes, campée par détachements sur les crêtes de la chaîne supérieure, et formant une ligne de 240 kilomètres de développement, du mont Blanc aux sources du Tanaro, périssait de misère et de maladie. « Les communications étaient difficiles, dit un historien militaire, les vivres rares et fort coûteux, les chevaux exténués. L'air vif, les eaux crues de ces régions élevées occasionnaient dans les hôpitaux une mortalité qui, tous les trois mois, aurait pu suffire à la consommation d'une grande bataille. Cette défensive était plus onéreuse pour les finances et plus désastreuse pour les hommes qu'une campagne offensive. »

La seconde armée, commandée en chef par Dumerbion, décrivait un immense demi-cercle depuis le mont Viso jusqu'au-dessus d'Albengo, et ne souffrait pas moins par les mêmes causes. Les divers corps ainsi campés sur ces sommités, séparés par des vallées souvent profondes, ne pouvaient se secourir en cas d'attaque.

On les croyait perdus, et l'ennemi chantait déjà victoire : le 9 thermidor avait ranimé toutes ses espérances. Les armées austro-sarde et anglaise combinées, dont la jonction devait se faire dans les plaines méridionales du Piémont, et qui avaient pour alliées la faim, la misère et les maladies de nos soldats, comptaient nous attaquer sur plusieurs points à la fois, et, par l'envahissement de la France, prêter main-forte aux contre-révolutionnaires, qui se remuaient partout en faveur du prétendant. Mais on calculait sans le génie de la République, et, il faut bien le dire, celui de Bonaparte.

Le comité de Salut public désirait qu'on prît l'offensive. Mais il fallait consulter ses forces, ne point attaquer si l'on n'était point en mesure de vaincre ; et la victoire devenait difficile dans la situation où se trouvaient nos troupes. Agir de concert avec l'armée des Alpes eût seulement permis à l'armée d'Italie d'espérer la victoire ; il fallait s'entendre avec elle : Dumerbion chargea Bonaparte de ce soin. Celui-ci eut à ce sujet, avec les officiers de cette armée, des conférences à Colmars, près de Digne ; mais on ne tomba pas d'accord, parce que, pour marcher ensemble utilement, il eût fallu que les deux armées fussent placées sous le commandement d'un seul général en chef, et que cela dépendait du comité de Salut public. Un péril était cependant à conjurer.

Le 12 septembre, on avait appris qu'une division autrichienne, sous les ordres du général Wallis, s'était rassemblée sur les bords de la Bormida et avait porté ses magasins à Dego. Une division anglaise devait débarquer à Vado et les deux armées combinées occuper Savone et forcer la république de Gênes à se déclarer contre la France. Il était de la plus haute importance d'empêcher que les forces anglaises, réunies aux forces austro-sardes, n'obtinssent contre nous le concours de la république de Gênes. Ce fut Bonaparte qui attira l'attention du général Dumerbion sur ce péril, et qui l'engagea à entreprendre, malgré tout, une campagne pour le conjurer. Il en était arrivé à ce point de considération, que le vieux général, qui pourtant ne manquait ni de bravoure ni d'initiative, lui répondit : « Mon enfant, présente-moi un plan de campagne, tel que tu sais les faire, et je l'exécuterai de mon mieux. » On n'a jamais vu, on ne verra jamais un pareil exemple de supériorité du génie.

Il s'agissait surtout d'empêcher la jonction des armées ennemies, de les rompre et de leur imposer par quelque coup hardi. Le 19 septembre, Dumerbion, à la tête de dix-huit mille hommes et avec vingt pièces de montagne, se mit en mouvement, accompagné de son général d'artillerie. Ce mouvement, est-il besoin de le dire, était le premier du plan de Bonaparte ; il consistait à s'emparer des positions de Saint-Jacques, de Montenotte et Vado, et à appuyer ainsi la droite de l'armée aux portes de Gênes. L'exécution répondit à l'excellence du plan.

Une première division autrichienne, sous les ordres du général Colloredo, occupait Carcare et une partie de la vallée de la Bormida ; le général Mercy-Argenteau, avec une forte division autrichienne, était à Mondovi ; une troisième division autrichienne sous les ordres du général Wallis, était placée en réserve vers Dego et devait appuyer les deux premières.

Dumerbion fit mine d'attaquer la division Argenteau pour agir plus fortement sur celle de Colloredo vers les sources de la Bormida.

L'armée française était ainsi disposée ;

1° A droite, le général Masséna, de Loano à Bardinello ;

2° Au centre, le général Macquart tenant Limone et Tende ;

3° A gauche, les généraux Sérurier et Garnier, s'étendant jusqu'au col de Fenestrelle.

« La troisième sans-culottide (19 septembre), dit le rapport du général en chef au comité de Salut public, lu à la Convention et inséré au *Moniteur* du 4 octobre 1794, le poste de Saint-Jacques, situé sur la partie de l'Apennin qui sépare les forteresses de Savone et de Finale des vallées de la Bormida occupée par l'ennemi, et fortifié par un double retranchement, a été enlevé à la baïonnette avec une telle bravoure, que la terreur nous a précédés dans les postes de Bormida, Mallere, Pallere et Altare. Le 4 (quatrième jour complémentaire ou quatrième sans-culottide, comme on disait alors, de l'an II, 20 septembre 1794), une de nos colonnes, dérobant sa marche à l'ennemi, arriva très précipitamment au château de Cossaria, força ce poste redoutable, et l'armée autrichienne allait être coupée et renfermée dans les gorges de la Bormida, lorsqu'une fuite précipitée est devenue son unique salut. »

Le général rend compte ensuite de l'affaire de la Roquette de Cairo.

« La cinquième sans-culottide (21septembre), les républicains poursuivirent leur marche et rencontrèrent l'ennemi à la Roquette de Cairo ; la cavalerie et l'artillerie ennemies y avaient des positions avantageuses, et l'infanterie y était protégée par des hauteurs d'un difficile accès. Il ne restait qu'une heure et demie de jour ; une attaque aussi prompte que bien combinée les a culbutées sur tous les points. »

Dans cette journée du 21 septembre, les généraux Bonaparte et Masséna dirigeaient, sous le général Dumerbion, les soldats de la République.

Le lendemain 22 septembre, au moment où l'on se disposait à livrer un nouveau combat à l'ennemi en arrière de Dego où il avait été rejeté, on apprit sa fuite à plus de 20 kilomètres de cette ville, pour se porter sur Alexandrie et rejoindre sa réserve. Le général Wallis, harcelé le même jour par le général Cervoni, qui commandait notre avant-garde, prit position à Acqui, où le général en chef Dumerbion ne jugea pas à propos de le suivre, pour ne pas attirer sur lui toutes les forces sardes et autrichiennes ; il se contenta de cette reconnaissance, se replia par Montenotte sur Savone, et, conservant un poste dans cette vallée, il prit position sur les hauteurs de Vado, qu'il fit lier aux hauteurs du Tanaro par de forts ouvrages et par des postes de communication.

C'est à cela qu'avaient servi les cartes et les plans, que dans sa prévoyance, le général Bonaparte avait ordonné au citoyen Chantron de lever, par l'ordre que nous avons cité plus haut (29 mai).

Le général Dumerbion disait encore vers la fin de son rapport daté de Cairo le 2 vendémiaire an III (23 septembre 1794) :

> « L'affaire de Cairo a coûté à la République quatre-vingts de nos frères d'armes et autant de blessés. La perte de l'ennemi est de plus de mille hommes, tant tués que blessés et prisonniers, et il nous a laissé dans ses magasins de quoi nourrir l'armée pendant un mois. »

Puis ces mots :

> « C'est ainsi, citoyens représentants, que l'armée d'Italie a célébré la cinquième sans-culottide et le

> 1er vendémiaire de l'an III de la République française !
> Vive la République !
> Dumerbion. »

Les représentants du peuple près l'armée d'Italie disaient aussi dans leur lettre à leurs collègues du comité de Salut public, en leur rendant compte des mêmes faits :

> « La cinquième sans-culottide a été célébrée par une portion de l'armée d'Italie d'une manière digne de la République et de la Convention nationale. »

Cette victoire, en effet, éloignait les Autrichiens de la mer, empêchait le débarquement des troupes anglaises, qui cherchaient à se joindre à leurs alliés, et permettait ainsi le rétablissement des relations commerciales entre Gênes et Marseille. Les batteries que l'on construisit sur toute la côte, sous la direction du général Bonaparte, protégèrent le cabotage et interceptèrent, comme nous venons de le dire, tout rapport entre les Autrichiens et les Anglais. L'armée française, maîtresse de toute la rivière du Ponant jusqu'à Savone, maintenait dans sa neutralité vacillante la république de Gênes, dont les chefs aristocratiques étaient assez mal disposés pour les Français ; elle donnait, par le prestige même de son voisinage, une plus grande influence au parti déjà très nombreux des amis de la République française. C'était beaucoup dans l'état des choses ; et un conseil de guerre, malgré l'avis de Bonaparte, qui voulait qu'on profitât de l'entrain des troupes pour enlever le camp retranché de Civa, et qu'on se précipitât à l'improviste sur le Piémont, par la gauche, en appelant à soi l'armée des Alpes, jugea prudent de s'arrêter aux avantages obtenus, jusqu'à nouvel ordre. Le combat de Cairo fut ainsi, dans cette campagne, la dernière opération de l'armée d'Italie ; et si l'on n'exécuta pas le plan d'invasion du Piémont proposé par Bonaparte, la République n'en eut pas moins à se féliciter des avantages de toutes sortes que le succès de nos armes nous assura dans cette partie de l'Italie.

Déjà le jeune officier rêvait la conquête de l'antique Péninsule.

Plus tard, quand le géant sera arrivé au faîte de la gloire et de la puissance, et qu'aucun horizon, si vaste qu'il soit, ne sera plus capable de caresser son regard, il se plaira à reporter ses souvenirs sur ce temps-là, et à dire que c'est un matin, au soleil levant, du haut du Col de Tende qu'il jeta pour la première fois un œil avide sur ces belles plaines de l'Italie, dont la conquête était dès lors l'objet de ses méditations.

Alors Bonaparte était rentré pleinement en grâce auprès de Salicetti et d'Albitte, qui étaient toujours représentants près de l'armée d'Italie, et qui s'efforçaient, par des marques non équivoques de déférence, de lui faire oublier les défiances qu'ils avaient conçues contre lui.

Deux nouveaux représentants, Ritter et Turreau, leur avaient été adjoints par le comité de Salut public. Ils avaient assisté à cette dernière campagne, et l'un d'eux, si l'on en juge par les égards qu'il lui témoigna dès son arrivée, avait dû recevoir en faveur de Bonaparte des instructions secrètes de quelques membres du comité de Salut public, sinon du Comité tout entier. C'était Turreau (Louis Turreau de Linières, né à Orbec, alors âgé de trente-quatre ans). Selon l'usage des conventionnels mariés qui étaient envoyés en mission près des armées, Turreau était accompagné de sa femme. Mme Turreau, jeune et très jolie personne, fort instruite et fort aimable, partageait et parfois dirigeait la mission de son mari. Elle était fille d'un chirurgien de Versailles, et avait reçu une éducation soignée. Turreau et surtout Mme Turreau se prirent tout de suite d'une véritable admiration pour Bonaparte, et n'en firent point mystère. Ils ne juraient que par lui, et ils le traitaient avec la plus grande faveur. Bonaparte se montra très sensible à ces marques d'estime et d'amitié, et il en était heureux à d'autres égards. Il commençait à se plaire dans la société des femmes, et Mme Turreau avait fait sur lui une vive impression dont il n'était pas dans ses principes d'abuser le moins du monde. Toutefois, il se montra plus galant auprès d'elle qu'il ne l'avait été auprès de la belle Mme Ricord et de Mlle Charlotte Robespierre, dont la figure ouverte, quoique sévère, et les traits réguliers et fins lui avaient plu beaucoup aussi. Il ne dédaignait pas d'ailleurs de faire sa cour sans bassesse aux représentants du peuple en mission et aux personnes de leur famille, quand il sentait quelque sympathie pour eux. Peut-être aussi y avait-il là un motif intéressé, mais après tout naturel et légitime : « C'était un avantage immense de leur plaire, a-t-il dit lui-même ; car, en ce temps de l'absence des lois, un représentant du peuple était une véritable puissance. » Malgré tout cela, cette sorte de raison d'État paraît avoir été étrangère à sa galanterie près de Mme Turreau. Il était tout simplement heureux et fier de lui plaire parce qu'elle était belle, spirituelle et aimable. Ce sentiment de vanité juvénile qu'il éprouvait lui fit même faire une sottise qu'il se reprocha amèrement et dignement plus tard. Racontons cette circonstance. Nous avons dit que Mme Turreau suivait son mari partout dans sa mission. Un jour Bonaparte, qui s'était rendu en compagnie des représentants Ritter et Turreau, pour faire une reconnaissance, dans les environs du Col de Tende, donnait le bras à Mme Turreau et se promenait avec elle au milieu des positions de l'armée ; tout à coup il eut l'idée de la faire assister au spectacle d'une petite guerre. On sait que, dans cette tête, l'exécution suivait de près la conception. Il ordonna sur-le-champ une attaque d'avant-poste à la baïonnette. Les Français furent vainqueurs, mais cette escarmouche n'était pas absolument nécessaire en ce moment, et elle pouvait même avoir des conséquences fâcheuses. Plus tard, Napoléon s'est reproché cet acte, qu'il a qualifié lui-même d'abus d'autorité.

Quant à nous, ces petites faiblesses ne nous déplaisent pas ; cela accidente le tableau, qui deviendrait d'une monotonie fatigante si la pâte de la palette n'était flétrie que de génie ; un petit grain de faiblesse humaine réjouit l'œil et rapproche un peu les distances... Hélas ! attendons quinze ans, et malheureusement ce souhait de quelques taches dans le soleil ne sera plus à former.

Bientôt le représentant Turreau et sa femme quittèrent l'armée d'Italie ; Bonaparte s'en éloigna également, et l'on se perdit de vue. Toutefois, il revit un jour Mme Turreau, la belle représentante de Nice, d'ancienne et douce connaissance ; mais elle était bien changée, à peine reconnaissable. La fortune des deux amoureux avait suivi une marche inverse. Bonaparte était devenu empereur des Français, et Mme Turreau, dont le mari était mort en 1799, était tombée dans la plus profonde misère. Le malheur l'avait vieillie avant l'âge. Elle vivait tristement à Versailles, des secours de quelques parents qui n'étaient rien moins que riches. Elle se sentait malheureuse de leur être à charge. On l'engageait sans cesse à s'adresser à cet ancien ami, maintenant couronné, qui pouvait la tirer si aisément de sa triste situation, et elle l'avait fait, et c'était là un de ses plus grands chagrins. Elle avait en effet écrit directement à Berthier, qui était aussi de Versailles, et, de plus son ami d'enfance, le priant de lui faire avoir une audience de l'Empereur ; mais sa lettre était restée sans réponse. Une fois même, elle s'était décidée à écrire directement à Napoléon, à qui la missive n'était point parvenue. Mais si le grand maître des cérémonies manquait de mémoire, Napoléon en avait pour deux. Mme Turreau ne comprenait rien à ce silence, bien que ses malheurs et la perte de sa beauté lui eussent appris à quoi tient le cœur des hommes. Elle ne pouvait croire à tant de dédain et à tant d'oubli de la part d'un homme qui lui avait paru si bon et si généreux lorsqu'elle l'avait connu à Nice, et qui même, pour tout dire, lui avait semblé un peu amoureux d'elle, quelque respectueux qu'eût été cet amour. Elle ne se trompait pas ; Napoléon ne l'avait point oubliée, mais la demande de Mme Turreau avait paru à Berthier devoir être importune à l'empereur, et il ne lui en avait point fait part. Ce fut Napoléon qui, lui-même, un jour de chasse à Versailles, se souvint d'elle. Il savait qu'elle était née dans cette ville ; elle lui avait souvent parlé, à Nice, des premières scènes de la Révolution dont elle avait été témoin, lorsqu'elle était toute jeune fille. Son souvenir lui revint vivement à l'esprit, et les plaisirs de la chasse ne furent plus pour lui qu'un accessoire. Il la nomma tout haut avec intérêt, parut désirer la voir, et demanda à Berthier, qui l'accompagnait, s'il savait ce qu'elle était devenue. Berthier, jusque-là si indifférent, s'empressa de s'incliner sous le désir du maître, et Mme Turreau fut appelée. L'Empereur lui fit le plus gracieux accueil, et, comprenant à son costume plus que modeste et à la tristesse de son visage la fâcheuse position où elle était tombée, il lui dit entre autres choses : « Mais comment ne vous êtes-vous pas servie de nos connaissances communes de l'armée d'Italie pour arriver jusqu'à moi ? » Et, en disant ces paroles, il lançait un regard à Berthier. « Hélas ! sire, répondit Mme Turreau, nous ne nous sommes plus connus dès qu'ils ont été grands et que je suis devenue malheureuse. » Elle comprit alors que Berthier avait négligé de parler d'elle à l'Empereur ; mais cette amie délicate n'ajouta rien de plus. Comme on le voit, le jeune Bonaparte avait su bien placer ses affections. Mme Turreau n'eut qu'à se féliciter de cet entretien, qu'elle ne devait guère qu'à un heureux hasard. Le lendemain, l'empereur ordonna à Berthier de lui faire compter 100 000 francs sur sa cassette. « Je ne veux pas, lui avait-il dit en donnant cet ordre, que mes plus anciens amis soient malheureux sous mon règne. » Le prince de Wagram, dont le cœur ne sut jamais être à la hauteur de sa fortune, comprit-il ? cela est probable ; car Napoléon savait accentuer ses mots. Il eut toujours pour son ancien camarade de l'armée d'Italie la plus vive affection, affection que n'affaiblirent même pas les honteuses défections de celui-ci. « Pour toute vengeance, disait-il en 1815, je voudrais contempler un instant cet *imbécile* de Berthier dans son costume de capitaine des gardes de S. M. Louis XVIII. » Le mot souligné, appliqué à un prince, est sanglant, mais il était mérité.

« Pour toute vengeance... » Napoléon est tout entier dans ces trois mots ; il ne savait pas haïr ceux qui avaient été jadis ses amis ; et, dans les circonstances où il avait le plus à se plaindre de leur ingratitude ou même de leurs trahisons, les bons rapports qu'avait eus avec eux le général Bonaparte revenaient immédiatement à la mémoire du maître irrité.

On a vu ce qu'en trois jours, du 19 au 22 septembre, avait accompli la bravoure française. Après cette campagne si courte terminée par l'heureux combat de Cairo, l'armée se tint sur la défensive, et Bonaparte ne prit plus, comme commandant en chef de l'armée, que des mesures d'ordre pour le maintien des positions acquises et l'armement des côtes de la Méditerranée. Il s'acquitta de tous ces devoirs avec une activité et un zèle extraordinaires, dont témoignent les ordres et les nombreuses lettres de service qu'il adressa, du mois d'octobre 1794 au mois de mai 1795, aux officiers qui relevaient de lui. Toute cette activité était dépensée en vue d'un grand objet qu'il se proposait, quand tout à coup l'entrée au comité de Salut public d'un ennemi de la Révolution vint l'arrêter douloureusement dans sa carrière.

Nous abordons ici une des phases les plus importantes de la vie de Bonaparte ; c'est la triste histoire de ses démêlés avec ce fameux Aubry, fameux seulement par son injustice calculée et obstinée, qui faillit briser pour toujours cette fortune destinée à un si grand éclat. Cette histoire, très curieuse à plus d'un titre, ne nous semble avoir été approfondie et éclaircie par aucun historien, sans en excepter M. de Coston, qui n'en dit que ce que cent autres en avaient dit avant lui. Tous, en effet, parlent de la malveillance d'Aubry pour Bonaparte, sans s'inquiéter des causes. Nous avons été assez heureux pour les découvrir à force de les rechercher ; et nous allons les exposer avec détail, car rien ne paraît plus singulier, quand on n'en a pas pénétré le secret, que ce changement subit qui s'opéra au sein du comité de Salut public à l'égard de l'armée, et dans la direction de la guerre, pendant les quatre mois moins deux jours qu'Aubry en fut chargé. Il y a là un mystère qui n'a pas assez préoccupé les historiens de la Révolution. La trahison était entrée au comité avec cet Aubry, et nous le prouverons. Pour cela, il nous faut recourir aux conjectures, aux hypothèses, aux inductions ; on sait que c'est armé de ce flambeau ou, si l'on veut, de cette lanterne sourde, qu'il est souvent nécessaire de se diriger dans les broussailles et les sentiers rocailleux qui couvrent encore certains parages inexplorés du domaine de l'histoire. C'était la méthode de Condillac ; ce sera aussi la nôtre.

Commençons tout d'abord par rappeler un point que nous avons suffisamment établi et qui n'est plus douteux aujourd'hui qu'aux yeux de ceux qui ont intérêt à le nier : Bonaparte était sincèrement républicain ; non pas républicain par calcul, mais républicain par conviction. L'enfant rêveur de la grotte de Milleli était républicain, l'écolier de Brienne était républicain, le convive de Beaucaire était républicain, le lieutenant de Carteaux et de Dumerbion, l'ami de Robespierre jeune était républicain. Le coup de tonnerre du 14 juillet avait retenti jusque dans les profondeurs de son âme ; les grands actes de la Convention parlaient fortement au cœur du Corse et de l'ami de Paoli. En ce temps-là, la Révolution comptait des ennemis jusque dans les corps chargés de la défendre ; car on sait qu'à toutes les époques de bouleversements sociaux, il se trouve des hypocrites qui s'attellent au char du progrès avec l'espoir de l'enrayer. Aubry était un de ces hommes ; et tout ce qui lui semblait de nature à pousser à la roue devait lui porter ombrage. Mais, avant d'entamer ce chapitre, il convient de dire quelques mots du court intervalle qui sépara la mise à la réforme du général Bonaparte, événement qui a si fort marqué au début de sa vie, du moment où nous l'avons laissé après la vive campagne de trois jours qui se termina par le combat de Cairo.

Nous avons dit qu'après la cessation des hostilités, il s'était voué tout entier aux affaires de son arme et aux soins de l'autre objet dont il n'avait pas cessé d'être chargé : la défense du littoral, des golfes et des stations maritimes de cette longue étendue de côtes qui va de l'embouchure du Rhône à la rivière de Gênes, et dont nous possédions une partie. Il s'y voua en homme qui a le sentiment que les choses n'en resteront pas là ; qu'après un moment d'arrêt, il faudra poursuivre l'œuvre commencée, et, pour cela, se trouver armé sur toute la ligne pour la défense, afin de pouvoir agir plus librement et plus fortement dans l'attaque.

Quelques-uns de ces ordres méritent d'être rapportés. Le 18 vendémiaire an III (9 octobre 1794), il écrivait au citoyen Manceaux, si souvent cité plus haut.

« *Le général d'artillerie de l'armée d'Italie au citoyen Manceaux, directeur d'artillerie à Port-la-Montagne :*

Nous venons d'occuper le fort de Vado, près de Savone, qui maîtrise la rade de Vado ; nous sommes obligés d'y placer huit pièces de 36. Je te prie d'en faire la demande à la marine. Si elle n'a pas d'affûts, envoie-moi toujours les pièces et 400 boulets de 36. J'en attends 6 000 au premier jour.

Buonaparte. »

Pendant les trois derniers mois de cette année 1794, il écrit de Nice lettres sur lettres au même Manceaux à Toulon, au capitaine Perrier à Marseille, à d'autres officiers, et donne même des ordres en sa qualité de général de brigade d'artillerie.

La 4 janvier 1795, il se rend à Toulon pour y surveiller les détails d'une expédition maritime qu'on méditait. Le 7 du même mois, il était à Marseille, et les pouvoirs que lui avaient conférés les délégués de la Convention étaient bien grands, puisque nous le voyons écrire de Marseille, sous cette date du 7 janvier 1795 (18 nivôse an III), ce qui suit :

« *Le général commandant l'artillerie de l'armée au citoyen Manceaux, chef de brigade, etc.*

J'ai donné ordre à une compagnie de grenadiers de Paris, qui est arrivée à Avignon, de se rendre à Toulon, où elle prendra tes ordres ; j'ai ordonné à Faisand de te faire passer sur-le-champ les cinq milliers de poudre qui te reviennent. »

Le 22 mars, il était de nouveau à Toulon, où il donnait l'ordre suivant au citoyen Manceaux :

« 2 germinal an III.

Il y a, dans la demi-lune de la porte d'Italie, des écouvillons et des lanternes sur les affûts. Je te prie de donner des ordres pour qu'on les retire ; tu sens l'inutilité de tenir le rempart de Toulon et les forts environnants armés.

Buonaparte. »

Le même jour, il écrivait au même :

> « Je donne ordre que l'on te remette dix milliers de poudre, de celle destinée à l'expédition. »

Dans nos collèges, on a toujours admiré l'activité et la facilité de César dictant à ses secrétaires quatre lettres sur des sujets différents. Cette admiration devait singulièrement donner à rire à l'officier Bonaparte : son génie n'eût demandé que dix légions et beaucoup moins de dix ans pour ne faire qu'une bouchée de la Gaule.

Cet acte fut le dernier qu'il exerça comme général commandant l'artillerie de l'armée d'Italie. Le 1er floréal an III (20 avril 1795), en vertu d'un congé que lui avait envoyé de Marseille le représentant du peuple Beffroi, il quitta Toulon, en compagnie de l'inséparable Junot, revit un moment sa famille à Marseille, et, le 22 avril, en partit avec ses aides de camp, Junot et Louis Bonaparte. Il voulait profiter de l'inaction obligée de l'armée d'Italie pour venir à Paris conférer avec les membres du comité de Salut public de la grande expédition en Italie dont il avait l'âme remplie. Il ignorait les changements survenus dans le comité, où il comptait surtout trouver encore Carnot pour comprendre et y appuyer son projet, il n'y trouva qu'Aubry et sa mise en non-activité.

Le 15 germinal an III (4 avril 1795), Aubry, ancien et médiocre officier d'artillerie, sorti de l'armée en 1790, député du Gard à la Convention nationale, l'un des signataires de la protestation du 6 juin 1793 contre les 31 qui furent mis en état de détention et réintégrés au sein de la Convention le 8 décembre 1794, Aubry disons-nous, avait remplacé Carnot dans la direction des opérations militaires ; l'un des ses premiers actes dans ces fonctions, qui correspondaient à celles d'un véritable ministre de la Guerre, fut la mise à la réforme du général Bonaparte et de Masséna, en même temps que d'un grand nombre d'autres officiers des armées de la République, connus par leur civisme et leur bravoure. Mais cet acte avait exigé quelque travail, et l'arrêté officiel n'avait pu être signifié du jour au lendemain. Il avait fallu à Aubry le temps de se reconnaître. On ne commet pas de pareilles énormités, même avec l'audace d'un conspirateur, sans y réfléchir quelque peu,

Nous avons prononcé le mot *énormité* ; en effet le travail d'Aubry, qui éliminait le général Bonaparte de l'artillerie, y introduisait Aubry lui-même, et à quel titre ? comme général de division d'artillerie, inspecteur général de cette arme, chargé de la deuxième tournée, comprenant les départements de la Seine-Inférieure, de l'Eure, du Calvados et de la Manche ; lui, Aubry, simple capitaine de cette arme, dont il avait cessé de faire partie depuis 1790 ! c'est cet homme qui se faisait tout d'un coup, et de son chef, général de division et inspecteur général d'artillerie. Comme on le voit, le mot *énormité* n'a rien d'excessif appliqué à une pareille mesure.

Bonaparte, ignorant l'acte inouï qui le condamnait à l'inaction, au moment où il sentait bouillonner le génie militaire qu'il portait en lui, mit quelques jours à se rendre à Paris. Chemin faisant, il revit Valence ; il passa trois jours, du 29 avril au 1er mai, dans cette chère garnison où il s'était fait des amis qu'il n'avait pas oubliés et qui ne l'avaient pas oublié non plus. Il vit Mlle Bou ; mais, pour la première fois, il ne logea pas chez elle ; il avait promis à Sucy, qui, depuis, fut commissaire ordonnateur en chef à l'armée d'Italie, de descendre chez lui lorsqu'il passerait de nouveau à Valence, et il reçut l'hospitalité chez Mme de Sucy, mère de son ami. Il y visita la famille Aurel fils, dont il avait fréquenté si assidûment le cabinet littéraire. Il en partit le 2 mai 1795, et arriva quelques jours après à Paris, où il devait éprouver, pendant près de quatre mois, les déboires les plus inattendus.

Il logea, suivant les uns, rue des Fossés-Montmartre (aujourd'hui rue d'Aboukir), suivant d'autres, rue du Mail, près de la place des Victoires. Dès qu'il eut appris sa destitution et sans perdre de temps, il se mit à la recherche de ses amis et de tous ceux qui pouvaient le servir dans les réclamations qu'il avait à présenter au citoyen Aubry.

Aubry ne consentit à le recevoir qu'une seule fois, et, l'arrêtant court dans ses questions, il lui reprocha d'être trop jeune pour commander en chef l'artillerie d'une armée. « On vieillit vite sur le champ de bataille, et j'en arrive », répondit Bonaparte. Cette réponse déplut extrêmement à Aubry, qui, n'ayant appartenu à l'armée qu'en temps de paix, n'avait entendu le canon qu'au polygone, à partir de ce jour, il devint invisible pour le solliciteur. On eut beau même s'entremettre ; Aubry fut sourd à la voix de ses propres amis, et entre autres de son collègue Marboz, que Bonaparte avait connu à Valence. Marboz fit en sa faveur les plus actives démarches ; tout fut inutile. Il y avait plus que de l'amour-propre blessé dans cette conduite d'Aubry, il y avait, comme nous l'avons déjà fait pressentir plus haut… mais on le verra dans la suite de ce récit.

On n'a pas dit, mais cela est certain pour nous, que ce terrible jeune homme avait conçu, dès la première campagne dans les Alpes maritimes, un plan d'invasion en Italie, plan grandiose et identique au fond, à celui qui fut exécuté plus tard ; que, dans sa liaison intime avec Robespierre jeune, il lui en avait fait confidence à Nice, et l'avait gagné à ce grand projet ; qu'enfin, dans les papiers saisis chez Robespierre l'aîné après le 9 thermidor, on avait trouvé des traces de ce projet, qui devait porter si haut la gloire de la République française. Si ces traces ne paraissent point dans le fameux rapport de Courtois, où celui-ci eut grand soin de ne mettre que ce qui pouvait tourner contre Robespierre, c'est que d'abord cette grande idée d'une expédition en Italie était une trop belle *conspiration* en faveur de la République française pour qu'on pût la lui imputer à crime. Que Bonaparte en eût écrit à Maximilien Robespierre lui-même, avec des marques chaleureuses de dévouement à ses principes et à son caractère, compris autrement sans doute que l'histoire banale ne les présente, cela ne fait pas doute pour nous. Ces principes, assurément, n'étaient pas ceux des poules mouillées de la Convention ou du petit nombre de traîtres qui espéraient tirer de leur participation au 9 thermidor un compromis qui ferait leurs affaires ; et si Courtois, dans le fameux rapport qu'il présenta à la Convention nationale dans les séances du 5 janvier 1795 et jours suivants, ne fit aucune mention de tout cela, c'est que Courtois, pour bien des raisons, avait cru devoir supprimer les lettres de Bonaparte aux deux frères Robespierre. Aubry était trop du Parti ultrathermidorien, pour ne pas connaître ces lettres et la valeur du général qui devait son avancement rapide au plus jeune des deux frères ; et il avait compris combien le général d'artillerie pourrait être dangereux à ses projets contre-révolutionnaires. De là la réforme sournoise du général

Bonaparte par Aubry, dès que celui-ci fut maître du portefeuille de la guerre, et, pour couvrir ses refus de revenir sur ses actes, son mot savamment calculé au bon Marboz intercédant pour Bonaparte : *avancement prématuré, ambition sans frein* ; et ses insultants refus de recevoir chez lui le général réformé, malgré les recommandations de son collègue Marboz.

Marboz en effet, qui n'est mort que sous L'Empire, conseiller de préfecture, et que Bonaparte, comme nous l'avons déjà dit, avait beaucoup connu à Valence, au café Bou, au cabinet littéraire de M. Aurel et à la Société des amis de la Constitution, a souvent raconté qu'il fit en ce temps auprès d'Aubry, avec lequel il était très lié et dont il avait partagé la captivité après le 31 mai, les plus grands efforts pour vaincre l'obstination avec laquelle il refusait de rendre justice au général. Il se rappelait très bien que, frappé et touché des justes griefs du général Bonaparte, il lui avait proposé de le conduire chez son collègue et ami Aubry, logé rue saint-Florentin ; qu'arrivé avec son protégé dans l'antichambre du membre du comité de Salut public, dont dépendaient les militaires, il ne put pénétrer que seul dans l'appartement de celui-ci, qui fut inexorable, et qui accompagna le refus qu'il lui fit constamment de replacer Bonaparte, de ces paroles *avancement prématuré, ambition sans frein.*

Les démarches que firent dans le même temps auprès d'Aubry, en faveur de Bonaparte, divers personnages influents, tels que Fréron, Barras, La Réveillère-Lepaux, à qui le jeune général avait été présenté par Volney, restèrent également sans effet.

Toute cette affaire du mauvais vouloir d'Aubry à l'égard de Bonaparte a été, ce nous semble, jusqu'ici très peu approfondie et très vaguement exposée ; les motifs particuliers et généraux en ont échappé aux historiens ou n'ont pas été présentés de manière à y porter un jour suffisant, même par ceux qui ont écrit avec le plus de détails, comme M. de Coston, par exemple, sur ces premières années de la vie de Bonaparte.

Les motifs nous en paraissent avoir été personnels et politiques. Cet Aubry, qu'on ne mentionne presque jamais, à l'occasion de ces faits, que comme une sorte de ministre de la Guerre incapable, un examen attentif de ses actes prouve que c'était dès lors un contre-révolutionnaire conspirateur, et que c'est surtout parce que le mérite si précoce de Bonaparte lui paraissait devoir être des plus utiles à la République, qu'il tenait à l'éloigner de l'armée.

Puisque voilà notre héros mis en disponibilité, grâce aux intrigues de maître Aubry, saisissons cette courte accalmie pour nous faire son ombre et le suivre dans sa vie privée. Le jeune Bonaparte prenait patience en enrageant – on sait que c'était dans son tempérament de feu. – Toutefois il se résigna pour un instant à être philosophe, et à chercher des distractions pour dissiper un peu la mélancolie où l'avaient jeté les mépris calculés d'Aubry. Ainsi il dînait quelquefois chez Bourrienne, et, le soir, il accompagnait Mme Bourrienne au spectacle, surtout aux concerts alors célèbres du chanteur Garat ; mais son théâtre de prédilection était les Français, où il allait surtout quand on jouait des pièces de Corneille ou de Molière.

M. de Coston nous donne de curieux détails sur sa manière de vivre pendant cette sorte d'intérim de sa gloire. Il mangeait fréquemment au Palais-Royal chez les Frères-Provençaux, dont le restaurant n'était pas alors ce qu'il est devenu depuis. C'est là qu'il connut

Talma, qui y dînait quelquefois ; il y vit aussi l'orientaliste Langlès, attaché à la Bibliothèque nationale, où Bonaparte allait passer presque tous les jours quelques heures. Il prenait quelquefois ses repas avec d'autres officiers. Triste, rêveur, méditatif, il était remarqué par son laconisme ; il payait à part son écot, et avait pour habitude de plier, dans la carte à payer, le montant de sa dépense, en ayant soin de mettre à part le peu de monnaie qu'il destinait au garçon. Il portait cela lui-même au comptoir et le remettait au maître sans jamais dire une seule parole. Le plus souvent, il se retirait seul, et toujours avant ses commensaux. Jamais le prix de son dîner n'a dépassé trois francs. Aussi, ajoute M. de Coston, à qui nous empruntons ces détails, quand le restaurateur apprit, peu de temps après, que le général en chef de l'armée d'Italie avait souvent mangé chez lui, et qu'on lui désigna Bonaparte, il ne pouvait revenir de son étonnement, et il disait ingénument que, parmi les nombreux officiers qui mangeaient chez lui, il n'aurait jamais cru que ce fût précisément celui qui ne parlait jamais et qui dépensait si peu qui pût devenir en si peu de temps un grand général.

On a vu que c'est dans l'établissement des Frères-Provençaux que Bonaparte avait connu Talma, et formé avec lui cette liaison dont on a tant parlé, en y ajoutant des détails romanesques. La vérité est que Talma lui avait d'abord plu beaucoup par ses manières ouvertes et sa conversation, et qu'il oubliait dans son entretien le chagrin que sa situation lui causait. Ce chagrin était profond et se peignait malgré lui sur son visage même en public. Des personnes dignes de foi, qui l'ont connu dans cette période, et quelques hommes de notre génération qui ont pu en entendre parler, assurent qu'il en avait quelquefois les yeux pleins de larmes. Une lettre dont nous avons tenu un *fac-similé*, écrite à son frère Joseph à Marseille, le 6 messidor an III (24 juin 1795), prouve que des larmes coulaient quelquefois de ses yeux malgré lui quand il était seul ; car on y remarque, en plus d'un endroit, la trace de celles qu'il n'a pu contenir et qu'il a laissé tomber sur le papier en écrivant. Mme d'Abrantès nous apprend que, dans ces jours d'inactivité insupportables aux natures ardentes, si difficiles à distraire, foyers que la flamme a quittés et qui se dévorent sous la cendre, Bonaparte, avec son cher Junot, qui, par son écriture lisible, lui avait rendu de très importants services, se livrait à de longues promenades, auxquelles prenait rarement part Louis Bonaparte, d'une nature plus lente et un peu paresseuse.

Le Jardin des plantes avait alors un grand attrait pour le général en disponibilité ; il lisait beaucoup le matin, et l'*Histoire naturelle* de Buffon l'avait charmé. Le Bourguignon Junot, bon garçon, nature franche, facile à entraîner, et très fidèle ami, était attaché à Bonaparte comme la vigne à l'ormeau. Ils étaient inséparables, surtout dans ces jours de détresse et d'attente.

Junot avait alors le cœur plein d'un amour dont il s'était déjà ouvert à son général et ami. Dans le séjour qu'il avait fait à Marseille près de la famille Bonaparte, il n'avait pu voir la jeune Paulette sans concevoir pour elle une passion qu'il aurait voulu en vain dissimuler ; il en était devenu amoureux fou. Son âme toute jeune, toute brûlante, était pleine de cet amour. L'honneur lui ordonnait de parler, puisque sa raison n'avait pu l'empêcher de devenir amoureux. Il avait, en quittant Marseille, avoué sa passion à Bonaparte, sans se douter que le général avait pénétré son secret, et Junot voulait se marier avec Pauline. Le général n'avait ni accueilli ni rejeté sa demande ; il lui avait dit qu'on penserait à cela, qu'il ne s'agissait maintenant que d'aller à Paris mais que d'ailleurs, il le verrait avec plaisir devenir son beau-frère le jour où Junot pourrait offrir à sa sœur un établissement non pas riche, disait Bonaparte, mais suffisant pour ne pas avoir la douleur de mettre au monde des enfants qui fussent malheureux. Ce jour pouvait venir, et le général consolait ainsi son fidèle écuyer, comme eût dit un baron du Moyen Age.

Dans une de ces promenades au Jardin des plantes le cœur plus ému qu'à l'ordinaire, plein d'espérance, Junot, entraîné, enhardi par l'abandon familier et charmant avec lequel Bonaparte, un instant distrait de ses peines, lui avait parlé de la nature et aussi de l'espoir que, malgré ce *misérable Aubry*, qui arrêtait sa fortune, il saurait se faire une place dans le monde, et, partant, la faire partager à Junot, l'aide de camp laissa déborder son cœur ; il lui parla de Pauline et renouvela sa demande, plus pressant qu'il ne l'avait été jusque-là, car il avait à annoncer *quelque chose de bon*, et qui lui permettait d'espérer son consentement. La veille, en effet, il avait reçu de Dijon une lettre de son père, qu'il s'était empressé de montrer à Bonaparte. M. Junot disait à son fils, qui, en vue de son mariage, lui avait demandé ce qu'il pouvait faire pour lui, qu'à la vérité il n'avait rien à lui donner pour le moment, mais sa part serait un jour de 20 000 francs Junot était heureux et fier comme si les 20 000 francs eussent été déjà dans sa poche.

« Je serai donc riche, disait Junot à Bonaparte, puisque, outre mon état, j'ai 1 200 livres de rente. Mon général, je vous en conjure, écrivez à la citoyenne Bonaparte, et dites-lui que vous avez vu la lettre de mon père.

Voulez-vous qu'il lui en écrive une autre à Marseille ?
— Il faut réfléchir à cela », avait répondu Bonaparte.

En sortant du Jardin des plantes, le général et son aide de camp avaient passé l'eau dans un batelet, à la place même où un jour le futur empereur devait faire construire le pont d'Austerlitz ; et, à travers les rues, ils avaient gagné le boulevard. Arrivés vis-à-vis des Bains chinois, ils se promenaient dans la contre-allée. En remontant et en descendant cette partie du boulevard, Junot le pressa de nouveau d'écrire à la citoyenne Bonaparte. Bonaparte écoutait son ami d'un air distrait, car déjà ce n'était plus le même homme qu'au Jardin des plantes. Il avait l'air plus préoccupé, plus pensif. Il semblait qu'en rentrant dans tout ce bruit de la vie, dans ce tumulte de la société, il en eût de nouveau respiré les effluves ambitieux. Cependant son ton était toujours affectueux ; il donnait des avis.

> « Je ne puis écrire à ma mère pour lui faire cette demande, disait-il à Junot ; car enfin, tu auras 1 200 livres de rente, c'est bien ; mais tu ne les as pas. Ton père se porte parbleu bien, heureusement, et il te les fera attendre longtemps. Enfin tu n'as rien, si ce n'est ton grade de lieutenant. Quant à Paulette, elle n'en a même pas autant ; ainsi donc, résumons : tu n'as rien, elle n'a rien, total : rien. Vous ne pouvez donc pas vous marier à présent ; attendez, nous aurons peut-être de meilleurs jours, mon ami... Oui, nous en aurons, quand je devrais aller les chercher dans une autre partie du monde. »

Mme la duchesse d'Abrantès assure avoir reproduit cette conversation en entier, mot pour mot, d'après son mari, qui avait gardé, dit-elle, le souvenir de tout, même de la partie du boulevard sur laquelle il était avec le général Bonaparte lorsque celui-ci lui dit ces paroles, si remarquables à propos de richesses, quand on songe à celles qu'il put donner lui-même plus tard à son aide de camp, qui, du reste, comme on le sait, n'épousa pas sa sœur.

Tels étaient son genre de vie et sa tristesse pendant ces quelques mois qu'il passa à Paris, dévoré d'une ardeur dont il ne savait que faire, ne sollicitant plus Aubry, mais récriminant partout contre lui ; tel était l'emploi de son temps, lorsqu'un incident heureux vint en quelque sorte le rendre à la vie.

Dans la séance du 11 thermidor an III (29 juillet 1795) une pétition avait appelé l'attention sur les actes d'Aubry. Nous dirons tout à l'heure comment le *Moniteur* du 4 août raconte cet heureux incident.

Mais avant d'en venir à cet événement capital, et pendant que notre héros est encore en disponibilité, rappelons un épisode qui a signalé ces quatre mois. On se rappelle l'excès de zèle de Salicetti, qui avait failli couper court à la carrière de Bonaparte lorsque celui-ci était commandant de l'artillerie à l'armée d'Italie ; mais le 9 thermidor bouleversa toutes les situations et fit de Salicetti un proscrit. Celui-ci avait trouvé un asile chez Mme Permon, mère de la future duchesse d'Abrantès, et à laquelle il avait rendu de signalés services pendant la Terreur. Or, le 27 mai 1795, le général Bonaparte dînait chez Mme Permon, sa compatriote. A la fin du repas, il lui dit d'une voix altérée : « Salicetti m'a fait bien du mal… il a failli briser mon avenir à mon matin ; il a desséché mes idées de gloire à leur tige. Je le répète, il m'a fait bien du mal… cependant je ne lui en souhaite pas. » M. Permon fils voulut excuser Salicetti. « Tais-toi,

Permon, dit Bonaparte, tais-toi ; cet homme a été mon mauvais génie. Dumerbion m'aimait, il m'aurait employé activement. Ce rapport fait à mon retour de Gênes, et que la méchanceté a envenimé pour en faire un motif d'accusation !... Non, je puis bien pardonner ; mais oublier, c'est autre chose. D'ailleurs, je le répète, je ne lui veux pas de mal. »

La conversation en resta là. Vingt jours après, Mme Permon partit en poste de Paris, emmenant Salicetti déguisé en domestique. Au premier relais, à trois lieues de la capitale, Mme Permon reçut du postillon qui venait de la conduire la lettre suivante, que Bonaparte avait dictée pour elle à Junot :

> « Je n'ai jamais voulu être pris pour dupe ; je le serais à vos yeux si je ne vous disais que je sais, depuis plus de vingt jours, que Salicetti est caché chez vous. Rappelez-vous mes paroles, madame Permon, le jour même du 1er prairial, j'en avais presque la certitude morale. Maintenant je le sais positivement. Salicetti, tu le vois, j'aurais pu te rendre le mal que tu m'as fait, et, en agissant ainsi, je me serais vengé ; tandis que, toi, tu m'as fait du mal sans que je t'eusse offensé. Quel est le plus beau rôle en ce moment, du mien ou du tien ? Oui, j'ai pu me venger, et je ne l'ai pas fait. Peut-être diras-tu que ta bienfaitrice te sert de sauvegarde. Il est vrai que cette considération est puissante ; mais seul, désarmé et proscrit, ta tête eût été sacrée pour moi. Va, cherche en paix un asile où tu puisses revenir à de meilleurs sentiments pour ta patrie. Ma bouche sera fermée sur ton nom et ne s'ouvrira jamais. Repens-toi, et surtout apprécie mes motifs. Je le mérite, car ils sont nobles et généreux.
>
> Madame Permon, mes vœux vous suivent, ainsi que votre enfant. Vous êtes deux êtres faibles, sans

nulle défense. Que la Providence et les prières d'un ami soient avec vous. Soyez surtout prudente, et ne vous arrêtez jamais dans les grandes villes. Adieu ; recevez mes amitiés. »

Ainsi, comme on le voit, les sentiments généreux l'emportaient chez le jeune Bonaparte sur ces ardeurs de vengeance si implacables dans le cœur d'un Corse.

Revenons maintenant à la pétition que nous avons mentionnée avant cette petite digression.

« Le général Argouf, blessé devant Mayence, à l'affaire du 11 prairial, se plaint de ce que, jeune encore, on lui veut donner sa retraite, au lieu de l'envoyer combattre les Autrichiens. Il demande à la Convention à être rétabli dans son grade.

LEGENDRE. Ce général est venu chez moi, où il a été envoyé par des militaires de l'armée. Je l'ai mené au comité de Salut public, à Aubry. Apparemment que le Comité n'a pas fait droit à sa demande. Cependant, qui mérite mieux d'obtenir des grades dans nos armées que ceux qui ont concouru à leurs victoires ? Les blessures que ce brave a reçues, et dont on voit encore les marques sur son visage, prouvent son courage, car on n'en reçoit pas de pareilles quand on tourne le dos. Je demande que la Convention renvoie sa pétition au comité de Salut public pour y faire droit.

CAVAIGNAC. J'étais à l'armée quand ce général a reçu cette honorable blessure. Je l'ai toujours vu dans toutes les occasions, à la tête des colonnes, fondre le premier sur les cohortes de nos ennemis ; il a toujours été dans les meilleurs principes, et son républicanisme est aussi reconnu que son courage. C'est à tort que le comité de Salut public veut lui donner sa retraite, puisque ce brave militaire se sent assez rétabli pour retourner à son poste combattre de nouveau nos ennemis, et qu'il redemande son grade. J'appuie le renvoi de sa pétition au comité de Salut public.

UN REPRÉSENTANT. Cet officier ne se trouve pas seul dans le même cas. Le Comité a réformé plusieurs généraux qui ont rendu à la République des services signalés, et il a mis sur sa liste nouvelle les hommes contre lesquels il existe de nombreux soupçons. »

(Le traître Aubry nous paraît bien malade, et, ma foi, nous ne nous sentons pas le courage de le plaindre. Il est vraiment fâcheux que Bonaparte n'ait pas assisté a cette séance ; il en serait sorti pénétré de respect pour la majesté d'une représentation vraiment nationale. En effet, l'injustice, la faveur ne sauraient prendre racine dans ces sols généreux. Nous voudrions voir ce compte rendu, avec la juste destination qui en fut la suite, inscrit en lettres d'or sur les murs de tous les palais législatifs du monde. Ces exécutions sont excellemment du domaine de la démocratie ;

Ce qui prouve qu'à juste cause,
On la dit bonne à quelque chose.)

Dans la séance du 14 thermidor an III (1er août 1795), une sérieuse discussion eut lieu, qui enleva la direction de l'armée à l'incapable et hypocrite Aubry. Dès la séance du 13, un incident avait soulevé la question. Doulcet de Pontécoulant, au nom du comité de Salut public dont il était membre, venait parler des triomphes de l'armée des Pyrénées et de lire un rapport de son général en chef Moncey, daté du quartier général de Bilbao, 5 thermidor, lorsque ledit Aubry prit la parole pour essayer de se justifier des accusations dont il avait été l'objet dans la séance du 11, à la suite de la pétition présentée à la barre de la Convention par le brave général Argouf. Un membre, entre autres, l'avait formellement accusé d'avoir, non *réorganisé*, mais *désorganisé* l'armée, qu'il avait remplie d'aristocrates et d'ex-nobles, mis à la place des officiers qui avaient fait la guerre de la liberté, et dont il avait destitué ou mis en non-activité un grand nombre comme terroristes. Parmi ceux-ci se trouvait précisément, comme on l'a vu, notre général Bonaparte. La Convention délibérait en ce moment sur la constitution de l'an III, et il n'était sorte de moyens que les contre-révolutionnaires de l'assemblée et les royalistes du dehors n'employassent pour l'empêcher d'aboutir dans son travail. Dans les sections de Paris, on conspirait ouvertement contre cette *infâme* constitution, et Aubry, qui favorisait en secret les sectionnaires, avait fait tous ses efforts pour tenir les militaires éloignés de la capitale. Dans la séance du 13, il balbutia de misérables excuses ; mais ses intrigues et ses injustices calculées ne trompaient plus personne : et le lendemain 14 thermidor (1er août), il sortait du Comité. Il avait rempli ces fonctions importantes, où Carnot s'était acquis le titre glorieux d'*organisateur de la victoire*, du 4 avril au 31 juillet 1795, un peu moins de quatre mois.

Aubry justifia plus tard, par ses actes ultérieurs, les soupçons qu'avaient manifestés sur lui, à la Convention, Legendre et Cavaignac. Étant parvenu à se faire élire membre du conseil des Cinq-Cents, institué en vertu de la constitution de l'an III, il conspira d'abord sourdement avec le parti clichien contre le Directoire, ouvertement enfin avec ceux des membres des conseils que le Directoire dut frapper au 18 fructidor, et ce fut certainement un des *fructidorisés* les plus dignes de l'être. Il mourut obscurément, les uns disent en 1799, aux États-Unis, les autres disent en 1802, en Angleterre. Napoléon ne lui a jamais pardonné, mais il le méprisait encore plus qu'il ne le haïssait.

Doulcet de Pontécoulant, qui succéda à Aubry dans ses fonctions, le 2 août 1795, était un tout autre homme : intelligent, spirituel, ouvert, ayant loyalement embrassé les principes de la Révolution, il répara de son mieux le mal qu'Aubry avait fait sciemment à l'armée républicaine dans l'intérêt d'une contre-révolution. Sans doute il serait difficile de déterminer historiquement, c'est-à-dire d'une manière absolue, ces velléités de contre-révolution, bien que, de divers indices, on puisse inférer qu'une partie des hommes dont le 18 fructidor délivra le gouvernement de la République avaient fait un pacte avec le parti royaliste, pour le rétablissement de la royauté dans la personne de Monsieur. Ce parti, peu scrupuleux sur les moyens de réussir, avait admis dans son sein jusqu'à des hommes qui avaient voté la mort de Louis XVI, à la seule condition qu'ils conspirassent avec eux contre le Directoire, et qu'ils travaillassent au rétablissement du futur Louis XVIII, sur le trône de France. Mais, quels que fussent les plans de la contre-révolution, si bien secondés par Aubry, ils furent déjoués à temps, et le 13 vendémiaire sauva la Convention en lui permettant d'achever son œuvre, et d'instituer sur les bases de la constitution de l'an III le gouvernement régulier de la France.

Peu après avoir remplacé Aubry au comité de Salut public, Doulcet de Pontécoulant commença l'œuvre de réparation. Il appartenait au petit parti de ces nobles que les préjugés de leur naissance n'avaient pas complètement aveuglés sur la grandeur des principes proclamés par la Révolution, et qui à leurs propres intérêts préféraient le triomphe d'idées grandes et généreuses. Représentant du peuple, malgré la divergence de ses opinions avec le parti qui, dans les premiers moments, crut nécessaire de gouverner par la force, le loyal Pontécoulant, frappé du véritable génie militaire qui se révélait dans le mémoire de Bonaparte qu'il trouva dans le portefeuille de la guerre, et qu'Aubry avait étouffé, Doulcet, disons-nous, proposa, dans l'armée de l'Ouest, une brigade d'infanterie au général Bonaparte, qui la refusa, dit-on, surtout à cause de la nature de cette guerre.

A ce propos, il est à remarquer qu'un des plus grands bonheurs de cet homme extraordinaire, dont la carrière militaire s'est pour ainsi dire frayée à travers nos guerres civiles, a été de ne jamais avoir l'occasion de tirer l'épée contre ses concitoyens. Lors des répressions pour lesquelles il s'est trouvé plusieurs fois appelé dans le midi et dans l'est de la France, il arrivait toujours au moment où l'effervescence des esprits était apaisée. Oui vraiment, cet homme avait son étoile. Une campagne dans la Vendée en révolte ne pouvait donc convenir à sa nature ; quant à la célèbre mitraillade de Saint-Roch, l'assimilation est impossible : là, c'étaient des malheureux égarés ; ici, des ennemis implacables de la Révolution en travail.

L'offre si prompte de Pontécoulant et le refus non moins prompt de Bonaparte résultent d'une lettre que celui-ci adressa de Paris, le 30 thermidor an III (17 août 1795), à son ami Sucy, commissaire ordonnateur de l'armée d'Italie, alors à Nice, lettre dans laquelle on remarque le passage suivant :

> « J'ai été porté pour servir à l'armée de la Vendée comme général de la ligne : je n'accepte pas ; beaucoup de militaires dirigeront mieux que moi une brigade, et peu ont commandé avec plus de succès l'artillerie. Je me jette en arrière, satisfait de ce que l'injustice que l'on fait à mes services est assez sentie par ceux qui savent les apprécier. »

Ensuite, il félicite Sucy de la place qu'il vient d'obtenir, et qu'il appelle avec raison une place délicate ; puis il termine sa lettre comme suit :

> « Rien de nouveau ici ; l'espérance seule n'est pas encore perdue pour l'homme de bien : c'est te dire l'état très maladif de cet empire.
>
> Sois de constante gaieté, et jamais de découragement ; si l'on trouve des hommes méchants et ingrats, souviens-toi de la grande, quoique bouffonne maxime de Scapin : Sachons-leur gré de tous les crimes que l'on ne commet pas.
>
> *Signé :* B.P. »

L'adresse porte :

« Au citoyen Sucy, commissaire ordonnateur, à Nice, armée d'Italie. »

Le timbre de la poste de Paris est marqué par un P., et le cachet est en cire rouge, ayant pour empreinte les lettres B. P. entrelacées.

Il s'agit ici de stratégie littéraire et non de stratégie militaire : nous sommes sur notre terrain. Le *Grand Dictionnaire* va donc endosser la robe du pédagogue et se coiffer du bonnet carré, pour donner une petite leçon à celui qui a passé une partie de sa vie à en donner de grandes à plus d'une tête couronnée.

La citation de « la grande, quoique bouffonne maxime de Scapin » n'est pas très exacte, et Bonaparte a confondu Scapin avec Figaro, qui dit en effet quelque chose d'approchant dans la seconde scène du *Barbier de Séville* : « Je me crus trop heureux d'en être oublié, persuadé qu'un grand nous fait assez de bien quand il ne nous fait pas de mal. » Scapin dit bien (acte II, scène VIII) : « Pour peu qu'un père de famille ait été absent de chez lui, il doit promener son esprit sur tous les fâcheux accidents que son retour peut rencontrer : se figurer sa maison brûlée, son argent dérobé, sa femme morte, son fils estropié, sa fille subornée ; et ce qu'il trouve qui ne lui est point arrivé, l'imputer à bonne fortune. Pour moi, j'ai pratiqué toujours cette leçon dans ma petite philosophie ; et je ne suis jamais revenu au logis que je ne me sois tenu prêt à la colère de mes maîtres, aux réprimandes, aux injures, aux coups de pied au cul, aux bastonnades, aux étrivières ; et ce qui a manqué à m'arriver, j'en ai rendu grâces à mon bon destin. » Mais ni Scapin ni Figaro n'ont formulé au théâtre la maxime dont Bonaparte recommande à Sucy de se souvenir, et il y a loin de ce qu'ils disent à ce gré qu'il faut savoir aux hommes de *tous les crimes que l'on ne commet pas.* On conçoit aisément qu'avec sa vive imagination il ait fait cette confusion et grossi les choses de la sorte ; nous ne lui en faisons pas un crime ; mais il nous a paru bon, en passant, de relever cette très innocente erreur littéraire, à propos de cette lettre, importante pour nous, en ce qu'elle contredit les faussetés débitées par Bourrienne dans ses *Mémoires* sur ce moment critique de la vie de Bonaparte, et qu'il est inutile de réfuter autrement ici.

Comme on le voit par cette lettre, Bonaparte n'était qu'à demi content ; mais il se jetait en *arrière, satisfait* armée nombreuse dans la partie de la France la moins abondante en blé, et qui, dans les meilleures années, en récolte à peine pour trois mois.

Il est donc indispensable, pour rétablir le cabotage et assurer les subsistances du Midi, de Toulon et de l'armée, de reprendre la position de Vado. Puisque la possession des mers est momentanément asservie, il appartient à nos armées de terre de suppléer à l'insuffisance de notre marine.

Depuis le Saint-Bernard à Vado, les Alpes, que notre armée occupe, forment une circonférence de 95 lieues. On ne pourrait donc faire circuler nos troupes de la gauche à la droite en moins de deux ou trois décades tandis que l'ennemi tient le diamètre, et qu'il communique en trois ou quatre jours. Cette seule circonstance topographique rend toute défense désavantageuse, plus meurtrière pour notre armée, plus destructive pour nos charrois et plus onéreuse au trésor public que la campagne la plus active.

Si la paix avec les cercles de l'Empire se conclut, l'empereur n'aura plus que le Brisgaw et ses États d'Italie à gauche ; il est à croire que l'Italie sera le théâtre des événements les plus importants. Nous éprouverions alors tous les inconvénients de notre position. Nous devons donc, même sous le point de vue de la conservation de Vado, porter ailleurs le théâtre de la guerre.

Dans la position de l'Europe, le roi de Sardaigne doit désirer la paix. Il faut, par des opérations offensives :

1° Porter la guerre dans ses États, lui faire entrevoir la possibilité d'inquiéter même sa capitale, et le décider promptement à la paix.

2° Obliger les Autrichiens à quitter une partie des positions où ils maîtrisent le roi de Sardaigne, et se mettre dans une position où l'on puisse protéger le Piémont et entreprendre des opérations ultérieures.

On obtiendra ce double avantage en s'emparant de la forteresse de Ceva, en y rassemblant la plus grande partie de l'armée à mesure que les neiges obstrueront les cols des Alpes, en mettant à contribution toutes les petites villes voisines, et en menaçant de là Turin et la Lombardie.

Par les attaques que les Autrichiens ont entreprises sur la droite de l'armée, il ne nous reste aucun doute que leur intention ne soit de porter le théâtre de la guerre sur la rivière de Gênes, et de menacer le département des Alpes-Maritimes de ce côté-là ; nous serions alors obligés de maintenir une armée nombreuse en campagne, c'est-à-dire à force de numéraire ; ce qui la rendrait extrêmement onéreuse à nos finances. Nous devons, au contraire, dans la direction de nos armées, être conduits par le principe que la guerre doit nourrir la guerre.

Il est donc indispensable de reprendre promptement Vado, de changer le théâtre de la guerre, de pénétrer en Piémont, de profiter du reste de la belle saison pour s'y procurer un point d'appui où l'on puisse réunir nos armées, menacer de partager le Piémont et, dès lors, décider promptement le roi de Sardaigne à la paix, en lui offrant les conditions pour la conclure.

Les Alpes depuis le mont Saint-Bernard, le mont Cenis, le mont Viso, vont toujours en s'abaissant jusqu'à Ponte-Divano, en sorte que le Col de Tende est le plus facile et le moins élevé.

L'Apennin, qui commence à Ponte-Divano, et qui est moins élevé, s'abaisse plus sensiblement vers Vado, Altare, Carcare, et par-delà, pour s'élever, de sorte que plus on s'enfonce dans l'Italie, plus on gagne les hauteurs.

Les vallées des Alpes sont toutes dans le sens de la frontière, et de sorte qu'on ne peut pénétrer en Piémont qu'en s'élevant considérablement. L'Apennin a ses vallées plus régulièrement placées, de sorte qu'on les passe sans être obligé de s'élever, et en suivant les ouvertures qui s'y rencontrent.

Dans la saison actuelle, il serait imprudent d'essayer d'entreprendre rien de considérable par les Alpes ; mais on a tout le temps de pénétrer par l'Apennin, c'est-à-dire par la droite de l'armée d'Italie.

De Vado à Ceva, première place frontière de Sardaigne sur le Tanaro, il y a 8 lieues, sans jamais s'élever de plus de 2 à 300 toises au-dessus du niveau de la mer. Ce ne sont donc pas proprement des montagnes, mais des monticules couverts de terre végétale, d'arbres fruitiers et de vignes. Les neiges n'y encombrent jamais les passages ; les hauteurs en sont couvertes pendant l'hiver ; mais sans qu'il y en ait même une grande quantité.

Dès le moment que les renforts de l'armée des Pyrénées seront arrivés, il sera facile de reprendre les opérations de Saint-Bernard et de San-Giovante.

Dès le moment que l'on se sera emparé de Vado, les Autrichiens se porteront de préférence sur les points qui défendent la Lombardie. Les Piémontais défendront l'issue du Piémont.

On détaillera, dans les instructions qui seront données, les moyens d'accélérer cette séparation.

Pendant le siège de Ceva, les Piémontais pourraient prendre des positions très rapprochées de celles des Autrichiens, pour, de concert, inquiéter les mouvements du siège. Pour les en éloigner, l'armée des Alpes se réunira dans la vallée de la Sture, à la gauche de l'armée d'Italie, et investira Démont, en s'emparant de la hauteur de la Valoria. On fera toutes ces démonstrations, qui pourront persuader à l'ennemi que l'on veut véritablement faire le siège de Démont ; par ce moyen, il sera obligé de prendre des positions intermédiaires, afin de surveiller également les deux sièges.

L'opération sur Démont est préférable à toute autre, parce que c'est celle où nous pourrons réunir le plus de troupes, puisque toute la gauche de l'armée d'Italie s'y trouvera naturellement employée ; elle inquiétera d'ailleurs davantage l'ennemi, parce que le succès se lie à celui de Ceva et serait d'autant plus funeste au Piémont.

Nos armées, en Italie, ont toutes péri par les maladies pestilentielles produites par la canicule ; le vrai moment d'y faire la guerre et de porter de grands coups, une fois introduits dans la plaine, c'est d'agir depuis le mois de février jusqu'en juillet. Si alors le roi de Sardaigne n'a pas conclu la paix, nous pourrons continuer nos succès en Piémont et assiéger Turin.

Si comme il est probable, la paix est faite, nous pourrons, avant qu'elle soit publiée d'intelligence avec le Piémont, de Ceva nous assurer d'Alexandrie, et marcher en Lombardie conquérir les indemnités que nous donnerions au roi de Sardaigne pour Nice et la Savoie.

Le théâtre de la guerre serait alors dans un pays abondant, semé de grandes villes, offrant partout de grandes ressources pour nos charrois, pour remonter notre cavalerie et habiller nos troupes.

Si la campagne de février est heureuse, nous nous trouverons, aux premiers jours du printemps, maîtres de Mantoue, prêts à nous emparer des gorges de Trente et à porter la guerre, de concert avec l'armée qui aurait passé le Rhin, dans le Brisgaw, jusque dans le cœur des États héréditaires de la maison d'Autriche.

La nature a borné la France aux Alpes, mais elle a aussi borné l'Empire au Tyrol.

Pour remplir le but que nous venons de parcourir dans ce mémoire, nous proposons au comité :

1° De ne point trop activer la paix avec les cercles d'Allemagne, et de ne la conclure que lorsque l'armée d'Italie sera considérablement renforcée ;

2° De faire tenir garnison à Toulon par les troupes embarquées sur l'escadre, et restituer à l'armée une partie de la garnison de cette place, qui sera remplacée lorsque la paix avec l'Espagne sera ratifiée ;

3° De faire passer de suite 15 000 hommes des Pyrénées à l'armée d'Italie ;

4° D'en faire passer 15 000 autres au moment de la ratification de la paix avec l'Espagne ;

5° De faire passer 1 500 ou 2 000 hommes des armées d'Allemagne à l'armée d'Italie au moment de la paix avec les cercles ;

6° De prendre l'arrêté suivant :

Le comité de Salut public arrête :

1° L'armée d'Italie attaquera les ennemis, s'emparera de Vado, y rétablira la défense de la rade, investira Ceva, fera le siège de la forteresse et s'en emparera ;

2° Dès l'instant que les Autrichiens seront éloignés, on obligera le commandant du fort à recevoir deux bataillons et deux compagnies d'artillerie pour garnison, en forme d'auxiliaires ;

3° La droite de l'armée des Alpes se réunira avec la gauche de l'armée d'Italie dans la vallée de la Sture, investira Démont en s'emparant de la hauteur de la Valoria ;

4° Le commandant d'armes du port de Toulon enverra à Antibes quatre tartanes armées et quatre chaloupes canonnières ou felouques, à la disposition du général commandant en chef l'artillerie de l'armée d'Italie, pour servir à l'escorte des convois d'artillerie ;

5° Il sera embarqué 36 bouches à feu de siège, avec un approvisionnement pour siège, sur des bateaux à rames qui seront débarqués à Vado pour le siège de la forteresse de Ceva ;

6° L'on réunira le plus près possible du camp de Tournus 40 bouches à feu de siège pour le siège de Démont ;

7° La neuvième commission fera passer 400 milliers de poudre à Avignon, où ils seront aux ordres du général d'artillerie de l'armée d'Italie, et 200 milliers à Grenoble ; elle prendra ses mesures pour qu'ils y soient rendus avant la fin du mois ;

8° L'agence des subsistances militaires se procurera à Gênes, où elle les laissera en dépôt, des blés pour nourrir 60 000 hommes pendant trois mois ;

9° La neuvième commission fera passer à l'armée d'Italie tout ce qui est nécessaire pour compléter l'équipage de pont demandé au commencement de la campagne par le général d'artillerie ;

10° La commission des transports militaires fera remplacer à l'armée d'Italie les 1 500 mulets qui en ont été tirés pour servir au transport des subsistances à Paris. »

Nous n'avons pas hésité à insérer en entier ce long mémoire, où la précision et la clarté se joignent à une profondeur de vues vraiment extraordinaire. Ce n'est là qu'un simple projet, et cependant on croirait qu'il s'agit d'une campagne glorieusement exécutée. Nous ne croyons pas que l'histoire offre un second exemple d'une pareille netteté de vues et d'une intelligence si complète de la situation. Quand il recopiait tout cela de sa magnifique écriture, le brave Junot, assurément, devait prendre son général pour un Dieu.

A ce mémoire Bonaparte joignit cinq autres pièces rédigées par lui et qui furent en partie textuellement adoptées par le comité de Salut public : 1° une instruction militaire pour le général en chef de l'armée des Alpes et d'Italie : 2° une instruction pour représentants du peuple près l'armée d'Italie ; 3° une lettre du comité de Salut public au général en chef de l'armée d'Italie ; 4° un arrêté du comité de Salut public ; 5° enfin un autre arrêté du même Comité relatif au même objet.

Tels furent les travaux de Bonaparte dès son entrée au bureau topographique.

Pendant le temps qu'il occupait ce poste, qui ressemblait à une division de la section de la guerre, et qu'il y travaillait continuellement avec son zèle accoutumé, la Porte s'occupait d'un armement contre la Russie ; elle demanda à la République quelques officiers d'artillerie français, et Bonaparte pensa sérieusement à tourner de ce côté son génie. L'Orient lui souriait ; il lui semblait qu'il y avait là un vaste champ ouvert à son activité. Il eut à ce sujet plusieurs conférences avec Reinhard, archiviste des relations extérieures auprès du comité de Salut public, pour avoir communication des papiers relatifs à la Turquie. Il rédigea une note par laquelle il s'offrait d'aller en Turquie, et divers projets d'arrêtés relatifs à cette mission, qui fut réalisée l'année suivante d'après son plan, mais par un autre que lui. Ces projets, écrits, comme les précédents, de la main de Junot, portaient en divers endroits des corrections de celle de Bonaparte ; il avait écrit en entier ou, pour mieux dire, griffonné, le brouillon de la note.

L'expédition originale, signé de lui, remise au comité de Salut public, était ainsi conçue :

NOTE DU GÉNÉRAL BUONAPARTE

13 fructidor au III (30 août 1795).

« Dans un temps où l'impératrice de Russie a resserré les liens qui l'unissent à l'Autriche, il est de l'intérêt de la France de faire tout ce qui dépend d'elle pour rendre plus redoutables les moyens militaires de la Turquie. Cette puissance a des milices nombreuses et braves, mais ignorantes sur les principes de l'art de la guerre.

La formation et le service de l'artillerie, qui influe si puissamment dans notre tactique moderne sur le gain des batailles, et presque exclusivement sur la défense des places fortes, est encore dans son enfance en Turquie.

La Porte, qui l'a senti, a plusieurs fois demandé des officiers d'artillerie et du génie ; nous y en avons effectivement quelques-uns dans ce moment, mais ils ne sont ni assez nombreux ni assez instruits pour produire un résultat de quelque conséquence.

Le général Buonaparte, qui a acquis quelque réputation en commandant l'artillerie de nos armées en différentes circonstances, et spécialement au siège de Toulon, s'offre pour passer en Turquie avec une mission du gouvernement. Il mènera avec lui six ou sept officiers, dont chacun aura une connaissance particulière des sciences relatives à l'art de la guerre.

S'il peut, dans cette nouvelle carrière, rendre les armées turques plus redoutables et perfectionner la défense des places fortes de cet empire, il croira avoir rendu un service signalé à la patrie, et avoir, à son retour, bien mérité d'elle.

Buonaparte. »

Voici les pièces relatives à ce projet :

« Le gouvernement de la République française, voulant donner au Grand Seigneur, son fidèle allié, une preuve de l'amitié qu'elle lui porte et de l'intérêt qu'elle prend à la prospérité de ses armes, a délibéré, sur la demande qu'il a faite, pour qu'il soit envoyé en Turquie des officiers d'artillerie français.

Considérant que le général Buonaparte, commandant en chef l'artillerie de l'armée d'Italie, a des connaissances profondes sur l'art de la guerre et spécialement sur la partie de l'artillerie, dont il a donné des preuves en dirigeant le siège de Toulon et nos succès en Italie, et mettant sur une défense respectable les côtes de la Méditerranée (comme on le voit, il n'avait garde d'oublier ses services et il avait raison) ;

Arrête :

Le général Buonaparte se rendra à Constantinople avec ses deux aides de camp, capitaines, pour y prendre du service dans l'armée du Grand Seigneur et contribuer, de ses talents et de ses connaissances acquises, à la restauration de l'artillerie de ce puissant empire, et exécuter ce qui lui sera ordonné par les ministres de la Porte ; il servira dans son grade et sera traité par le Grand Seigneur comme les généraux de ses armées.

Il sera accompagné, pour l'aider dans sa mission, par les citoyens Eudoche Junot et Henri Léorat, en qualité d'aides de camp, capitaines ; Songis et Rolland (Rolland de Villarceaux, ancien camarade de Napoléon au régiment de La Fère, qui, plus tard, fut son aide de camp à l'armée de l'intérieur, et devint préfet sous l'empire), comme chefs de bataillon ; Marmont (depuis duc de Raguse) et Aguettant comme capitaines d'artillerie, Bluit de Villeneuve, capitaine du génie ; Bourgeois et La Chasse, lieutenants d'artillerie de première classe ; Moisonet et Scheined, sergents majors d'artillerie. »

Bonaparte, qui voulait être en règle selon un usage qui paraît lui avoir été habituel, avait pris le soin de rédiger tous les arrêtés nécessaires pour l'exécution définitive de son projet ; plusieurs sont de simple formalité ; n'importe, il veut être en règle sur tout, et il rédige, jusqu'à un arrêté de passeport.

Les projets suivants ont plus d'importance.

« Le gouvernement, etc.,

Arrête :

La commission des relations extérieures fera remettre au général Buonaparte, pour six mois d'appointements en argent, tant pour lui que pour deux aides de camp, capitaines, deux chefs de bataillon d'artillerie, quatre capitaines d'artillerie de première classe, deux lieutenants d'artillerie, pour leur servir de frais de route au voyage qu'ils doivent faire conformément à l'arrêté du comité de Salut public de ce jour.

Arrête :

Que la neuvième commission fera faire une caisse de différents instruments de mathématiques et de dessin, dont la note lui sera remise par le général Buonaparte. Cette caisse sera remise à la disposition de la commission des affaires extérieures, qui la fera passer à Constantinople, à l'adresse du général Buonaparte.

Arrête :

Que la commission d'instruction publique fera faire une caisse de livres relatifs à l'artillerie et à l'art de la guerre, dont la note lui sera remise par le général Buonaparte ; ladite caisse sera envoyée à la commission des relations extérieures, qui la fera passer à l'adresse dudit général, à Constantinople. »

En marge de la note où Bonaparte adressait au comité de Salut public la demande de cette mission militaire à Constantinople, on lit, sous la date du 27 fructidor an III (13 septembre 1795) :

« Le général de brigade Buonaparte a servi avec distinction à l'armée d'Italie, où il commandait l'artillerie.

Mis en réquisition par le comité de Salut public, il a travaillé avec zèle et exactitude dans la division de la section chargée des plans de campagne et de la surveillance des opérations des armées, et je déclare avec plaisir que je dois à ses conseils la plus grande partie des mesures utiles que j'ai proposées au comité pour l'armée des Alpes et d'Italie. Je le recommande à nos collègues comme un citoyen qui peut être utilement employé pour la République, soit dans l'artillerie, soit dans toute autre arme, soit même dans la partie des relations extérieures.

Douclet. »

Doulcet se taisait, comme on voit, sur la demande qui faisait l'objet de la note ; et, à la suite de ce qu'on vient de lire, on trouve, de la main d'un autre représentant du peuple sous la même date du 27 fructidor an III, cette seconde apostille :

« En adhérant aux sentiments qu'exprime mon collègue Doulcet sur le général Buonaparte, que j'ai vu et entendu, je crois que, par les motifs mêmes qui fondent son opinion et la mienne, le comité de Salut public doit se refuser à éloigner, dans ce moment surtout, de la République un officier aussi distingué. Mon avis est qu'en l'avançant dans son arme, le comité commence par récompenser ses services, sauf ensuite, après en avoir conféré avec lui, à délibérer sur sa proposition, s'il y persiste.

Jean Debry, rapporteur. »

Plusieurs historiens ont présenté ce projet d'expatriation de la part de Bonaparte comme une sorte de coup de tête assez semblable à celui qui avait poussé Cromwell à passer en Amérique. Quelques-uns ajoutent même que ceux qui favorisaient cette entreprise avaient pour but de l'éloigner et de le faire ainsi sortir du service de la République. Tout cela nous paraît beaucoup trop profond, disons mieux, beaucoup trop emblématique pour qu'on puisse y ajouter foi. Rien jusqu'ici, dans la vie du jeune général, n'avait pu le faire considérer comme un ennemi de la République, et rien encore ne pouvait faire pressentir le coup d'État du 18 brumaire ; lui-même ne pouvait éprouver que de très vagues pressentiments de sa grandeur future, et la bohémienne égyptienne ne lui avait pas encore dit, en étudiant les lignes de sa main : « Macbeth, tu seras roi. » Tout ce qu'on peut affirmer, c'est que quelque chose de mystérieux et d'indéfinissable l'entraînait vers l'Orient, et l'on sait que, sur la terre des Pharaons, ces aspirations ne l'avaient pas encore abandonné. Les pièces officielles que nous venons de citer démontrent que Bonaparte espérait passer en Turquie avec l'autorisation du gouvernement et pour servir encore la France d'une manière indirecte.

Les apostilles citées plus haut prouvent que les représentants patriotes voulaient évidemment trouver pour le jeune général une position qui lui convînt, et ne pas le laisser porter à l'étranger une capacité qu'ils pressentaient qu'on aurait prochainement l'occasion d'employer plus directement au service de la France.

Les choses en étaient là de la mission de Bonaparte à Constantinople, quand un grand événement vint changer le cours de sa fortune et décider de sa destinée.

La Convention nationale, qui, depuis sa réunion (22 septembre 1792), avait gouverné la France dans les circonstances les plus difficiles et les plus critiques avec une indomptable énergie, et maintenu toujours haut et ferme le drapeau de la République, venait d'achever son œuvre et de décréter la constitution de l'an III, qui confiait le pouvoir exécutif à un directoire composé de cinq membres, et l'élaboration des lois à deux conseils, le conseil des Cinq-Cents et le conseil des Anciens. Cette constitution venait d'être soumise à l'acceptation du peuple réuni en assemblées primaires, et le 2 vendémiaire an IV (23 septembre 1795), après le recensement général des votes, on avait proclamé dans Paris l'acceptation de la constitution et des lois additionnelles par la majorité des assemblées primaires de la République.

Cependant le parti royaliste, qui voyait le régime républicain s'affirmer de plus en plus, s'agitait dans Paris ; il s'était fortifié des mécontents de toutes les couleurs. On déclamait surtout dans les sections contre celle des lois additionnelles qui, pour rendre plus facile le passage du gouvernement conventionnel au gouvernement constitutionnel de la République, établissait que les deux tiers de la législature nouvelle seraient composés des membres sortants de la Convention, et que les assemblées électorales des départements n'auraient en conséquence à nommer, pour la première fois, qu'un tiers seulement de la nouvelle législature. Des orateurs forcenés, cachant leurs projets sous un masque républicain, s'animaient à la lutte. La garde nationale était en partie acquise à ce plan, que la presse royaliste soutenait de ses violences accoutumées : il s'agissait en réalité d'attaquer la Convention et de la dissoudre avant qu'elle eût achevé d'établir un gouvernement républicain régulier.

Dans ces sections brillait alors un homme qui, après le 9 thermidor, s'était empressé de publier un journal intitulé le *Républicain français*, titre à l'abri duquel, comme il s'en est vanté depuis, il travaillait à la ruine de la République ; nous voulons parler de M. Ch. Lacretelle. « Ce titre nous déplaisait un peu, disait-il plus tard avec une franchise presque cynique ; mais, depuis le 10 août, il ne paraissait de journaux qu'avec cet indispensable passeport. » Jouer carrément sa tête, à l'exemple de Camille Desmoulins ou même comme les rédacteurs des *Actes des Apôtres,* allons donc ! C'est bon pour les hommes honnêtes qui ont la niaiserie de croire que leurs opinions doivent refléter la couleur du drapeau qu'ils arborent. Les royalistes d'alors étaient alors beaucoup plus habiles : ils minaient en cajolant. Aussi toutes leurs espérances s'étaient-elles réveillées, et ils mettaient tout en œuvre pour discréditer le gouvernement. Un de leurs grands moyens contre-révolutionnaires était à ce moment de présenter comme un acte d'égoïsme, comme un acte d'usurpation la loi organique des deux tiers. Les fondateurs de la République qui ne voulaient pas abandonner celle-ci aux mains des royalistes étaient honnis, et, comme on se croyait maître du mouvement contre-révolutionnaire, on était devenu insolent. Les royalistes relevaient partout la tête. Ah ! nous avons le droit de pétition, se disaient-ils, usons-en, abusons-en contre cette loi qui nous gêne ; que nous importe qu'elle ait reçu la sanction régulière de la majorité du peuple français ?

L'instigateur, le promoteur ardent de ce dernier moyen de frapper l'esprit public, M. Charles Lacretelle, fut chargé de présenter une de ces pétitions à la barre de la Convention, comme c'était l'usage alors ; ce n'était pas une pétition, mais une sorte d'injonction impérieuse, une audacieuse menace. Une insurrection armée des sections de Paris, où les royalistes avaient pris le dessus par leurs sourdes et habiles menées, se cachait au fond de ces incroyables paroles, qu'une assemblée souveraine ne pouvait, ne devait pas souffrir ; la Convention n'avait plus qu'à pourvoir à sa défense. Il fallait d'abord dissoudre les sections rebelles à une loi organique, qui avait reçu la sanction du peuple tout entier.

Le 2 vendémiaire (24 septembre), les sections, menées, surmenées par des orateurs véhéments entre lesquels se faisaient surtout remarquer, par la violence de leur langage, Charles Lacretelle et La Harpe, nommeront des députés pour former une assemblée centrale de résistance aux décrets, et cela au mépris de l'acceptation de la constitution et des lois organiques par les assemblées primaires ; cette assemblée se réunit à l'Odéon.

La Convention, menacée, rendit, le 3 vendémiaire (25 septembre), un décret portant que les citoyens de Paris étaient garants envers la nation de l'inviolabilité de la représentation nationale, et ordonnant que, en cas d'attentat sur elle, le nouveau Corps législatif et le Directoire exécutif se réuniraient à Châlons-sur-Marne, où ils rappelleraient pour leur défense et leur sauvegarde les armées de la République, décret inséré au *Moniteur* du 7 vendémiaire an IV (29 septembre 1795). En même temps, la Convention déclara illégale et inconstitutionnelle l'assemblée de l'Odéon, et ordonna à son comité de sûreté générale de la dissoudre par la force. Le 10 vendémiaire, la force armée se porta à l'Odéon et exécuta cet ordre ; il ne lui fut opposé aucune résistance ; mais la réaction, qui avait préparé de longue main une insurrection, ne se tint pas pour battue, L'ordre qui avait fait fermer l'Odéon devint le sujet des discours indignés de MM. La Harpe et Lacretelle, surtout dans la section Lepelletier, qui tenait ses séances au couvent des Filles-Saint-Thomas, qu'elle avait transformé en une sorte de forteresse.

Dans la séance du 2 vendémiaire, Daunou lut un rapport sur l'état des choses, et signala l'attitude insurrectionnelle des sections en général ; il terminait ainsi : « Représentants du peuple, cette République, que les factieux menacent dans son berceau, votre premier devoir est de la défendre. Tous ses ennemis se liguent contre elle ; appelez à son secours tous ses amis. Le génie des dissensions civiles essaye de verser au milieu du peuple tous ses poisons... Représentants, ils se rassemblent, les ennemis de la liberté ; assemblons le bataillon sacré. Les royalistes aiguisent leurs poignards que les républicains préparent leurs boucliers. Laissons aux malveillants l'affreuse initiative de la guerre civile ; mais s'ils osent ce qu'on dit qu'ils méditent ; si, continuant de résister à vos lois, ils ont l'audace d'appuyer de leurs armes des rassemblements séditieux, eh bien, donnez le signal de la résistance à la rébellion ! Qu'alors les sections fidèles viennent se ranger autour de vous ; que, du sein même des sections révoltées, la foule des bons citoyens accoure. Patriotes de 1789, hommes du 14 juillet, vainqueurs du 10 août, victimes du 31 mai, libérateurs du 9 thermidor, venez, placez-vous dans les rangs des vainqueurs de Fleurus, de ces soldats de la patrie, qui n'inspirent d'alarmes qu'aux soldats de l'Autriche et de l'Angleterre ; républicains innombrables, venez tous ; formez la légion toujours invincible ; et puisque les amis des rois l'exigent, donnez-leur encore le spectacle d'un triomphe. »

C'est à la suite de ce chaleureux discours que la Convention prit les mesures vigoureuses qui seules pouvaient assurer son salut.

La section Lepelletier dont le chef-lieu, comme nous venons de le dire, était au couvent des Filles-Saint-Thomas et où Lacretelle et La Harpe continuaient à pérorer contre la Convention, était la plus animée, et appelait les citoyens aux armes. Un décret de la Convention ordonna que le lieu de ses séances fût fermé, l'assemblée dissoute et la section désarmée.

Le 12 vendémiaire (4 octobre), vers les huit heures du soir, le général Menou, commandant en chef l'armée de l'intérieur, accompagné des représentants du peuple Delmu, La Porte, Letourneur de la Manche, et de la 17e division militaire, se rendit avec un corps nombreux de troupes, composé d'infanterie, de cavalerie et d'artillerie, au lieu des séances de la section Lepelletier pour y faire exécuter le décret de la Convention. Cette petite armée était entassée dans la rue Vivienne, à l'extrémité de laquelle se trouvait le couvent des Filles-Saint-Thomas, sur l'emplacement même où s'élève aujourd'hui la Bourse. Les sectionnaires occupaient les fenêtres des maisons de cette rue. Plusieurs de leurs bataillons se formèrent dans la cour du couvent, et la force militaire que commandait le général Menou se trouva compromise. Le comité de la section s'était déclaré représentant du peuple, souverain dans l'exercice de ses fonctions ; il refusa d'obéir aux ordres de la Convention, et, après une heure d'inutiles pourparlers, le général Menou et les commissaires de la Convention se retirèrent par une espèce de capitulation sans avoir désarmé ni dissous ce rassemblement, que la faiblesse de Menou enhardit. Demeurée en quelque sorte victorieuse, la section se constitua en permanence, envoya des députés aux autres sections qu'elle savait disposées à la résistance, établit un comité insurrectionnel, et arrêta, dans la nuit du 12 au 13 vendémiaire, l'organisation d'un mouvement qui, dans ses prévisions, allait devenir fatal à la Convention, car c'était là son but principal.

Le général Bonaparte, encore employé au comité topographique, était, ce soir-là, au théâtre Feydeau avec un de ses amis M. Ozun, patriote, qui fut depuis élu membre du conseil des Cinq-Cents, et nommé préfet de l'Ain sous le Consulat. Au premier bruit qui se répandit dans la salle d'une lutte engagée entre les troupes de la Convention et les sectionnaires, il sortit du théâtre avec son ami, et fut témoin du singulier traité verbal que le général Menou venait de conclure avec un certain Charles Delalot, stipulant au nom des rebelles. Il se dirigea en toute hâte vers la Convention, par pure curiosité pour juger de l'effet que produirait sur elle la nouvelle de cet armistice ridicule. Il la trouva en permanence, agitée, délibérant en tumulte, mais énergique et fière. Il sentit que c'était encore la représentation d'un grand peuple. Diverses mesures furent proposées mais on alla au plus pressé, et on ordonna l'arrestation et la mise en jugement du général Menou. Bonaparte était loin de se douter que ce serait lui qui le remplacerait le lendemain, et assurerait le triomphe de la grande Assemblée nationale.

Dans une crise aussi violente, les comités de Salut public et de sûreté générale voulurent concentrer davantage le pouvoir exécutif, et ils le déléguèrent à une commission de cinq membres, composée de Barras, Colombel, Daunou, Letourneur et Merlin de Douai. Toute la nuit, l'Assemblée resta en permanence, et, le 13 vendémiaire, date à jamais mémorable, à quatre heures et demie du matin, sur la proposition de

Merlin de Douai, l'Assemblée déféra au général de brigade Barras, représentant du peuple et membre de la commission exécutive des Cinq, les fonctions de commandant en chef de la force armée de Paris et de l'intérieur. Barras accepta ; Delmas, La Porte et Goupilleau de Fontenay lui furent adjoints. (Voir le *Moniteur* du 15 vendémiaire an IV, 7 octobre 1795 ; suite de la séance de nuit du 12 au 13.)

A peine nommé, Barras comprit l'immense responsabilité qui pesait sur lui ; de son énergie allaient dépendre le salut de la Convention et le sort du gouvernement régulier de la République, qu'elle avait le devoir d'établir. Quoi qu'on puisse penser de Barras, ce n'était ni un royaliste ni un traître. Il sentait tout l'embarras de la situation, et se montrait inquiet. Carnot, qu'il consulta, lui dit : « Je te conseille de t'adjoindre un bon général qui agira pendant que tu donneras des ordres. — Lequel ? — Il y en a trente là. — Nommes-en un. — Brune, Verdier, Bonaparte. — Ah ! celui-ci, je le connais, il a pris Toulon. — Qui sait, répliqua Carnot, s'il n'est pas destiné à prendre le couvent des Filles-Saint-Thomas ? »

La gaieté de Carnot devint communicative. Barras s'engoue tout à coup du général Bonaparte et, sur cette indication vague, il l'envoie chercher.

Bonaparte était resté toute la nuit au bureau topographique du comité de Salut public, auquel il était attaché. On n'eut pas de peine à le trouver. Arrivé dans la salle de la commission exécutive, Barras le prend par le bras, l'attire vers un coin de la salle et lui demande s'il veut accepter le commandement en second sous lui. Bonaparte, confondu de la proposition, paraît hésitant ; il demande à tenir conseil avec lui-même. Barras lui donne trois minutes. Bonaparte, debout et immobile, à deux pas de Barras, pèse à la hâte les chances de succès et de malheur ; sa fibre révolutionnaire s'émeut ; il voit la République sacrifiée si les sections l'emportent, tous les fruits de la Révolution perdus, le triomphe des étrangers, l'abaissement humiliant de la patrie ; il n'hésite plus. Il revient vivement à Barras, et lui dit avec sa résolution accoutumée :

> « Soit, j'accepte ; mais je vous préviens que si je tire l'épée, elle ne rentrera dans le fourreau que quand l'ordre sera rétabli, coûte que coûte. — C'est ainsi que je l'entends moi-même, lui dit Barras ; c'est donc chose décidée. »

Il était cinq heures et demie du matin.

> « Oui, reprit Bonaparte, ne perdons pas de temps ; les minutes en ce moment sont des heures. L'activité seule peut nous rendre l'influence morale qu'un premier échec nous a fait perdre. »

Barras, dès que Bonaparte lui eut parlé ainsi, poussa un long soupir d'allégement, et, sous prétexte qu'il avait en lui une confiance absolue, il se hâta de se mettre à l'écart en l'investissant des pouvoirs les plus illimités, et lui dit : « Maintenant vous voilà au fait autant que moi, et la bride sur le cou ; chargez-vous de la partie militaire, je prends l'action civile sur mon compte ; mais, parbleu ! ne vous avisez pas de recourir à moi, j'aurai assez d'affaires de mon côté. »

Il présenta alors à la commission des Cinq un jeune homme à la figure pâle et maigre, à l'attitude modeste presque embarrassée, mais à l'œil étincelant d'expression, d'audace, d'intelligence et de génie, et qui devait s'appeler un jour l'empereur Napoléon.

Le premier soin du jeune général fut d'aller voir Menou, qui, arrêté, n'avait pas été encore transféré à la prison militaire, et qui était retenu dans une des salles du comité de Salut public. En l'abordant, Bonaparte lui dit : « C'est moi, général ; c'est Bonaparte qui vient causer avec vous. Nous nous connaissons peu, cependant assez pour savoir réciproquement qui nous sommes. » Le général Menou lui demanda s'il était aussi prisonnier. « Quant à moi, ajouta-t-il sans attendre la réponse, je suis un nouvel exemple de la justice des républiques ; je suis puni pour n'avoir pas voulu verser le sang de mes concitoyens. »

Bonaparte lui répondit froidement, mais sans sécheresse. « Vous avez eu tort, général, et grand tort dans cette circonstance ; il y a des moments où il y a plus que de la faiblesse à ne pas frapper ; les ménagements ne valent plus rien là où la révolte contre la loi est flagrante. »

Le général Menou, piqué de cette admonition et plus frappé de la différence de l'âge que de l'espèce d'identité qu'il y avait entre lui et Bonaparte, lui répondit assez brusquement : « Je ne veux pas recommencer Santerre ou Henriot. Au reste, général, que le tribunal qui doit me juger et me condamner soit prêt, me voilà, à vos ordres, vous pouvez me conduire. »

L'esprit droit, ami de l'ordre, du général Bonaparte se révèle ici tout entier, et ses sentiments sont d'autant moins suspects que l'obéissance ne se pratiquait pas encore à son profit. Républicain encore sincère, il avait raison d'être sans ménagements pour ces rebelles qui, obéissant à d'aveugles passions, à des intérêts qui n'étaient pas même les leurs, ne représentaient en définitive que la clique des émigrés, haletants d'impatience, de colère et de haine aux portes de la France, et n'attendaient que l'occasion d'y rentrer pour y exercer d'implacables vengeances. Cependant, blessé d'avoir été pris pour ce qu'il n'était pas, il désabusa bien vite Menou, lui expliqua l'objet de sa visite, et en obtint des renseignements qui faisaient honneur à la franchise du pauvre Menou, mais dont l'insuffisance révélait aussi la profonde incapacité.

Bonaparte, investi nominalement du commandement en second, mais en fait du commandement en chef, avec carte blanche, de l'armée de Paris, prit, le 13 vendémiaire, à six heures du matin, ses dispositions d'attaque contre les sectionnaires. Il appela à le seconder les meilleurs officiers généraux de la République alors à Paris, Verdier, Montchoisy, Brune, Berruyer, Vachot, Duvigier, et jusqu'à son ancien général en chef Carteaux qui jouissait d'une certaine popularité dans la démocratie parisienne, et qui tous, sous ses ordres, firent leur devoir.

Ses dispositions militaires furent savamment combinées pour le succès de la journée, et il n'oublia rien de ce qui pouvait l'assurer. Donnant déjà un exemple de cette prévoyance qui n'a jamais eu d'égale, il faisait distribuer huit cents fusils aux membres de la Convention, dont il comptait faire un corps de réserve, et il établit une ambulance sous les galeries du palais, du côté du jardin.

L'artillerie de position était au camp des Sablons. Il n'y avait aux Feuillants que quelques pièces de 4, sans canonniers. Les magasins de vivres étaient disséminés dans Paris. La section du Théâtre-Français, dirigée par des royalistes, qui depuis s'en sont fait honneur tout haut, avait des avant-postes jusqu'au Pont-Neuf, qu'elle avait barricadé.

Cependant il arrivait de tous côtés des rapports faisant connaître que les sections se réunissaient en armes et formaient leurs colonnes ; le général Bonaparte disposa des troupes pour défendre la Convention, et distribua autour d'elle les moyens de défense. Il plaça des canons aux Feuillants pour battre la rue Saint-Honoré ; il mit des pièces de 8 à tous les débouchés, et, en cas de malheur, il plaça des pièces de réserve pour exécuter un feu de flanc sur la colonne qui aurait forcé un passage ; il laissa dans le Carrousel trois obusiers pour foudroyer les maisons dont les rebelles s'étaient emparés et d'où l'on tirait sur la Convention.

Le signal de l'attaque partit de la rive droite ; il était près de cinq heures. Le général Danican, qui commandait les sections du côté de la rue Saint-Honoré, envoya un parlementaire rue du Dauphin, où se tenaient Bonaparte et son état-major avec ordre de déclarer une dernière fois à la Convention les volontés des sectionnaires. Bonaparte fit conduire le parlementaire à la Convention, et, comme le temps se passait, Danican crut que son parlementaire avait été retenu ; il ordonna alors la première décharge. C'est ce qu'attendait Bonaparte pour agir, car il ne voulait pas qu'il fût dit que le premier coup de fusil avait été tiré par ceux qui défendaient l'ordre et la liberté. L'engagement le plus meurtrier eut lieu à Saint-Roch ; les sectionnaires y perdirent environ cent hommes, qui tombèrent sous la mitraille dont les cribla Bonaparte. Le reste s'enfuit alors en désordre. Quant à la colonne de la rive gauche, qui s'avançait pour déboucher sur le quai Voltaire, prise de front et de flanc par les batteries qu'avait établies Bonaparte, elle fut écrasée en un instant. Pendant deux heures encore le général de la Convention fit tirer le canon du côté du Pont-Neuf, mais à poudre seulement et pour effrayer les sections, qui ne songeaient plus à la résistance. Sa rapidité d'action et son énergie venaient de sauver cette constitution, qu'il devait renverser lui-même trois années plus tard.

> « Parmi les morts, dit le premier rapport de Bonaparte, on reconnut partout des émigrés, des propriétaires et des nobles ; parmi ceux qui furent faits prisonniers, on trouva que la plupart étaient des chouans de Charrette. »

La Convention, dans la plénitude de son triomphe, tint une séance en quelque sorte solennelle, comme pour célébrer sa victoire le 18 vendémiaire an IV (10 octobre 1795).

> « N'oubliez pas, dit à la tribune le représentant Fréron, n'oubliez pas que le général d'artillerie Buonaparte, nommé dans la nuit du 12 vendémiaire (4 octobre), pour remplacer Menou, et qui n'a eu que la matinée du 13 pour faire les dispositions savantes dont vous avez vu les heureux effets, avait été retiré de son arme pour le faire entrer dans l'infanterie.
>
> Fondateurs de la République, tarderez-vous plus longtemps à réparer les torts qu'en votre nom on fait essuyer à un grand nombre de ses défenseurs ? »

Dans cette même séance du 18 vendémiaire an IV, Barras, prenant la parole, dit :

> « J'appellerai l'attention de la Convention nationale sur le général Buona-Parte (son nom est ainsi orthographié dans le *Moniteur* et dans l'*Almanach national*). C'est à lui, c'est à ses dispositions savantes et promptes qu'on doit la défense de cette enceinte, autour de laquelle il avait distribué des postes avec beaucoup d'habileté.

> Je demande que la Convention confirme la nomination de Buona-Parte à la place de général en second de l'armée de l'intérieur. »

Cette proposition fut immédiatement décrétée sans discussion et comme acclamée.

Les suites du 13 vendémiaire, du reste, n'eurent rien de terrible. Il n'y avait eu qu'environ deux cents tués ou blessés du côté des sectionnaires, mais il n'y en avait eu guère moins du côté des troupes conventionnelles. C'est rue Saint-Honoré, aux portes de Saint-Roch, qu'on recueillit la plupart des uns et des autres après la canonnade et la vive fusillade ordonnées par Bonaparte, qui rompit par là toute résistance, abrégea la lutte, et en rendit les conséquences moins désastreuses. Pendant que les sectionnaires canonnés s'enfuyaient de toutes parts, les blessés qu'ils avaient laissés, surtout sur les marches de Saint-Roch et dans les rues adjacentes, étaient apportés dans la salle des séances de la Convention et dans les pièces contiguës, où ils étaient pansés par des femmes, au milieu des fusils, des gibernes et des cartouches que le général Bonaparte avait fait apporter ; car il avait résolu de vaincre à tout prix, même s'il avait d'abord subi un échec. Après la victoire, bien qu'on eût institué des commissions militaires pour juger ceux qui avaient pris part à la révolte, on alla jusqu'à faciliter l'évasion des personnages les plus compromis ; ils furent seulement poursuivis par contumace ; et, ainsi que le dit, dans son *Histoire du XVIIIe siècle*, Ch. Lacretelle, un des plus fougueux parmi ceux qui avaient espéré faire triompher en ce jour la cause de la royauté : « Au bout de vingt jours, plusieurs hommes d'un nom célèbre, et qui venaient d'être condamnés à mort, rentrèrent dans Paris et s'y montrèrent ouvertement » ; à plus forte raison épargna-t-on ceux qui, comme le général Menou, n'avaient favorisé la révolte des sections que par faiblesse ou incapacité.

Celui-ci, mis en jugement le 30 vendémiaire (22 octobre), fut acquitté le 11 brumaire (2 novembre) par le conseil de guerre, que présidait le général Loyson, sur les démarches déjà influentes du général Bonaparte, lequel disait hautement que si le général Menou méritait la mort pour avoir parlementé avec la section Lepelletier, les représentants qui l'accompagnaient la méritaient aussi. Les autres furent définitivement couverts, quelques mois après, par une amnistie générale, amnistie que sollicita Daunou au conseil des Cinq-Cents.

Les historiens de la Révolution n'ont pas assez insisté sur la conspiration royaliste déjouée par le 13 vendémiaire, conspiration qui comptait des agents au sein de la Convention même. De ce nombre étaient certainement Rovère, Saladin, Aubry. Les deux premiers, traîtres avérés, compromis par une correspondance lue à la Convention par Louvet, furent arrêtés. Aubry fut oublié. A leur grande satisfaction, une disette qui survint dans l'intervalle où le général Bonaparte commanda en second l'armée de l'intérieur (du 5 au 26 octobre 1795), vint mettre le comble à leurs espérances, en paraissant devoir servir les arrière-pensées qu'ils nourrissaient encore. Des attroupements populaires, comme il arrive naturellement quand le pain manque, avaient lieu à la porte des boulangers. La contre-révolution tirait parti de tout contre les conventionnels : ils étaient cause de la disette ; c'était l'armée, c'étaient les gouvernants qui absorbaient tout. Un jour où les boulangers avaient manqué de farine pour une fabrication suffisante de pain, un attroupement considérable se porta au-devant du général Bonaparte, qui passait par hasard avec une partie de son état-major. Des hommes, des femmes surtout, criant à tue-tête, l'entourèrent, demandant du pain à grands cris. Les femmes se faisaient remarquer par leur exaspération. Le rassemblement ne tarda pas à devenir menaçant. On ne pouvait user du sabre contre ce genre d'adversaires ; heureusement, un incident, ou plutôt un mot de Bonaparte le tira d'affaire, lui et son état-major. Une femme, monstrueusement grosse et grasse, vociférait avec violence, criant plus haut que les autres, gesticulant comme une énergumène. Elle apostropha directement le groupe d'officiers qui accompagnait Bonaparte. « Tout ce tas d'*épauletiers,* disait-elle, se moque *indéfiniment* de nous ; pourvu qu'ils mangent et qu'ils s'engraissent bien, il leur est fort égal que le pauvre peuple meure de faim. » Sur quoi Bonaparte l'interpellant : « La bonne, regardez-moi bien, lui dit-il ; lequel est le plus gras de nous deux ? » On sait à quel point le général était maigre alors ; lui-même disait plus tard : « Je ressemblais à un véritable parchemin. » Ce mot égaya la foule, et l'attroupement se dispersa sur-le-champ : on avait ri, on était désarmé.

Un fait plus important dans la vie de Bonaparte devait marquer les premiers jours de son commandement en second de l'armée de l'intérieur. C'est dans cet intervalle si court (21 jours) que le jeune général eut occasion de connaître une femme qui a eu une grande influence sur la destinée de cet homme extraordinaire, Mme veuve de Beauharnais. Voici comment il la connut :

On venait d'exécuter le désarmement général des sections. Les perquisitions avaient été opérées avec tant de rigueur dans les maisons qu'aucune arme n'y était restée. Un matin on introduisit chez le général Bonaparte un enfant de quinze ans, qui venait réclamer l'épée de son père, général de la République, mort sur l'échafaud le 23 juillet 1794. Cet enfant était Eugène de Beauharnais. Sa naïveté pieuse, son enthousiasme, sa simplicité, touchèrent le général ; il fit rechercher et lui rendit l'arme de son père. A cette vue, l'enfant se mit à pleurer. Bonaparte lui parla avec douceur, et le fils pieux s'en retourna pénétré de la bienveillance qu'on lui avait témoignée ; si bien que Mme veuve de Beauharnais se crut obligée de venir le lendemain lui faire une visite de remerciement.

Bonaparte fut frappé de la distinction, de l'élégance des manières de la mère et de cet enfant, qu'il avait vu la veille pleurant. Elle avait, à ce que tous ceux qui l'ont connue s'accordent à dire, une physionomie expressive, attrayante, pleine de douceur, et qui était son principal charme. Toujours est-il qu'elle fit une forte impression sur le jeune général, et que cette impression ne resta pas sans conséquences.

Nous allons donner ici le portrait de cette femme, dont le nom est resté si profondément gravé dans la mémoire du peuple. Elle était d'une figure angélique, pleine de bonté. ; d'une taille moyenne, mais modelée avec une rare perfection, elle montrait dans tous ses mouvements une souplesse, une légèreté incroyables ; sa démarche respirait la majesté ; sa physionomie était expressive, sa douceur charmante. Les yeux, bleu foncé, à demi fermés par de longues paupières légèrement arquées, entourés des plus beaux cils du monde, reflétaient son âme tout entière. Quoique son aspect fût imposant, il semblait que la sévérité lui fût impossible. Elle avait des cheveux longs, blonds, soyeux, le teint châtain clair, la peau éblouissante de finesse et de fraîcheur, un son de voix si ravissant qu'on éprouvait du plaisir à l'entendre ; quand on l'écoutait et qu'on la voyait parler, il fallait faire un effort pour cesser de la regarder. D'une beauté peut-être moins achevée que Mmes Tallien et Récamier, ses amies, elle offrait dans tout l'ensemble plus de charme et plus de séduction.

Le lendemain, Bonaparte se présenta à son tour chez Mme de Beauharnais. Une heure après, il ne voyait qu'elle, il l'aimait avec cette ardeur qu'il mettait à tout. Il passa, dès ce moment, toutes ses soirées chez elle, quand elle recevait à Paris, ou à Chaillot, chez le général Barras, qui, comme on l'a dit, « faisant en grand seigneur les honneurs de la République », recevait la plus brillante compagnie de tout Paris.

La figure expressive, et qu'on n'oubliait plus quand on l'avait vue une seule fois, du jeune et frêle général Bonaparte, ce je ne sais quoi de grave, de grand et d'imposant qui était le caractère particulier de sa physionomie d'alors, tout cela frappa, disons le mot, bouleversa Joséphine. Elle ne put dissimuler l'impression que cet homme singulier, comme elle l'appelle elle-même dans une très intéressante lettre qu'on lira tout à l'heure, avait faite sur elle. Elle en eut le cœur troublé. La bienveillance avec laquelle il avait accueilli le jeune Eugène, la vivacité de sa conversation, la forme même de ce visage républicain, ferme, sévère, simple et noble tout ensemble ; d'une beauté si particulière qu'aucun artiste n'eût su le modeler sur l'antique mieux que ne l'avait fait la nature ; le feu, l'esprit qu'il apportait dans la conversation, tout cela occupait Mme de Beauharnais, la remplissait d'une admiration et d'un sentiment vague et mal défini qu'elle n'eût jamais nommé d'elle-même de son vrai nom, si Bonaparte ne l'y eût aidée et en quelque sorte entraînée. C'était bien certainement de l'amour, mais un amour peureux, timide, craintif. Mme de Beauharnais se dissimulait ou voulait étouffer ce sentiment ; elle se trouvait trop peu jeune pour ce jeune homme. Mais ce jeune homme l'avait trop frappée pour qu'elle pût l'oublier. Dès le premier jour où elle l'eut vu, elle en parla avec une telle chaleur, une si grande vivacité d'expressions, que le trouble de cœur que Bonaparte avait produit en elle se montra dans ses discours ; il ne put échapper aux yeux clairvoyants de Mme Tallien, qui l'en plaisantait gaiement ; l'idée d'un mariage vint d'elle-même : on en parla d'abord de part et d'autre en se jouant ; puis l'idée mûrit et se réalisa.

Barras n'avait pas été des derniers à lire dans les yeux de son protégé le secret de cet amour ; mais après que Bonaparte lui-même, qui d'abord l'avait tenu sévèrement renfermé dans son cœur, l'en eut laissé échapper. L'idée de ce mariage ne paraît avoir pris de la consistance que dans les derniers mois de 1795 lorsque déjà Barras songeait à faire donner à Bonaparte le commandement en chef de l'armée d'Italie, comme nous le verrons tout à l'heure. Mais laissons les faits se produire dans leur ordre naturel.

Bonaparte, commandant en second l'armée de l'intérieur, avait son quartier général rue Neuve-des-Capucines, dans l'hôtel, aujourd'hui démoli, où l'on a établi depuis les Archives des affaires étrangères. C'est là qu'affluèrent ses anciens amis, et qu'il recevait ses connaissances, mais le matin seulement. Déjà il avait une sorte de cour. Le reste du jour était consacré à expédier les affaires et à pourvoir avec vigilance à la sûreté de Paris, qu'il parcourait souvent avec son état-major ; car tout n'était pas fait : les factions s'agitaient encore, et les ennemis de la République espéraient vaguement que le passage du gouvernement dictatorial et révolutionnaire de la Convention au gouvernement constitutionnel de la République ne s'opérerait pas tranquillement.

Bonaparte, dans ces moments difficiles, s'acquitta de ses devoirs avec zèle, et quand, le 4 brumaire an IV (26 octobre 1795), Barras, qui aspirait à être nommé l'un des cinq membres du Directoire exécutif, eut donné à plusieurs reprises sa démission de commandant en chef de l'armée de l'intérieur, que la Convention nationale n'accepta qu'avec peine, à raison des services qu'il avait rendus, un arrêté du comité de Salut public, daté du même jour, nomma le citoyen Bonaparte aux fonctions de général en chef de l'armée de l'intérieur en remplacement du citoyen Barras, dont la démission était enfin acceptée.

La correspondance de ces premiers jours a un caractère remarquable. Les billets que s'écrivirent en ce temps le général et Mme de Beauharnais ne portent malheureusement ni date de mois ni date d'année, et il faut un certain effort d'induction pour leur en assigner une approximative. Nous ne parlons que du mois et du jour ; car il n'y a nul doute sur l'année : ils sont tous de la fin de 1795. Il avait été évidemment question entre Mme de Beauharnais et Barras d'un grand poste pour le général Bonaparte, plus spécialement du commandement en chef de l'armée d'Italie, où le Directoire avait l'intention de frapper un grand coup contre l'Autriche.

Ce ne peut donc être qu'au mois de décembre 1795 ou au mois de janvier 1796 que Joséphine adressa à Bonaparte le billet suivant, daté probablement du 6 brumaire an IV :

> « Vous ne venez plus voir une amie qui vous aime ; vous l'avez tout à fait délaissée ; vous avez bien tort, car elle vous est tendrement attachée.
>
> Venez demain septidi, déjeuner avec moi ; j'ai besoin de vous voir et de causer avec vous sur vos intérêts.
>
> Bonsoir, mon ami, je vous embrasse.
>
> Vve Beauharnais. »

En acceptant son invitation, Bonaparte lui envoya, le soir même, le billet suivant :

> « Je ne conçois pas ce qui a pu donner lieu à votre lettre. Je vous prie de me faire le plaisir de croire que personne ne désire autant votre amitié que moi et n'est plus prêt que moi à faire quelque chose qui puisse le prouver. Si mes occupations me l'avaient permis, je serais venu moi-même porter ma lettre.
>
> Buonaparte. »

Ce billet, griffonné comme à l'ordinaire par Bonaparte, portait pour date 28, *vendredi.* Dans sa précipitation, il l'avait daté *en vieux style,* et non 28 *vendém...*, c'est-à-dire vendémiaire, comme on serait porté d'abord à lire, mais 28 *vendre...* Or le 28 octobre 1795, qui était un vendredi, correspond précisément à « ce 6 brumaire » que nous avons assigné pour date au billet de Mme Vve Beauharnais.

Cependant, le Directoire n'était pas encore nommé, et la Convention procéda au choix des cinq citoyens pris dans son sein qui devaient le composer.

Ces cinq hommes étaient assurément de sincères républicains ; mais Bonaparte et les têtes politiques du temps n'augurèrent pas favorablement du personnel du Directoire. La Réveillère était un honnête homme, mais il avait peu de portée dans les idées. Barras, malgré les services réels qu'il avait rendus constamment à la cause républicaine, avait les mœurs d'un grand seigneur de l'ancien régime ; Rewbel et Letourneur n'avaient montré à la Convention qu'un zèle peu éclairé. Carnot seul avait déployé une grande capacité dans les affaires de la guerre et dans l'organisation des quatorze armées de la République aux époques les plus difficiles ; il avait été, comme on l'a dit, l'*organisateur de la victoire* ; savant de premier ordre, citoyen intègre, il était investi de la confiance générale à cause de sa probité et de ses mœurs austères ; mais ce n'était point une tête politique. Bonaparte ne fut pas le seul à craindre que le pouvoir qui leur était confié ne manquât entre leurs mains de l'homogénéité de vues et de l'ascendant moral nécessaires en présence des factions mal éteintes et de l'esprit de sourde contre-révolution soigneusement entretenu par les royalistes du dedans et du dehors ; mais c'était, après tout, un pouvoir de la part duquel la République n'avait pas à craindre de trahison. Aussi Bonaparte résolut-il de le servir de toutes ses facultés.

Barras, son ami politique, son protecteur, pour appeler franchement les choses par leur nom, était donc membre du Directoire, et Bonaparte commandant en chef de l'armée de l'intérieur.

Toujours préoccupé de l'Italie, il en parlait sans cesse ; là se déployait pour lui le champ de bataille où la République française devait se faire reconnaître du monde, et frapper son premier ennemi, l'Autriche. Le 29 nivôse an IV (19 janvier 1796), il rédigea et signa un projet d'attaque comme il savait les faire, intitulé : *Note sur l'armée d'Italie.* C'était le troisième travail consacré par lui à cette Italie, vers laquelle tendaient toutes ses aspirations, qu'il avait pour ainsi dire toujours en tête.

Il adressa ce projet au général Aubert du Bayet, qui avait été nommé ministre de la Guerre le 5 novembre 1795, et qui en garda le portefeuille jusqu'au moment où il passa à l'ambassade de Constantinople, à laquelle il fut envoyé en vue, précisément, d'après les plans de Bonaparte, de favoriser ainsi indirectement la campagne d'Italie alors décidée. C'était un homme d'esprit et un loyal officier, qui apprécia ce projet et le recommanda au Directoire. Aussi le lui rappela-t-il avec orgueil dans une lettre de Constantinople, du 14 thermidor an V (1er août 1797) : « Il doit sans doute m'être permis de me glorifier de vos exploits, d'abord comme citoyen français, ensuite comme ministre qui sut vous apprécier, longtemps avant votre gloire, auprès du Directoire exécutif. » On sait que le général Aubert du Bayet trouva, comme on l'avait prévu, le Grand Seigneur très sympathique à la France et très hostile au cabinet de Vienne. Dans l'audience qu'il en obtint, et où il lui présenta une compagnie d'artillerie, alors dénommée *volante,* le général Aubert du Bayet lui ayant notifié l'avènement du Directoire exécutif : *« Au moins celui-là n'épousera pas une archiduchesse d'Autriche »*, s'écria spirituellement le sultan Sélim III, qui avait attribué tous les désastres de Louis XVI à son mariage avec Marie-Antoinette.

C'est le 23 février 1798 (4 ventôse an IV), que le général Bonaparte, commandant en chef de l'armée de l'intérieur, fut nommé au commandement en chef de l'armée d'Italie en remplacement du général Schérer.

Cette nomination était certainement due, en grande partie du moins, à Barras. Elle entrait dans ses plans politiques, et aussi dans ses plans particuliers, disons-le sans commentaire. Il considérait Bonaparte comme sa créature depuis le 13 vendémiaire ; il avait reconnu sa grande capacité militaire, et il avait confiance dans le succès des entreprises du jeune général. Il comptait se faire un glorieux appui de ses victoires futures pour sa propre gloire, ou au moins pour le maintien de son crédit dans la République. En ce sens, on peut dire que Bonaparte fut son œuvre. Mais tout concourait à lui rendre cette œuvre facile, et, par-dessus tout, le mérite transcendant de l'homme qu'il protégeait. On peut faire honneur à Barras cependant d'avoir su deviner, par ce qu'il avait fait, ce qu'il pourrait faire, et dans le jeune officier général du 13 vendémiaire le général en chef de l'armée d'Italie. Toutefois il n'était pas le seul qui eût démêlé en Bonaparte un homme extraordinaire et le futur conquérant de l'Italie : Carnot avait été pour quelque chose dans sa nomination. Quand le Directoire délibéra pour trouver un successeur à Schérer, qui avait laissé languir l'armée d'Italie dans les Alpes, plusieurs généraux furent proposés : Bonaparte, Bernadotte et Championnet furent seuls mis en balance. Barras, Carnot et La Réveillère se prononcèrent sur-le-champ pour Bonaparte ; Letourneur, qui penchait pour Bernadotte, et Rewbell pour Championnet, ne soutinrent leur candidat que faiblement, et se joignirent à leurs collègues après une courte discussion.

Ce ne fut même point Barras qui, le premier, proposa Bonaparte pour ce commandement si important, bien qu'il désirât vivement l'en voir investir ; ce fut Carnot. Barras n'ignorait pas l'estime de celui-ci pour les rares qualités militaires de Bonaparte ; il lui laissa le soin de les faire valoir. Lorsque le 18 fructidor eut englobé injustement Carnot parmi les victimes innocentes de cette journée, d'ailleurs nécessaire au salut de la République, Carnot, attribuant sa disgrâce imméritée à la rivalité de Barras, déclara nettement dans sa réponse au rapport de Bailleul, qui l'incriminait, la part qu'il avait prise à la nomination de Bonaparte. « Il n'est point vrai, dit-il dans cet écrit, que ce soit Barras qui ait proposé Bonaparte pour le commandement de l'armée d'Italie ; c'est moi-même. Mais sur cela on a laissé filer le temps pour savoir comment il réussirait ; et ce n'est que parmi ses intimes que Barras se vanta d'avoir été l'auteur de sa proposition au Directoire. Si Bonaparte eût échoué, c'est moi qui étais le coupable : j'avais proposé un jeune homme sans expérience, un intrigant ; j'avais évidemment trahi la patrie ; les autres ne se mêlant point de la guerre, c'était sur moi que devait tomber toute la responsabilité. Bonaparte est triomphant : alors c'est Barras qui l'a fait nommer, c'est à lui qu'on en a l'obligation ; il est son protecteur, son défenseur contre mes attaques ; moi, je suis jaloux de Bonaparte ; je le traverse dans tous ses desseins, je le persécute, je le dénigre, je lui refuse tout secours, je veux évidemment le perdre. Telles sont les ordures dont on remplit dans le temps les journaux vendus à Barras. »

Voilà, certes, d'étranges révélations, et elles expliquent cette sorte de respectueuse estime que Napoléon professa toujours pour Carnot, en dépit de l'antipathie que lui inspirait d'ailleurs la sévérité de ses principes, à lui, dont le républicanisme avait fait si complètement naufrage dans la tempête du 18 brumaire.

C'est ainsi que Napoléon, qui regrettait qu'une si haute individualité échappât à son action, lui disait un jour : « Monsieur Carnot, tout ce que vous voudrez, quand vous voudrez et comme vous voudrez. » L'honnête et inflexible républicain s'était retiré sous sa tente, et il y resta pendant toute l'épopée impériale. Mais l'admiration, on peut dire l'affection qu'il avait conçue pour le héros de vendémiaire, était encore si vivace en 1814, à l'heure des revers, qu'il n'hésita pas à offrir au vaincu de l'Europe coalisée son *bras sexagénaire.*

Sorti du Directoire par une crise, dans laquelle il eut Barras pour adversaire, Carnot met dans ses récriminations contre Barras beaucoup d'amertume ; mais là n'est pas pour nous l'intérêt du passage que nous venons de rapporter ; il réside en ceci que Carnot fut pour beaucoup dans cette nomination dont résulta la rapide et magnifique campagne d'Italie, et c'est, comme on le voit par le passage que nous venons de citer, un honneur dont lui-même, à juste titre, ne voulait pas qu'on le dépouillât.

La nomination de Bonaparte à ce commandement est du 4 ventôse au IV (23 février 1796) ; mais, avant qu'elle fût annoncée officiellement, le général, amoureux de Joséphine, avait demandé sa main et l'accablait des plus vives instances pour qu'elle ne s'arrêtât à aucune des considérations qui paraissaient la faire hésiter. Quant à lui, il ne faisait aucun mystère ni de sa passion ni de son désir de se marier avec Mme veuve Beauharnais ; il en parlait fréquemment à Barras. Un jour que celui-ci tenait entre ses mains le projet de campagne intitulé : *Note sur l'armée d'Italie*, le directeur dit au général : « Voilà le présage de nombreuses victoires et d'une belle conquête. — Pour moi, répondit Bonaparte, il ne m'en faut qu'une : celle du cœur de la citoyenne Beauharnais. — Vous l'avez faite, général, je le sais », reprit Barras. Dès ce moment, il fut plus question que jamais du mariage de Bonaparte avec Joséphine, et de traduire en un acte officiel ce qui jusque-là n'avait été que dans les vœux de l'un et de l'autre.

On a de ce temps une longue et singulière lettre de Joséphine, sans date, mais probablement de janvier 1796, adressée à une de ses amies, dont on ignore le nom, parce que cette lettre, ayant évidemment été envoyée à la destinataire sous enveloppe, celle-ci s'est perdue. L'autographe seul a échappé ; en voici la copie textuelle. Cette lettre accuse bien des faiblesses et des incertitudes de cœur et d'esprit dans cette douce et excellente femme, qui devait devenir impératrice des Français. L'accent en est triste et touchant, et l'on y sent, au fond, je ne sais quoi de douloureux : *Sunt lacrymæ rerum.* La préoccupation de l'âge semble surtout la tenir en suspens :

> « On veut que je me remarie, ma chère amie. Tous mes amis me le conseillent, ma tante me l'ordonne presque, et mes enfants m'en prient. Pourquoi n'êtes-vous pas là pour me donner vos avis dans cette importante circonstance, pour me persuader que je ne puis refuser cette union, qui doit faire cesser la gêne de ma position actuelle ? Votre amitié, dont j'ai déjà eu tant à me louer, vous rendrait clairvoyante pour mes intérêts, et je me déciderais sans balancer dès que vous auriez parlé.
>
> Vous avez vu chez moi le général Buonaparte. Eh bien, c'est lui qui veut servir de père aux orphelins d'Alexandre de Beauharnais, d'époux à sa veuve !

— L'aimez-vous ? allez-vous me demander. — Mais... non. — Vous avez donc pour lui de l'éloignement ? — Non ; mais je me trouve dans un état de tiédeur qui me déplaît, et que les dévots trouvent plus fâcheux que tout en fait de religion. L'amour étant une espèce de culte, il faudrait aussi, avec lui, se trouver toute différente de ce que je suis ; et voilà pourquoi je voudrais vos conseils, qui fixeraient les irrésolutions de mon caractère faible. Prendre un parti a toujours paru fatigant à ma créole nonchalance, qui trouve infiniment plus commode de suivre la volonté des autres.

J'admire le courage du général, l'étendue de ses connaissances en toutes choses, dont il parle également bien, la vivacité de son esprit, qui lui fait comprendre la pensée des autres presque avant qu'elle ait été exprimée ; mais je suis effrayée, je l'avoue, de l'empire qu'il semble vouloir exercer sur tout ce qui l'entoure. Son regard scrutateur a quelque chose de singulier qui ne s'explique pas, mais qui impose même à nos directeurs : jugez s'il doit intimider une femme ! Enfin, ce qui devrait me plaire, la force d'une passion dont il parle avec une énergie qui ne me permet pas de douter de sa sincérité, est précisément ce qui arrête le consentement que je suis souvent prête à donner.

Ayant passé la première jeunesse, puis-je espérer de conserver longtemps cette tendresse violente, qui, chez le général, ressemble à un accès de délire ? Si, lorsque nous serons unis, il cessait de m'aimer, ne me reprochera-t-il pas ce qu'il aura fait pour moi ? ne regrettera-t-il pas un mariage plus brillant qu'il aurait pu contracter ? Que répondrai-je alors ? que ferai-je ? je pleurerai. — La belle ressource ! vous écriez-vous. — Mon Dieu, je sais que cela ne sert à rien ; mais, dans tous les temps, c'est la seule ressource que j'aie trouvée lorsque l'on blessait mon pauvre cœur, si aisé à froisser. Écrivez-moi promptement, et ne craignez pas de me gronder si vous trouvez que j'aie tort. Vous savez que, venant de vous, tout est bien reçu.

Barras assure que, si j'épouse le général, il lui fera obtenir le commandement en chef de l'armée d'Italie. Hier Buonaparte, en me parlant de cette faveur qui fait déjà murmurer ses frères d'armes, quoiqu'elle ne soit pas encore accordée : *Croient-ils*, me disait-il, *que j'aie besoin de protection pour parvenir ? Ils seront tous trop heureux, un jour, que je veuille bien leur accorder la mienne. Mon épée est à mon côté, et, avec elle, j'irai loin.*

Que dites-vous de cette certitude de réussir ? N'est-elle pas une preuve d'une confiance provenant d'un amour-propre excessif ? Un général de brigade protéger les chefs du gouvernement ! Je ne sais, mais quelquefois cette assurance ridicule me gagne au point de me faire croire possible tout ce que cet homme singulier me mettrait dans la tête de faire ; et, avec son imagination, qui peut calculer ce qu'il entreprendrait ?

Nous vous regrettons tous ici, et nous ne nous consolons de votre absence prolongée qu'en parlant de vous à tout instant, et en cherchant à vous suivre pas à pas dans le beau pays que vous parcourez. Si j'étais sûre de vous trouver en Italie, je me marierais demain, à condition de suivre le général ; mais nous nous croiserions peut-être en route. Aussi je trouve plus prudent d'attendre votre réponse avant de me déterminer. Hâtez-la, et votre retour encore davantage.

Madame Tallien me charge de vous dire qu'elle vous aime tendrement. Elle est toujours belle et bonne n'employant son immense crédit qu'à obtenir des grâces pour les malheureux qui s'adressent à elle, et ajoutant à ce qu'elle accorde un air de satisfaction qui lui donne l'air d'être l'obligée. Son amitié pour moi est ingénieuse et tendre ; je vous assure que celle que j'éprouve pour elle ressemble à ce que j'ai pour vous : c'est vous donner l'idée de l'affection que je lui porte.

Hortense devient de plus en plus aimable ; sa charmante taille se développe, et si je voulais, j'aurais une belle occasion de faire de fâcheuses réflexions sur ce maudit temps qui n'embellit les uns qu'aux dépens des autres ! Heureusement, j'ai bien autre chose en tête vraiment, et je glisse sur les idées noires pour ne m'occuper que d'un avenir qui promet d'être heureux, puisque nous serons bientôt réunies pour ne plus nous quitter. Sans ce mariage qui me tracasse, je serais fort gaie en dépit de tout ; mais tant qu'il sera à faire, je me tourmenterai. Je me suis fait l'habitude de souffrir, et, si j'étais destinée à de nouveaux chagrins, je crois que je les supporterais, pourvu que mes enfants, ma tante et vous me restassiez.

Nous sommes convenues de supprimer les fins de lettres : adieu donc, mon amie. »

Ce n'est pas souvent que l'histoire est assez heureuse pour mettre la main sur des pièces aussi curieuses, aussi intéressantes ; cette lettre nous fait prendre Bonaparte sur le vif, et aucun historien n'a jamais exprimé d'une façon plus saisissante et plus originale l'influence que cet homme extraordinaire exerçait sur tous ceux qui vivaient autour de lui, sur ses supérieurs comme sur ses égaux et ses inférieurs. Pauvre femme, qui trouvait ridicule l'ambition qu'il manifestait de vouloir protéger ses camarades ; si elle avait pu soulever un simple coin du voile qui recouvrait l'avenir, si elle avait pressenti ce que le génie et la fortune réservaient au petit général Bonaparte !...

Mme de Beauharnais, à la veille de devenir Mme Bonaparte, était, on en conviendra, dans une bien singulière et bien fâcheuse situation d'esprit... Que d'hésitation ! que de considérations de toute nature ! Le mariage cependant ne tarda pas à être tout à fait arrêté, avant le 23 février 1796, jour de la nomination du général au commandement en chef de l'armée d'Italie, les publications légales en furent faites à la mairie du IIe arrondissement de Paris. En effet, nous voyons dans l'acte de mariage, du 9 mars, que Bonaparte n'est qualifié que de général en chef de l'armée de l'intérieur, parce qu'il ne pouvait prendre que le titre qu'il avait au moment où devaient commencer les publications légales pour rendre possible l'acte de mariage du 9 mars. C'est un document curieux, que nous avons voulu lire de nos propres yeux et collationner de notre propre main.

Extrait du registre des actes de mariage de ventôse an IV, IIe arrondissement

« Du 19 ventôse an IV de la République.
(Mercredi, 9 mars 1796.)

Acte de mariage de Napolione Buonaparte, général en chef de l'armée de l'intérieur, âgé de vingt-huit ans, né à Ajaccio, département de la Corse, domicilié à Paris rue d'Antin, n° (le numéro est en blanc), fils de Charles Buonaparte, rentier, et de Lætitia Ramolino,

Et de Marie-Joséphine-Rose de Tascher, âgée de vingt-huit ans, née à l'île de Martinique dans les îles du Vent, domiciliée à Paris rue Chantereine, n° (le chiffre est en blanc), fille de Joseph-Gaspard de

Tascher, capitaine de dragons, et de Rose-Claire Des Vergers Desanois, son épouse.

Moi, Charles-François Leclerq, officier public de l'état civil du deuxième arrondissement du canton de Paris, après avoir fait lecture en présence des parties et témoins : 1° de l'acte de naissance de Napolione Buonaparte qui constate qu'il est né le cinq février mil sept cent soixante-huit du légitime mariage de Charles Buonaparte et de Lætitia Ramolino ; 2° l'acte de naissance de Marie-Joséphine-Rose De Tascher, qui constate qu'elle est née le vingt-trois juin mil sept cent soixante-sept du légitime mariage de Joseph Gaspard de Tascher et de Rose-Claire Des Vergers Desanois ; vu l'extrait de décès d'Alexandre-François-Marie Beauharnais, qui constate qu'il est décédé le cinq thermidor an deux, marié à Marie-Joséphine-Rose de Tascher ; vu l'extrait des publications dudit mariage dûment affiché le temps prescrit par la loi, sans opposition ; et après aussi que Napolione Buonaparte et Marie-Joséphine-Rose de Tascher ont eu déclaré à haute voix se prendre mutuellement pour époux, j'ai prononcé à haute voix que Napolione Buonaparte et Marie-Joséphine-Rose de Tascher sont unis en mariage. Et ce en présence des témoins majeurs ci-après nommés ; savoir : Paul Barras, membre du Directoire exécutif, domicilié au palais du Luxembourg ; Jean Lemarois, aide de camp capitaine, domicilié rue des Capucines ; Jean Lambert Tallien, membre du Corps législatif, domicilié à Chaillot ; Étienne-Jacques-Jérôme Calmelet, homme de loi, domicilié rue de la place Vendôme, 207 ; qui tous ont signé avec les parties et moi après lecture faite.

Signé au registre : Napolione Buonaparte ; M. J. R. Tascher ; Paul Barras ; Tallien ; J. Lemarois le jeune ; E. Calmelet, et Leclercq, maire. »

On remarque dans cet acte plus d'une irrégularité. On y dit le marié âgé de vingt-huit ans et né le 5 février 1768. Or Bonaparte était né réellement le 15 août 1769. Son extrait de baptême, la note du chevalier de Keralio, délivrée en 1783 à Brienne, et son bulletin de sortie de ce collège en 1784, en font foi de la manière la plus authentique. Comment expliquer cette première anomalie ? par une seconde fausse énonciation, comme on va le voir. Bonaparte, sans doute pour faire sa cour à Joséphine, en d'autres termes, pour rapprocher son âge de celui de sa future, qui voulait le dissimuler à tout prix, au risque de rendre son mariage nul, dut gagner le maire Leclercq pour se vieillir d'un an, car il ne pouvait guère le tromper, et l'un et l'autre eurent la galanterie, l'un de produire et l'autre d'accepter, malgré la différence des prénoms, l'acte de naissance de Giuseppe Buonaparte, né effectivement le 5 février 1768, au lieu de celui de Napolione Buonaparte, né le 15 août 1769.

Le motif de la seconde anomalie, qui, comme nous l'avons dit, explique la première, c'est l'invincible répugnance de Joséphine à avouer son âge véritable, cause, pour elle, d'un chagrin secret et profond qui ne la quitta jamais, même dans sa plus haute fortune. Mme de Beauharnais s'y donne donc, comme son futur, l'âge de vingt-huit ans, et, comme elle était née le 3 juin 1763, le complaisant officier de l'état civil eut encore la galanterie de prendre pour un 7 le 3, probablement mal fait, de 1763, ce qui, d'un coup, ôtait cinq ans à l'âge de Mme de Beauharnais, qui se sentait cruellement mortifiée d'avoir trente-trois ans au lieu de vingt-huit, malgré l'amour passionné dont elle était l'objet. Bonaparte, à qui elle avait tout avoué, et à qui elle avait, quand il la pressait d'accepter sa main, loyalement opposé ces terribles six ans qu'elle avait de plus que lui, et qui lui semblaient un insurmontable obstacle à leur mariage, ne fut donc pas trompé par elle ; mais, trop complaisamment peut-être, il la satisfit sur ce point en se prêtant à la supercherie qui égalait à peu près leur âge afin d'arranger les choses au mieux pour l'amour-propre de la femme qu'il aimait. Napoléon disait à ce sujet à Sainte-Hélène : « La pauvre Joséphine s'exposait pourtant par là à de grands inconvénients : ce pouvait être réellement un cas de nullité de mariage. » Et, en effet, tout avait été arrangé un peu à la diable, et, à ce qu'il semble, exprès, par l'officier de l'état civil, qui eut la complaisance de relater les diverses dispositions au mieux pour l'amour-propre de Mme Bonaparte dans cet acte de mariage, où il louvoya de manière à ne pas donner à Joséphine la qualité de *veuve* de Beauharnais.

Quoi qu'il en soit, cette allusion du prisonnier de Sainte-Hélène à la possibilité d'un divorce légal nous a fait sourire, comme si la volonté du maître avait eu besoin de s'appuyer sur une raison légale, comme s'il était d'obligation pour le loup de consulter son avocat Bertrand afin de savoir s'il a ou non le droit de croquer l'agneau.

Il n'y eut pas de mariage religieux. Cette cérémonie n'eut lieu que plus tard, et trois jours seulement avant le sacre, sur la demande formelle du pape, à minuit, dans la chapelle des Tuileries, en présence d'un très petit nombre de témoins, parmi lesquels figuraient le prince Eugène et le général Duroc, grand maréchal du palais.

On remarque dans cet acte une autre irrégularité, l'absence de la forme française du prénom de l'époux, cette forme qui devait retentir si glorieusement dans toute la suite des siècles. Une particularité remarquable, c'est que Bonaparte n'a jamais joint son prénom à la signature de son nom patronymique, jusqu'à ce que ce nom fût devenu celui d'une dynastie impériale. Dans l'acte civil en question, où il était nécessaire qu'un prénom accompagnât le nom de l'époux, ce prénom figure, tant en tête de l'acte que dans le seing requis de la fin, sous la forme qu'on a vue plus haut, *Napolione.*

Dans un acte postérieur de deux ans, acte qui se trouve aux archives de l'enregistrement de Paris (vol. XXXIII, fol. 50, cases 5 et 6), et qui constate l'acquisition, au retour de la campagne d'Italie, de la maison de la rue Chantereine, qu'habitait Joséphine avec sa tante Fanny de Beauharnais, lors du mariage, le prénom du général est encore plus mal orthographié ; on le voit figurer sous cette forme étrange : *Napoline.*

Quoique nous anticipions ici sur le cours des événements, il nous semble qu'il sera curieux de donner, à cette place, l'extrait suivant, copié mot à mot, de cet acte important :

> « Du 2 germinal an VI (31 mars 1798), enregistré, vente par Louise-Julie Carreau, femme séparée de François-Joseph Talma, demeurant, savoir ; ledit Talma, rue de la Loi ; et elle, rue de Matignon, n° 2 ;
>
> A *Napoline* Buonaparte, président de la légation française au congrès de Rastadt, demeurant rue de la Victoire, n° 6 ;
>
> D'une maison, susdite rue de la Victoire, ci-devant Chantereine, même numéro, appartenant à

ladite citoyenne Talma comme l'ayant acquise par contrat devant Rouen, notaire, le 6 décembre 1781, moyennant *cinquante-deux mille quatre cents francs.*

Passé devant Raguideau, notaire à Paris le 6 germinal an VI, reçu *deux mille quatre-vingt-seize francs* (2 096 francs). »

Ainsi, ce grand nom de Napoléon, qui était pour ainsi dire bégayé sous la forme de *Napolione*, en mars 1796, dans l'acte de mariage de Bonaparte, s'éloigne plus encore du nom originaire italien dans l'acte de vente ci-dessus (mars 1798), sous la forme de *Napoline.*

Nous ignorons vraiment si le lecteur nous saura gré d'insister sur ces particularités, en apparence insignifiantes, des origines napoléoniennes ; si cette hypothèse est vraie, nous avouons ingénument que nous ne partageons pas cette manière de voir : rien ne doit paraître indifférent dans la vie des grands hommes.

Revenons au point où nous en étions ; aussi bien, le nom du notaire Raguideau nous y ramène naturellement.

Le mariage du général Bonaparte avec la citoyenne Beauharnais était devenu, au commencement du mois de mars 1796, en quelque sorte urgent. Trois ou quatre jours avant l'acte civil, le général avait écrit à sa future la brûlante lettre qui suit :

« Je me réveille plein de toi. Ton portrait et l'enivrante soirée d'hier n'ont point laissé de repos à mes sens. Douce et incomparable Joséphine, quel effet bizarre faites-vous sur mon cœur ! Vous fâchez-vous ; vous vois-je triste, êtes-vous inquiète... ; mon âme est brisée de douleur et il n'est point de repos pour votre ami... Mais en est-il donc davantage pour moi, lorsque, vous livrant au sentiment profond qui me maîtrise, je puise sur vos lèvres, sur votre cœur, une flamme qui me brûle ? Ah ! c'est cette nuit que je me suis bien aperçu que votre portrait n'est pas vous. Tu pars à midi, je te verrai dans trois heures. En attendant, *mio dolce amor,* reçois un millier de baisers, mais ne m'en donne pas, car ils brûlent mon sang.

Signé... »

Le mariage était en ce moment, on le voit par cette lettre, plus qu'arrêté. Les deux futurs l'avaient annoncé à tout le monde, et le général Bonaparte conduisait assez souvent à pied sa fiancée par la ville, soit en visite chez leurs amis communs, soit même chez les marchands pour diverses emplettes jugées nécessaires par la future épouse. On raconte que, presque à la veille de la cérémonie, Mme de Beauharnais pria le général de la conduire chez le citoyen Raguideau, vieux notaire demeurant rue Honoré, près de la place Vendôme, que la belle veuve honorait de toute sa confiance, et consultait, dit-on, non seulement sur ses affaires d'intérêt, mais encore sur ses affaires de cœur. Elle voulait, sans doute, par déférence, annoncer en particulier son mariage au vieux Raguideau, plutôt que de le consulter. Arrivée chez le notaire, à la porte de l'étude où travaillaient les clercs, elle se détacha du bras de Bonaparte, qu'elle pria de l'attendre là, et entra dans le cabinet où se tenait seul le notaire, laissant par mégarde la porte entre-bâillée, si bien que le général, placé près de cette porte, entendit et retint presque mot pour mot toute la conversation suivante :

« Monsieur Raguideau, dit Mme de Beauharnais, je viens vous faire part de mon prochain mariage.

— Vous, madame ! et avec qui ?

— J'épouse dans quelques jours le général Buonaparte.

— Comment ! veuve d'un militaire, vous allez en épouser un autre ? Le général Buonaparte, dites-vous ? Ah ! oui, je me le rappelle, le commandant de l'armée de l'intérieur, l'ex-chef de bataillon qui donna à Toulon une leçon d'artillerie au général Carteaux.

— Lui-même, monsieur Raguideau.

— Mais c'est un homme sans fortune, madame. Et votre mariage est irrévocablement arrêté ?

— Sans doute, monsieur.

— Tant pis pour vous, madame.

— Pourquoi donc, s'il vous plaît, monsieur Raguideau ?

— Pourquoi ? parce que mieux vaut rester veuve que d'épouser un petit général sans avenir et sans nom. Votre Buonaparte sera-t-il jamais un Moreau ou un Pichegru ? Sera-t-il jamais l'égal de nos grands généraux de la République ? J'ai le droit d'en douter... Du reste, croyez-moi, madame, la carrière des armes ne vaut rien maintenant, et je préférerais, moi, à tous les grades militaires possibles, une place de fournisseur à l'armée.

— Chacun son goût, monsieur, répondit sèchement Mme de Beauharnais, blessée sans doute de l'irrévérence avec laquelle le notaire avait parlé de l'homme qu'elle aimait ; chacun son goût. Vous voyez, vous, dans le mariage, une affaire d'argent...

— Et vous, madame, dit en l'interrompant l'obstiné Raguideau, vous y voyez une affaire de cœur et d'inclination, voilà ce que vous voulez dire, n'est-ce pas ? Eh bien ! vous avez tort. Les épaulettes d'or du général Buonaparte vous ont trop éblouie, songez-y bien, et n'allez pas vous préparer un repentir inévitable en épousant, je le répète, un homme sans fortune, un homme qui n'a que *la cape et l'épée.* »

Napoléon (car il ne se plut à raconter cela que quand il fut Napoléon et pour le contraste), au moment où les mots de *cape* et d'*épée* frappèrent son oreille, se leva vivement, bouillonnant d'impatience et de colère ; ses yeux étincelaient. Il fit un pas vers la porte, mais la crainte du ridicule le retint, et il se rassit sur sa chaise, un peu honteux de ce mouvement irréfléchi. En ce moment Mme de Beauharnais sortit, d'un air boudeur, du cabinet du notaire, qui l'accompagna jusqu'à la porte de l'étude, assez embarrassé à la vue du général, qu'il salua, pensant bien que c'était là le futur mari dont il venait d'être question, et Bonaparte, donnant le bras à Joséphine, pour la reconduire chez elle, ne répondit à Raguideau que par un froid salut. Pendant le trajet, le général garda le silence sur ce qu'il venait d'entendre, et, jusqu'au jour du sacre, ni Raguideau ni Mme Bonaparte ne se doutèrent que leur conversation avait eu pour auditeur celui-là même qui en était l'objet, tant, malgré sa fougue, il savait se contenir. Raguideau, après tout, était un homme sûr en affaires, et, chose singulière, ni le général, ni le consul, ni l'empereur n'eurent jamais d'autre notaire ; nous pouvons même ajouter que plus tard l'empereur, nous ne nous rappelons pas en quelle circonstance, ayant occasion de parler de cette petite mésaventure, n'hésita pas à reconnaître que le notaire, dans cette conjoncture, s'était conduit en honnête homme et en homme de bon conseil. C'était là le sentiment de l'empereur ; mais l'amoureux vexé voulut tirer une petite vengeance de cette conversation où il avait été si fort maltraité par Raguideau, et quand, après les campagnes d'Italie et les victoires d'Égypte, Bonaparte de consul fut devenu empereur, il lui parut que le jour même de son couronnement serait le plus propre à la vengeance qu'il méditait. Il aimait assez à faire de ces sortes d'espiègleries impériales. Ce jour-là donc, il envoya chercher le notaire Raguideau, devenu très respectueux pour le petit général, dont il faisait si peu de cas quand il n'avait que *la cape et l'épée*, maintenant qu'il portait le sceptre et la couronne. Raguideau, surpris, se perdit en conjectures sur cette brusque convocation, dont il était loin de deviner le motif, car il était trop sensé pour croire que le nouvel empereur voulût lui faire dresser un acte notarié de son couronnement. Il s'empressa néanmoins de se rendre aux Tuileries, aux ordres du maître. Arrivé là, le chambellan de service lui fit traverser les vastes pièces du palais toutes resplendissantes de dorures et toutes pleines de maréchaux, de ministres et de grands officiers de l'empire, et l'introduisit dans la salle où Napoléon l'attendait en causant avec Joséphine.

« Ah ! c'est vous, Raguideau, lui dit l'empereur en souriant ; je suis bien aise de vous voir. »

Et, sans autre préambule :

« Vous rappelez-vous le jour où j'accompagnai chez vous, en 1 796, Mme de Beauharnais aujourd'hui impératrice des Français ? Et il appuya sur ces derniers mots. Vous rappelez-vous l'éloge que vous fîtes de la carrière militaire et le panégyrique personnel dont je fus moi-même l'objet ? Eh bien, qu'en dites-vous, Raguideau ? avez-vous été bon prophète ? Vous annonciez que je n'aurais jamais que la *cape* et l'*épée*.

Et, en prononçant ces deux mots, qu'il accentuait d'une manière singulière, il montrait du doigt le manteau impérial semé d'abeilles d'or et le sceptre de Charlemagne tout prêts pour la cérémonie, et il ajoutait :

« Vous aviez raison, monsieur Raguideau ; voici la *cape* et voilà l'*épée*. Comme vous le voyez, monsieur Raguideau, j'ai marché, cependant... Je ne vous parle pas de ma fortune... Après huit ans de mariage, j'apporte une couronne en dot à ma femme... »

Et en disant ces mots, il pressait la main de Joséphine, muette d'étonnement à cette scène inattendue. Stupéfait de cette apostrophe, Raguideau, de son côté, balbutia quelques paroles sans suite :

« Sire... je ne pouvais... Quoi ! Sire... vous avez... entendu !...

— Tout, Raguideau, et je vous dois une punition sévère trop longtemps différée ; car, enfin, si ma bonne Joséphine eût suivi vos conseils, ils lui eussent coûté à elle un trône, et à moi la meilleure des femmes. Vous êtes bien coupable, Raguideau ! »

A ces mots de *coupable* et de *punition*, Raguideau, déconcerté, commença réellement à concevoir quelques craintes, et il ne savait où Napoléon voulait en venir, quand celui-ci, après s'être un moment amusé de son embarras et de son trouble, mêlé d'une vague terreur, lui dit avec bonté :

« Allons, rassurez-vous, Raguideau, ma punition sera paternelle. Je vous condamne à aller aujourd'hui à Notre-Dame assister à la cérémonie de mon couronnement... Et que je vous y voie, entendez-vous, monsieur ? Trouvez-vous dans l'église, sur le passage de mon cortège. »

Le *prophète Raguideau*, comme Napoléon aimait à appeler son notaire, n'eut garde de désobéir, et l'empereur se donna le malin plaisir de le voir dans la foule à

Notre-Dame. A la vue de cette pompe en l'honneur du petit général qu'il avait vu huit ans auparavant dans son étude, accompagnant comme un simple mortel la citoyenne Beauharnais devenue par lui impératrice des Français, le pauvre Raguideau n'en pouvait croire ses yeux. En quittant la métropole, Napoléon aperçut Raguideau dans la foule et lui sourit avec bonté. Le pauvre tabellion lui fit une salutation si profonde qu'on eût dit que son front allait toucher la terre.

Le grand empereur se plaisait à ces petites malices, comme aussi à tirer quelque fois les oreilles à ses grands officiers, et même à certains de ses maréchaux.

Mais nous voilà encore une fois bien loin du général en chef de l'armée d'Italie, tant il est difficile de séparer Napoléon de Bonaparte, ces deux hommes cependant si différents.

Toutefois, avant de le voir s'élever à cette haute fortune par ses victoires, il nous faut le reprendre où nous l'avons laissé, ex-commandant en chef de l'armée de l'intérieur, nommé, par arrêté du Directoire exécutif en date du 4 ventôse an IV (23 février 1796), général en chef de l'armée d'Italie. On a vu que, quoique investi de ce grade à cette date, il ne prit, dans son acte de mariage du 9 mars 1796 que le titre de commandant en chef de l'armée de l'intérieur ; peut-être voulait-on cacher sa nomination jusqu'à son départ de Paris.

Quoi qu'il en soit, ce départ était arrêté avant le 9 mars 1796. En sortant de la municipalité, le général alla habiter la maison qu'occupait Joséphine rue Chantereine ; mais les quartiers de sa lune de miel ne durèrent que quarante-huit heures ; les circonstances politiques commandaient impérieusement son départ, et les deux jours de douceurs conjugales furent presque entièrement absorbés par les devoirs de chef d'armée. Il passa la plus grande partie de son temps à mettre en règle ses affaires, à visiter les archives de la guerre pour y prendre tous les documents dont il avait besoin, et ne resta au nid de la rue Chantereine que le temps strictement nécessaire pour prouver à sa palombe que son veuvage avait cessé ; encore, aussitôt rentré, se mettait-il à travailler sur les meilleures cartes des Alpes et du prochain théâtre où il devait porter la guerre, à dresser les cadres de son armée, à étudier les positions et les forces de l'ennemi, à méditer et à préparer son plan de campagne. « Joséphine, dit un historien, venait l'interrompre ; il lui donnait un baiser et la renvoyait. Revenait-elle à la charge, il redoublait la dose en murmurant un peu. Enfin, se fâchant tout à fait, il prenait le parti de se barricader, et quand elle se plaignait : « Patience, ma bonne amie, lui disait-il, nous aurons le temps de faire l'amour après la victoire. »

Ces deux jours durent être pour lui deux jours d'une extraordinaire activité et d'une fiévreuse agitation de cœur et d'esprit. Il aimait sa femme et la gloire, mais si l'une était sa compagne depuis deux jours, l'autre était sa maîtresse depuis dix ans, une maîtresse absolue, à laquelle il fallait obéir.

Le 11 mars 1796, il partit donc en poste de Paris, avec son aide de camp Junot et l'ordonnateur en chef Chauvet, pour Nice, quartier général de l'armée d'Italie. Il passa par Troyes, Châtillon-sur-Seine, et, le troisième jour (14 mars), il écrivait à Joséphine, dont son âme était pleine, cette lettre passionnée, datée du relais de Chanceaux :

« Je t'ai écrit de Châtillon et je t'ai envoyé ma procuration pour que tu touches différentes sommes qui me reviennent...

Chaque instant m'éloigne de toi, adorable amie, et à chaque instant je trouve moins de force pour supporter d'être éloigné de toi. Tu es l'objet perpétuel de ma pensée ; mon imagination s'épuise à chercher ce que tu fais. Si je te vois triste, mon cœur se déchire et ma douleur s'accroît ; si tu es gaie, folâtre avec tes amis, je te reproche d'avoir bientôt oublié la douloureuse séparation de trois jours ; tu es alors légère, et dès lors tu n'es affectée par aucun sentiment profond. Comme tu vois, je ne suis pas facile à contenter ; mais, ma bonne amie, c'est bien autre chose si je crains que ta santé soit altérée ou que tu aies des raisons d'être chagrine, que je ne puis deviner ; alors, je regrette la vitesse avec laquelle on m'éloigne de mon cœur. Je sens vraiment que ta bonté naturelle n'existe plus pour moi, et que ce n'est que tout assuré qu'il ne t'arrive rien de fâcheux que je puis être content. Si l'on me fait la question si j'ai bien dormi, je sens qu'ayant de répondre j'aurais besoin de recevoir un courrier qui m'assurât que tu as bien reposé. Les maladies, la fureur des hommes ne m'affectent que par l'idée qu'ils peuvent te frapper, ma bonne amie. Que mon génie, qui m'a toujours garanti au milieu des plus grands dangers, t'environne, te couvre, et je me livre découvert. Ah ! ne sois pas gaie, mais un peu mélancolique et surtout que ton âme soit exempte de chagrin, comme ton corps de maladie : tu sais ce que dit là-dessus notre bon Ossian.

Écris-moi, ma tendre amie, et bien longuement, et reçois les mille et un baisers de l'amour le plus tendre et le plus vrai. »

On voit comme tous les sentiments touchaient aux extrêmes chez cet homme singulier : son amour était aussi fougueux que son génie militaire.

En partant pour cette immortelle campagne d'Italie, il emportait avec lui 48 000 francs en or, et 100 000 francs en traites, qui furent en partie protestées. C'est avec ce faible véhicule, qui mit pourtant le Trésor à sec, que le général en chef de cette armée, manquant de tout depuis longtemps, sut la conduire au pas de charge dans les plaines fertiles de l'Italie.

L'armée, stationnaire dans les Alpes-Maritimes et dans la partie de la rivière de Gênes que nous occupions, était ainsi distribuée vers le 10 mars (4 ventôse an IV) :

Avant-garde, commandée par le général divisionnaire Masséna, ayant sous ses ordres les généraux La Harpe et Meynier ; les adjudants de brigade Pijon, Saint-Hilaire, Cervoni, Ménard, Dammartin et Joubert ; les adjudants généraux Dalons, Chabran, Giacomoni, Boyer, Monnier et Lorcet. Les généraux La Harpe et Meynier commandaient la première et la deuxième division de cette avant-garde à Savone et au bourg de Finale.

Corps de bataille : première division commandée par le général divisionnaire Augereau, ayant sous ses ordres les généraux de brigade Banel, Victor et Rusca ; les adjudants Verdier et Quesnin, au quartier général de Nice.

Deuxième division, commandée par le général divisionnaire Sérurier, ayant sous ses ordres les généraux de brigade Pelletier, La Salcette, Fiorella et Bizannet ; les adjudants généraux Couthaud et Vinose, à Ormea.

Troisième division, commandée par le général divisionnaire Macquart, ayant sous ses ordres le général de

brigade Dallemagne, l'adjudant géné
chef de brigade Nicolas.

Quatrième division, commandée
divisionnaire Garnier, ayant sous ses o
raux de brigade Verne, Charton, Devin et Servier ; l'adjudant général Rambaud.

Le total effectif de toutes ces divisions, avant-garde et corps de bataille, était de 43 443 hommes.

C'est avec 48 000 francs, en or et 43 443 hommes à peu près autant de francs que d'hommes, que le général en chef Bonaparte allait conquérir l'Italie, la ravir à l'aigle à deux têtes, à l'aigle autrichienne,

> . . . . *Aquila grifagna*
> *Che per più divorar due becchi porta,*

suivant l'expression du poète Alamanni.

C'est le général en chef Bonaparte qui, de son souffle, va ranimer cette armée, languissante malgré son courage et ses vertus républicaines ; c'est lui qui va imprimer à tous ces corps la vie et le mouvement, et qui, en quelques jours, à travers les champs glorieux de Montenotte, de Millesimo et de Mondovi, et l'héroïque passage du pont de Lodi, les portera de Nice à Milan (15 mai).

Ainsi, un mois et demi avait suffi à ce jeune général de vingt-six ans et neuf mois pour culbuter le vieux Beaulieu, l'un des généraux les plus aguerris de l'Autriche. Les ennemis nous appelaient par dérision *les héros en guenilles*, et ils avaient doublement raison. Nous étions l'un et l'autre. Et la preuve, c'est que nous entrions à Milan le 16 mai, triomphants, mais très positivement en guenilles. Il n'y a rien d'exagéré dans ce qu'a dit de ces héroïques soldats notre grand chansonnier national :

Pieds nus, sans pain, sourds aux lâches alarmes,
Tous à la gloire allaient du même pas.

Un témoin oculaire, car il était dans un rang obscur de l'expédition commis aux vivres, Henri Beyle (Stendhal), dans son beau roman de *La Chartreuse de Parme*, décrit ainsi notre entrée dans la vieille capitale de la Lombardie, depuis trop longtemps autrichienne :

> « Le 15 mai 1796, le général Bonaparte fit son entrée à Milan à la tête de cette jeune armée qui venait de passer le pont de Lodi, et d'apprendre au monde qu'après tant de siècles César et Alexandre avaient un successeur.
>
> Les miracles de hardiesse et de génie dont l'Italie fut témoin en quelques mois réveillèrent un peuple endormi ; huit jours encore avant l'arrivée des Français, les Milanais ne voyaient en eux qu'un ramassis de brigands, habitués à fuir toujours devant les troupes de Sa Majesté Impériale et Royale : du moins ce que leur répétait trois fois la semaine un petit journal grand comme la main, imprimé sur du papier sale. »

Mais le jeune général victorieux ne s'arrêta pas là ; ce n'est pas là, en effet, qu'il voulait signer la paix avec cette Autriche, éternel ennemi du développement de la liberté et de la civilisation européenne. Poussant sa vaillante armée en avant, il battait encore les meilleurs généraux de l'Autriche, Wurmser à Castiglione (août) et à Bassano (septembre), Alvinzi à Arcole (15-18 novembre), et à Rivoli (14 janvier 1797) ; il conquérait l'Istrie, la Carniole et la Carinthie (30 mars), il renversait la vieille et aristocratique république de Venise. Marchant droit sur Vienne, il ne s'arrêtait à Léoben (18 avril) que pour signer les bases du traité de paix de Campo-Formio (17 octobre), constatant la supériorité de la France sur ses ennemis ; et il fondait en Italie deux républiques provisoires (la Cisalpine et la Transpadane).

Ah ! cette campagne d'Italie est vraiment merveilleuse, sans comparaison possible avec les plus belles que présentent les annales militaires chez tous les peuples, et la première que devront lire et méditer les Alexandres et les Césars futurs, si, pour le malheur des nations, l'avenir tient encore en réserve dans son sein le germe de quelque illustre conquérant. Tout s'y accomplit de point en point comme le jeune héros l'avait prévu ou, pour dire plus justement, comme il l'avait *calculé*. C'est une campagne que l'on pourrait appeler *mathématique*, quelles que soient la nouveauté et l'étrangeté de cette expression. Aujourd'hui, quand il s'agit de construire un de ces ponts en fer comme ceux qui traversent nos fleuves, le mécanicien ne se livre à aucun travail et à aucune étude sur le terrain. Retiré au fond de son atelier, il trace ses plans, prend ses mesures, fait fabriquer, et, quand tout est prêt : tympans, barres, montants, traverses, armatures, crampons, boulons, clavettes, broches, viroles, etc., il ne reste plus qu'une opération toute mécanique, toute machinale de montage ; chaque partie vient prendre la place qui lui a été assignée ; tout cela se monte et se démonte comme les fractions d'un squelette auquel ne manque aucune des innombrables articulations. C'était la méthode inventée par Bonaparte. « Mélas est là ; je l'attirerai ici, et je le battrai là. » Et la victoire arrivait, se déduisait mathématiquement comme l'inconnue d'une équation algébrique. Et, ce qu'il y a de plus merveilleux encore, c'est que l'homme, c'est que l'artiste n'est nullement absorbé par le conquérant. En effet, voici l'*homme* sous une nouvelle face, et c'est avec une intention marquée que nous soulignons ce mot ; car nous le prenons dans toute la plénitude de son acception, dans l'acception que lui donnera plus tard Napoléon lui-même quand il dira au génie olympien de l'Allemagne : « Monsieur Goethe, vous êtes un *homme.* »

Nous avons vu le guerrier, voyons l'artiste. Le conquérant avait sans cesse les yeux tournés vers Paris : c'était l'Athènes de ce nouvel Alexandre ; mais si le général regardait les Tuileries, l'artiste regardait le Louvre. Voici un état officiel des objets de science et d'art enlevés par ses ordres pour être transportés à Paris :

A MILAN. – *Bibliothèque Ambrosienne.*

Le carton de l'école d'Athènes, par Raphaël.

Un tableau de Luisini, représentant une Vierge.

Idem, de Rubens, une Vierge et des fleurs.

Idem, du Giorgione, représentant un concert.

Idem, de Lucas d'Olande, représentant une Vierge.

Idem, une tête de femme, de Léonard de Vinci.

Un soldat et un vieillard, du Calabrese.

Un vase étrusque, représentant diverses figures avec ornements.

Un manuscrit sur papyrus d'Égypte, ayant environ onze cents ans, sur les *Antiquités* de Josèphe, par Ruffin.

Un Virgile manuscrit, ayant appartenu à Pétrarque, avec des notes de sa main.

Un manuscrit très curieux sur l'histoire des papes.

Un tableau peint par le Titien, représentant un Couronnement d'épines,

Idem, un *Saint Paul,* de Gondenzo Ferrari.

Alla Vittoria. – Un tableau de Salvator Rosa, représentant une Assomption.

A l'Académie de Parme. – La *Vierge de saint Jérôme,* par le Corrège.

Un tableau de Schidone.

Une *Adoration,* par Majolla.

Aux Capucins. – Un chien, du Guerchin.

Une Vierge et plusieurs saints, par Anne Carrache.

Saint-Paul. – *Jésus-Christ, Saint Paul, Sainte Catherine,* par Raphaël.

La Stenata. – *Le Mariage de la Vierge,* par Procaccini.

San-Gio. – Une *Descente de croix,* par le Corrège.

Capucins. – Un Guerchin, représentant la Vierge et saint François.

Saint-Sépulcre. – *La Madonna della Scodelia,* du Corrège.

Saint-Roch. – Un tableau de l'Espagnolet, représentant divers saints.

Idem, de Paul Véronèse, représentant saint Roch.

San-Quintino. – Un tableau de Fraimingo, représentant un baptême.

Une *Assomption,* par l'Espagnolet.

Un tableau de Lanfranc, *Saint Benoît.*

Saint-André. – Un tableau de l'Espagnolet.

Saint-Michel. – Un tableau d'un élève du Corrège, représentant une Vierge.

Saint-Paul. – Une *Vierge* d'Augustin Carrache.

Au Dôme de Plaisance. – Deux tableaux de Louis Carrache.

Une note, datée de Paris, dit : « Les tableaux venant d'Italie sont arrivés à Paris sur six chariots, sans avoir éprouvé d'accident. Ils n'ont été pris ni par les barbets ni brisés sur les rochers des Alpes. » Le Directoire en fit la distribution au Jardin des plantes, à l'École polytechnique, à l'Institut et à la Bibliothèque nationale.

Dans le lot de l'Institut, il y avait les douze manuscrits de Léonard de Vinci sur les sciences.

Dans le lot de la Bibliothèque, le Virgile manuscrit ayant appartenu à Pétrarque avec des notes à la main de l'illustre poète sur Virgile ; le manuscrit de Galilée sur les fortifications ; le carton des ouvrages de Léonard de Vinci.

Le 7 floréal, l'armée d'Italie étant à Cherasco, et, après la prise fameuse de Tortone, Bonaparte avait mandé au Directoire : « Il me serait utile d'avoir trois ou quatre artistes connus pour recueillir les monuments des beaux-arts. »

Au commencement de prairial, comme il venait de conquérir Milan et qu'il rêvait de rétablir le Capitole, il signait avec le duc de Modène un armistice où se lit cet article : « Le duc de Modène sera tenu de livrer vingt tableaux à prendre dans sa galerie ou dans ses États, au choix des citoyens qui seront commis à cet effet. »

Le 15 prairial, on le retrouve à Vérone, d'où il écrit cette lettre aux Directeurs : « J'arrive dans cette ville, citoyens Directeurs, pour en partir demain matin ; elle est très grande et très belle... Je n'ai pas caché aux habitants que si le prétendu roi de France n'eût évacué leur ville avant mon passage du Pô, j'aurais mis le feu à une ville assez audacieuse pour se croire la capitale de l'empire français... Je viens de voir l'amphithéâtre ; ce reste du peuple romain est digne de lui. Je n'ai pu m'empêcher de me trouver humilié de la mesquinerie de notre Champ-de-Mars : ici, cent mille spectateurs sont assis et entendraient facilement l'orateur qui leur parlerait. »

En messidor, il est à Bologne. « Les vingt tableaux que doit nous fournir Parme, écrit-il au Directoire sont partis ; le célèbre tableau de *Saint Jérôme* est tellement estimé dans ce pays qu'on offrait un million pour le racheter. »

Le Directoire a envoyé les artistes et les savants demandés, et le jeune conquérant écrit au Directoire :

> « Le citoyen Barthélemy s'occupe, dans ce moment-ci, à choisir les tableaux de Bologne. Il compte en prendre une cinquantaine, parmi lesquels se trouve la *Sainte Cécile*, qu'on dit être le chef-d'œuvre de Michel-Ange.
>
> Monge, Berthollet et Thouin sont à Pavie, où ils s'occupent à enrichir notre Jardin des Plantes et notre cabinet d'histoire naturelle. J'imagine qu'ils n'oublieront pas une collection complète de serpents qui m'a paru bien mériter la peine de faire le voyage. »

Enfin il écrivit de Milan cette superbe épître à l'astronome Oriani :

> « Les sciences qui honorent l'esprit humain, les arts qui embellissent la vie et transmettent les grandes actions à la postérité, doivent être spécialement honorés dans les gouvernements libres. Tous les hommes de génie, tous ceux qui ont obtenu un rang distingué dans la république des lettres, quel que soit le pays qui les ait vus naître, sont Français. Les savants, à Milan, n'y jouissaient pas de la considération qu'ils devaient avoir. J'invite les savants à se réunir et à me proposer leurs vues sur les moyens qu'il y aurait à prendre, ou les besoins qu'ils auraient pour donner aux sciences et aux beaux-arts une nouvelle vie et une nouvelle existence. Tous ceux qui voudront aller en France y seront accueillis avec distinction. Le peuple français ajoute

> plus de prix à l'acquisition d'un savant mathématicien, d'un peintre de réputation, d'un homme distingué, que de la ville la plus riche et la plus abondante. »

Ainsi cet homme singulier voulait avoir pour lui les artistes en même temps que les victoires, et Raphaël, Léonard de Vinci, Corrège et Michel-Ange étaient placés sur le même rang que Montenotte, Millesimo, Arcole et Castiglione.

Il n'entre pas dans notre plan de raconter cette campagne d'Italie, glorieuse entre toutes, qui vient d'amener cette digression ; ce sujet appartient à l'histoire des guerres de la République, et, dans les colonnes de ce dictionnaire, les noms d'Arcole, de Rivoli et de Castiglione brilleront de tout leur éclat. Notre plan n'est, dans cette partie de l'histoire du grand capitaine, du premier génie militaire des siècles passés, de ce siècle et peut-être aussi des siècles futurs, que d'exposer ce qui sert à le caractériser comme citoyen et soldat d'un grand peuple jusqu'au 18 brumaire ;

> Quand, simple citoyen, soldat d'un peuple libre,
> Aux bords de l'Eridan, de l'Adige et du Tibre,
> Foudroyant tour à tour quelque tyran pervers,
> Des nations en pleurs sa main brisait les fers ;
> Ou quand son noble exil aux sables de Syrie,
> Des palmes du Liban couronnait sa patrie...
>
> Marie-Joseph Chénier.

Il nous suffira de dire que toute la suite de l'histoire ne nous offre aucun homme qui, à vingt-sept ans et venu d'où nous nous l'avons vu partir, ait atteint à cet âge un aussi haut degré de gloire, et fait sentir la foudroyante activité qu'il déploya dans cette campagne, où il se montra surtout républicain.

Il était sincère alors, il croyait la République immortelle dans ces premiers jours d'enthousiasme et de gloire. Il disait fièrement et officiellement à ceux qui parlaient de reconnaître la République française : « La République française est comme le soleil : aveugle qui ne la voit pas ! » Les mêmes sentiments l'animaient aussi en particulier. A Milan, en mai 1796, il disait à un de ses amis : « La République, c'est la flèche d'Evandre qui ne retombe pas, et se change en étoile brillante. »

Illusion sublime des premiers jours ! moment unique où la République était comparée par Bonaparte à la flèche d'Evandre ! le besoin seul de refouler le royalisme vous a éteints dans son cœur, nobles sentiments qui promettiez de donner à la France un Washington au lieu d'un César !

En effet, quand il vit, moins de deux ans après, la contre-révolution prendre des ailes à l'intérieur, il sentit qu'on ne l'abattrait point en se bornant à n'user envers elle que des armes constitutionnelles, des armes de la liberté. Au-dehors, l'histoire nous montre le Directoire suivant la grande politique de la Convention, portant la liberté aux vaincus, et entreprenant d'affranchir l'Europe du pouvoir absolu et de la féodalité, justement persuadé que la France ne pouvait être une république heureuse et paisible qu'entourée de républiques heureuses et paisibles. Cependant, à l'intérieur, le désordre entretenu par les royalistes au nom de la liberté, entravait la marche du gouvernement et empêchait la France d'être aussi heureuse qu'elle était glorieuse et puissante. Les républicains auteurs de la Constitution de l'an III, craignant les abus du pouvoir exécutif, l'avaient restreint avec une méfiance excessive. Il était faible, pauvre, dépouillé de tout appareil d'ostentation, au lieu d'étaler cette magnificence royale que les Français ont la bonhomie d'admirer, tout en la payant ; il vivait de rien et gouvernait avec peu de chose. Quelques légers impôts subvenaient aux frais de nombreuses armées. Les étrangers et les royalistes dépensaient en France plus d'argent pour corrompre et diviser, que le pouvoir n'en avait à sa disposition pour le maintien de l'ordre de choses établi. La liberté de la presse était plus entière qu'elle ne l'a jamais été. Les pouvoirs étaient publiquement insultés ; les lois républicaines qu'on parvenait à faire voter naissaient flétries d'avance par les royalistes et les journaux ; les feuilles appartenant aux partis extrêmes déclamaient à leur aise contre le Directoire ; le blâme et le ridicule étaient déversés à pleines mains sur ses actes et sur ses membres. En France, on aime le pouvoir qui éblouit et dont l'allure est altière ; on trouvait la République trop bourgeoise. Le parti royaliste, parfaitement organisé par les nombreux agents des Bourbons, conspirait à Clichy, et cherchait un Monk parmi nos généraux ; les chouans infestaient les grandes routes ; de leur côté, les anarchistes faisaient au camp de Grenelle une tentative babouviste contre le Directoire. Comment résister à ces conspirations sans des mesures violentes ? Le renouvellement amena dans les conseils une majorité de royalistes se disant constitutionnels ou purs, qui cacha peu son intention de renverser le Directoire. Deux des directeurs eux-mêmes paraissaient disposés à ne pas retenir le pouvoir, et Carnot, malheureusement, était de ceux qui croyaient devoir abandonner la partie. Les trois autres avaient à choisir, ou de violer la constitution pour la sauver, ou de la laisser tomber. Ils prirent le premier parti. Soutenus par l'armée d'Augereau et par celle de Hoche, ils firent occuper militairement le Corps législatif : cinquante et un représentants, les deux directeurs et plusieurs journalistes furent condamnés à la déportation. C'est ce que, dans l'histoire, on a appelé le 18 fructidor. Si cette mesure avait besoin d'une justification, le nom de Hoche, le nom le plus pur de notre grande Révolution, la fournirait à lui seul.

Ce n'est pas ici le lieu de juger cet épisode de notre histoire révolutionnaire ; il est facile, quand on n'examine pas les choses de près, de n'avoir que du blâme pour ces sortes de coup d'État ; nous croyons seulement que celui-ci ne fut pas sans influence sur Bonaparte.

L'ambition que lui avaient fait concevoir les grands succès de cette miraculeuse campagne d'Italie perçait dès lors aux yeux des clairvoyants, et n'échappa point à ceux qui, par instinct ou par expérience, se connaissaient en hommes. De ce nombre était l'ordonnateur en chef de l'armée d'Italie, Sucy (Simon-Antoine-François de Sucy de Clisson, né à Valence en 1764), que Bonaparte avait connu en 1788. Plus âgé de cinq ans que Bonaparte, homme aimable et instruit, M. de Sucy, qui s'était lié dès ce temps avec le jeune Corse, l'avait présenté à M. de Josselin, lieutenant-colonel du régiment d'infanterie d'Artois, lequel avait épousé à Valence Mlle de Tardivon. Lors du premier séjour de Bonaparte dans cette ville, Sucy lui avait fait souvent les honneurs de la maison de son beau-frère, l'abbé de Saint-Ruf, qui était Tardivon et frère de Mme de Josselin, et lui avait prêté plusieurs fois des livres. Pressé par M. de Josselin, alors retiré à Valence, de lui dire son opinion sur le général Bonaparte, mais surtout sur l'*homme*, après cette étonnante campagne d'Italie qui l'avait révélé au monde avec tant d'éclat, Sucy écrivait à M. de Josselin, sous la date du 17 thermidor an V (4 août 1797), une lettre présentement possédée par les petits-fils de celui à qui elle était adressée, et dont voici un très remarquable fragment ; on y sent combien Sucy avait pénétré l'*homme* dans le jeune et brillant général :

> « Mon respectable mentor et ami,
>
> Ce ne peut être le lieu de traiter le chapitre de l'*homme* ; d'ailleurs, il faudrait beaucoup trop de détails. Je pourrais avoir une opinion sur lui ; peut-être détruirait-elle une partie de celle que vous avez conçue. Au reste, nous tomberons d'accord si vous ne l'envisagez que comme ayant fait de grandes choses. Je puis même ajouter que je ne lui connais pas de point d'arrêt autre que le trône ou l'échafaud. D'après cela, vous ne devez pas le considérer comme au bout de sa carrière… »

On peut dire que cette prédiction devait se réaliser au-delà de sa forme alternative, puisque celui qui en était l'objet est arrivé successivement aux deux termes de l'hypothèse : le couronnement et le martyre…

Et cela était écrit en pleine République, et du plus grand général de la République. C'était, on en conviendra, voir les choses de loin.

Avant de passer à la campagne d'Égypte, que, du reste, pour être fidèle à notre plan, nous ne raconterons pas dans ses détails, disons que c'est en Italie même que Bonaparte en conçut et en proposa le projet au ministre des Relations extérieures du Directoire, Charles Delacroix (père de notre grand peintre).

Il est très curieux de le voir préoccupé d'un projet de conquête de Malte et de l'Égypte dès le mois de septembre 1797. Les pièces officielles sont à cet égard très explicites. Ainsi nous le voyons écrire de Passeriano, 25 fructidor an V (13 septembre 1797), une lettre très politique, portant en tête : *Le général Buonaparte au ministre des Relations extérieures,* où on lit ce qui suit :

« … Pourquoi ne nous emparerions-nous pas de l'île de Malte ? L'amiral Brueys pourrait très bien mouiller là et s'en emparer ; 400 chevaliers et au plus un régiment de 500 hommes sont la seule garde qu'ait la ville de La Valette. Les habitants, qui montent à plus de 100 000, sont très portés pour nous et fort dégoûtés de leurs chevaliers, qui ne peuvent plus vivre et meurent de faim ; je leur ai fait exprès confisquer tous leurs biens en Italie. Avec l'île Saint-Pierre que nous a cédée le roi de Sardaigne, Malte et Corfou, nous serions maîtres de la Méditerranée.

S'il arrivait qu'à notre paix avec l'Angleterre nous fussions obligés de rendre le cap de Bonne-Espérance, *il faudrait alors nous emparer de l'Égypte.* Ce pays n'a jamais appartenu à une nation européenne, les Vénitiens seuls y ont eu une prépondérance précaire. On pourrait partir d'ici avec 25 000 hommes, escortés par huit ou dix bâtiments, de ligne ou frégates vénitiennes, et s'en emparer.

L'Égypte n'appartient pas au Grand Seigneur.

Je désirerais, citoyen ministre, que vous prissiez à Paris quelques renseignements et me fissiez connaître quelle réaction aurait sur la Porte notre expédition d'Égypte.

Avec des armées comme les nôtres, pour qui toutes les religions sont égales, mahométane, cophte, arabe, etc. tout cela nous est indifférent : nous respecterons les unes comme les autres.

Buonaparte. »

On voit là le politique autant que le guerrier, l'homme de cabinet autant que l'homme d'action.

Il faut bien remarquer la date de cette lettre de Bonaparte (13 septembre 1797). Ainsi, c'est en Italie que, de lui-même et spontanément, il avait conçu l'idée d'une expédition en Égypte. Il en avait pesé dans son esprit les avantages pour la France, et il les faisait toucher du doigt à un ministre des Relations extérieures, d'ailleurs très capable de les comprendre et de les apprécier. Déjà pourtant Charles Delacroix avait songé à Malte, non pas précisément pour s'en emparer, mais pour y établir une influence plus favorable à la République française, celle de l'Espagne, avec laquelle nous étions alors en paix. Il n'avait pas cependant de ces conceptions hardies, qui n'appartiennent qu'au génie, et il avait besoin qu'on lui suggérât ce qu'il avait à faire

Charles-Maurice Talleyrand avait succédé à Charles Delacroix au ministère des Relations extérieures, et on a de ce ministre, aux archives des affaires étrangères, la réponse suivante à la lettre de Bonaparte, réponse qui montre bien que l'expédition d'Égypte fut moins improvisée qu'on a bien voulu le dire :

« Paris, le 2 vendémiaire an VI
(23 septembre 1797).

Le ministre des Relations extérieures au général en chef Buonaparte.

Le Directoire approuve vos idées sur Malte. Depuis que cet ordre s'est donné un grand-maître, autrichien, M. de Hompesch, le Directoire s'est confirmé dans le soupçon, déjà fondé sur d'autres renseignements, que l'Autriche visait à s'emparer de cette île ; elle cherche à se faire puissance maritime dans la Méditerranée. C'est pour cela qu'elle a demandé de préférence, dans le traité de Léoben, la partie de l'Italie qui avoisine la mer ; qu'elle s'est hâtée de s'emparer de la Dalmatie ; qu'elle a trahi son avidité en prenant Raguse, dont il n'avait pas été parlé ; outre cela, comme elle dispose du gouvernement napolitain, Malte aurait pour elle un double avantage et servirait à attirer à elle toutes les productions de la Sicile. Ce n'est pas seulement dans des vues de commerce qu'elle a voulu émigrer du centre de l'Italie vers les côtes de cette presqu'île mais encore dans des vues de conquêtes, plus éloignées à la vérité ; elle se ménage les moyens d'attaquer par terre les provinces turques, auxquelles elle confine par l'Albanie et la Bosnie, tandis que, de concert avec la Russie, elle aurait pris ces mêmes provinces par le revers en entrant dans l'Archipel avec une flotte russe. Il est de notre intérêt de prévenir tout accroissement maritime de l'Autriche, et le Directoire désire que vous preniez les mesures nécessaires pour empêcher que Malte ne tombe entre ses mains.

Quant à l'Égypte, vos idées à cet égard sont grandes, et l'utilité doit en être sentie. Je vous écrirai sur ce sujet *au large*. Aujourd'hui, je me borne à vous dire que si l'on en faisait la conquête, ce devrait être pour déjouer les intrigues russes et anglaises qui se renouvellent si souvent dans ce malheureux pays. Un si grand service rendu aux Turcs les engagerait aisément à nous y laisser toute la prépondérance et les avantages commerciaux dont nous avons besoin. L'Égypte, comme colonie, remplacerait bientôt les produits des Antilles, et, comme chemin, nous donnerait le commerce de l'Inde ; car tout, en matière de commerce, réside dans le temps, et le temps nous donnerait cinq voyages contre trois par la route ordinaire. »

Ch.-M. Talleyrand. »

Certes, c'est là une belle lettre, pleine de vues profondes, et qui dut plaire au grand esprit à qui elle était adressée, et l'on peut dire que, dès lors, l'expédition d'Égypte fut arrêtée en principe.

Nous passons à une espèce de brouillerie qui survint sur ces entrefaites entre le Directoire et le général en chef de l'armée d'Italie. Pour se défendre, le Directoire avait été obligé de frapper ses ennemis du grand coup qui a nom dans l'histoire 18 FRUCTIDOR. Bonaparte et l'armée d'Italie avaient applaudi au 18 fructidor par de chaleureuses adresses au Directoire. Néanmoins, la paix étant faite avec l'Autriche, le vainqueur voulait rentrer à Paris, sans doute pour préparer la grande expédition en Orient qu'il avait en tête, quand l'incartade d'un jeune officier arrivé de Paris lui causa un mécontentement si grand, réel ou feint, qu'il crut devoir demander sa démission à Paris. Certes, les lettres qu'il écrivit à cette occasion ne manquent pas d'intérêt ; mais on y voit une insistance qui semble plus d'un ambitieux que d'un homme vraiment découragé.

> « Ma santé est entièrement délabrée, dit-il dans une de ses lettres du 1er octobre 1797, et la santé est indispensable et ne peut être suppléée par rien à la guerre. Le gouvernement aura sans doute, en conséquence de la demande que je lui ai faite il y a huit jours, nommé une commission de publicistes pour organiser l'Italie libre.
>
> De nouveaux plénipotentiaires pour continuer les négociations ou les renouer, si la guerre avait lieu au moment où les événements seraient les plus propices.
>
> Enfin, un général qui ait sa confiance pour commander l'armée, car je ne connais personne qui puisse me remplacer dans l'ensemble de ces trois missions, toutes trois également intéressantes, etc. »

Il finissait sa lettre par ces mots :

> « Je ne puis monter à cheval, j'ai besoin de deux ans de repos. »

De quoi donc avait-il à se plaindre au moment où l'on venait d'approuver ses idées sur l'Égypte ? Le 18 fructidor avait reçu son approbation et celle de son armée d'Italie. Il traitait de la paix avec l'Autriche, et il avait commencé les négociations qui devaient aboutir au traité de Campo-Formio. Pourquoi ce mécontentement ? Peut-être en découvrira-t-on la cause dans la lettre suivante, adressée directement, dès le 25 septembre, de Passeriano, au Directoire exécutif :

> « Passeriano, le 4 vendémiaire an VI.
>
> Un officier est arrivé avant-hier de Paris à l'armée d'Italie ; il a répandu dans l'armée qu'il partit de Paris le 25, qu'on y était inquiet de la manière dont j'aurais pris les événements du 18 ; il était porteur d'une espèce de circulaire du général Augereau à tous les généraux de division de l'armée. Il avait une lettre du ministre de la Guerre à l'ordonnateur en chef, qui l'autorisait à prendre tout l'argent dont il aurait besoin pour sa route ; vous en trouverez la copie ci-jointe. Il est constant, d'après tous ces faits, que le gouvernement en agit envers moi à peu près comme envers Pichegru après vendémiaire.
>
> Je vous prie, citoyens directeurs, de me remplacer et de m'accorder ma démission. Aucune puissance sur la terre ne sera capable de me faire continuer de servir après cette marque horrible de l'ingratitude du gouvernement, à laquelle j'étais bien loin de m'attendre.
>
> Ma santé, considérablement affectée, demande impérieusement du repos et de la tranquillité.
>
> La situation de mon âme a aussi besoin de se retremper dans la masse des citoyens. Depuis trop

longtemps un grand pouvoir est confié dans mes mains. Je m'en suis servi dans toutes les circonstances pour le bien de la patrie : tans pis pour ceux qui ne croient point à la vertu et pourraient avoir suspecté la mienne. Ma récompense est dans ma conscience et dans l'opinion de la postérité.

Je puis, aujourd'hui que la patrie est tranquille et à l'abri des dangers qui l'ont menacée, quitter sans inconvénient le poste où je suis placé.

Croyez que, s'il y avait un moment de péril, je serais au premier rang pour défendre la liberté et la constitution de l'an III.

Buonaparte. »

A la réception de cette lettre, le Directoire s'assembla sans perdre une minute, pour délibérer sur la demande qui en était l'objet, et c'est La Réveillère-Lepaux qui fut chargé de répondre au nom du Directoire exécutif. Cette réponse, datée du 12 vendémiaire an VI (3 octobre 1797), très belle et très peu connue, fait autant d'honneur à celui qui l'a écrite qu'à celui à qui elle était adressée. C'est une des pièces les plus précieuses et les plus honorables de nos archives révolutionnaires ; on y sent à chaque ligne le souffle républicain ; c'est le langage du patriotisme s'adressant à une jeune ambition qui se révèle déjà dans des plaintes qu'il est impossible de croire sincères :

« Paris, 12 vendémiaire an VI
(3 octobre 1791).

Au général Buonaparte,

Votre lettre du 4 de ce mois, citoyen général, étonne et afflige le Directoire exécutif, qui se rassemble extraordinairement pour vous répondre à l'instant même de l'arrivée de votre courrier.

Comment est-il possible que vous ayez accusé d'ingratitude et d'injustice envers vous le gouvernement, qui n'a cessé de vous marquer la plus entière comme la plus juste confiance ?

Vous devez être désabusé dès à présent sur les ombrages qui ont occasionné votre lettre, car depuis qu'elle est écrite vous avez dû entendre le citoyen Bottot. Vous aurez reçu différentes dépêches, tant du ministre des Relations extérieures que du Directoire exécutif, et principalement celle de ce mois, dans laquelle le gouvernement vous met dans la confidence de sa pensée et vous associe en quelque sorte à ses délibérations. Vous aurez vu même le général Bernadotte, qui vous aura transmis ce dont les membres du Directoire l'ont expressément chargé pour vous. Voilà des faits, citoyen général. Le Directoire exécutif a lieu de croire que vous aurez apprécié, d'après eux, les procédés du gouvernement à votre égard avant que votre courrier ne puisse vous être renvoyé.

Quant aux motifs des inquiétudes que vous avez conçues, les propos d'un jeune homme, propos que peut-être on lui a prêtés, pouvaient-ils l'emporter à vos yeux sur les communications constantes et directes du gouvernement ?

Quant à la lettre du général Augereau comme des représentants royalistes avaient écrit dans leur sens à des généraux de l'armée d'Italie, et que cela était connu à Paris, ce général a cru apparemment devoir y opposer le contre-poison. Cela ne pouvait être susceptible d'aucune interprétation contre vous.

La lettre mystérieuse du ministre de la Guerre ne demandait sans doute que des fonds pour des frais de route. Cette demande d'argent paraît mal conçue ; mais, quelle qu'en soit la mauvaise réduction, ces traits ne pouvaient vous atteindre, et vous n'auriez jamais dû en conclure que le gouvernement vous traitât comme Pichegru. Il est vraiment inconcevable que vous fassiez au gouvernement et à vous-même l'injure de ce parallèle.

Citoyen général, craignez que les conspirateurs royalistes, au moment où peut-être ils empoisonnaient Hoche, n'aient essayé de jeter dans votre âme des dégoûts et des défiances capables de priver votre patrie des efforts de votre génie.

Jamais elle n'en eut tant besoin.

Vous parlez de repos, de santé, de démission ?

Le repos de la République vous défend de penser au vôtre.

Si la France n'est pas triomphante, si elle est réduite à faire une paix honteuse, si le fruit de vos victoires est perdu, alors, citoyen général, nous ne serons pas seulement malades, nous serons morts.

Non, le Directoire exécutif ne reçoit pas votre démission.

Non vous n'avez pas besoin avec lui de vous réfugier dans votre conscience et de recourir au témoignage tardif de la postérité.

Le Directoire exécutif croit à la vertu du général Buonaparte, il s'y confie.

Il vous l'a prouvé la 13 vendémiaire, et ce n'était pas la première fois.

Au surplus, vous dites que, s'il y a du péril, vous serez au premier rang pour défendre la liberté et la Constitution : le Directoire exécutif vous somme de tenir votre parole. Il vous dénonce le péril que courent encore la liberté et la Constitution, si de misérables et de petites intrigues empêchent la République de s'élever à ses destinées, s'il faut renoncer aux résultats de la conquête de l'Italie, si la grande nation est obligée de rétrograder. Concevez donc la véritable idée de l'énergie et du courage unanime que le 18 fructidor a donnés aux deux pouvoirs suprêmes de la France.

Au 18 fructidor, la France a repris sa place dans l'Europe ; elle a besoin de vous pour l'y maintenir.

S'il pouvait vous rester du doute... Mais non, citoyen général, vous ne devez plus en avoir au moment où cette dépêche pourra vous parvenir, et désormais vous compterez sur le Directoire exécutif comme il compte sur vous.

La Réveillère-Lepaux. »

Cette lettre, et, à ce qu'on assure, une autre de Talleyrand, qui l'avait deviné, dissipèrent comme instantanément sa mauvaise humeur et lui rendirent la santé. Il ne parut à personne qu'il eût été malade, et il ne l'avait été, en effet, que de mécontentement que d'une fièvre ambition rentrée. Il fit en même temps sa paix avec le Directoire et avec l'Autriche, et l'on voit ce « malade » qui avait écrit quelques jours auparavant : « Je ne suis plus en état de commander », agir comme auparavant. Ses relations avec le Directoire devinrent même plus intimes. Il ne négligea pas non plus le ministre des Relations extérieures auquel il mandait de Passeriano, le 27 vendémiaire an VI (18 octobre 1797) : « Le général Buonaparte prévient le ministre des Relations extérieures que la paix avec l'empereur a été signée la veille après minuit. »

De son côté, le Directoire, entrant de plus en plus dans ses vues, lui mande, par l'organe de son président La Réveillère, en date du 30 vendémiaire (21 octobre) :

« ... Quant à l'île de Malte, vous avez déjà reçu les ordres de prendre toutes les mesures que vous croiriez nécessaires pour qu'elle n'appartînt à qui que ce fût qu'à la France. Vous avez dit au citoyen Bottot que cette possession était à vendre. Le Directoire exécutif attache un véritable prix à son acquisition et vous recommande de ne pas la laisser échapper.

Le président du Directoire exécutif,
La Réveillère-Lepaux. »

De Milan, 22 brumaire an VI (12 novembre 1797), Bonaparte mande au Directoire, sur cet article :

« ... J'ai envoyé à Malte le citoyen Poussielgue sous prétexte d'inspecter toutes les échelles du Levant, mais, à la vérité, pour mettre la dernière main au projet que nous avons sur cette île.

Le général en chef,
Buonaparte. »

Le 17 novembre 1797, enfin, tant le gouvernement comprenait les brillants services du général, même hors des champs de bataille, il reçut à Milan la dépêche du Directoire qui le nommait l'un des plénipotentiaires, ou, plus exactement, président de la légation française au congrès de Rastadt : plus de traces de mauvaise santé. Bonaparte partit incontinent de Milan pour Rastadt, coucha le même jour à Turin chez le ministre de France, Ginguené, traversa la Suisse par Genève, Lausanne, Fribourg, Avanches, Berne et Bâle, et arriva à Rastadt le 27 novembre.

Le *Moniteur* du 6 décembre 1797 rapporte que, dans ce voyage, la voiture s'étant brisée près d'Avanches, Bonaparte eut la curiosité de visiter l'ossuaire de Morat, qui n'est qu'à deux lieues de cette ville. Un officier suisse, qui avait servi en France, offrit au général de l'accompagner, et, tout en lui donnant plusieurs détails militaires sur la bataille de Morat, lui montra par quel chemin les Suisses, descendus des montagnes voisines le 23 juin 1476, avaient, à la faveur d'un bois, tourné l'armée bourguignonne commandée par son duc Charles le Téméraire, l'avaient mise en déroute et lui avaient tué dix-huit mille hommes, dont les ossements avaient été érigés par les Suisses en trophée pyramidal dans la chapelle de Morat. « Quelle était la force de l'armée des Bourguignons ? demanda Bonaparte. — Soixante mille hommes à peu près, répondit l'officier. — Soixante mille hommes ! s'écria le général ; ils auraient dû couvrir ces montagnes... Aujourd'hui, un général français ne ferait pas cette faute. — C'est possible, général, répondit galamment l'officier suisse, mais alors les Bourguignons n'étaient pas Français. »

Les Bourguignons ne sauraient souscrire à cette distinction et accepter cet arrêt. On sait que ce sont les ancêtres des Bourguignons qui suivirent Brennus à Rome, et que l'armée de Sambre-et-Meuse était en grande partie composée de conscrits bourguignons. Il s'en est peu fallu que ce qui s'appelle aujourd'hui la France ne s'appelât la Bourgogne. Il est bon que les Francs, partis en même temps que les Bourguignons des bords du lac Flévo, ne l'oublient pas. Le lecteur voudra bien pardonner cette boutade à... un Bourguignon.

Telle était en Suisse l'admiration de toutes les classes pour le vainqueur de l'Italie, que Bonaparte, arrivant de nuit à Berne, fut reçu au milieu d'une double file d'équipages brillamment éclairés, et aux cris de : *Vive Bonaparte* ! *Vive le pacificateur !* A Soleure, le capitaine d'artillerie Zeltner fit tirer le canon en son honneur, malgré la défense qu'il en avait reçue de son gouvernement. Tout cela était extraordinaire, mais on sait que pour cet homme singulier rien ne devait se passer dans l'ordre commun et vulgaire des choses. Arrivé à Rastadt le 27 novembre, et à peine y était-il installé, qu'il recevait du Directoire l'ordre de se rendre à Paris ; il y descendait le 5 décembre, à six heures du soir, dans la maison de la rue Chantereine, qu'habitait sa femme, et qu'il devait acheter quelques mois après de Mme Talma. Le *Moniteur* s'empressa d'annoncer son arrivée, et le Directoire lui fit une sorte de réception triomphale, bientôt suivie de fêtes brillantes, que lui donnèrent individuellement les directeurs, les membres des conseils et les ministres. On ne voit pas sans plaisir dans le *Moniteur* du 9 décembre que le Directoire, dès le 8, demanda la mise en liberté du capitaine suisse Zeltner, emprisonné par ordre de son gouvernement pour avoir rendu les honneurs militaires au général Bonaparte lors de son passage à Soleure. Le Directoire, en paix avec toutes les grandes puissances, à l'exception de l'Angleterre, avait, le jour même de la signature du traité de Campo-Formio, annoncé la formation d'une armée dite *d'Angleterre*, et en avait destiné le commandement en chef au général Bonaparte. Il s'agissait d'organiser l'*armée d'Angleterre*, et c'est dans ce but que le vainqueur de l'Italie était appelé à Paris.

Il paraît que le Directoire nourrissait en ce moment le projet très sérieux d'une descente en Angleterre. On avait fait tant de grandes et merveilleuses choses dans ces derniers temps, que personne ne s'effrayait des difficultés de l'entreprise. On s'était accoutumé à tout attendre du vainqueur de l'Italie, à tout croire possible de sa part. Bonaparte se faisait une haute idée du patriotisme anglais ; il avait calculé les diverses chances favorables ou contraires d'un débarquement sur les côtes d'Angleterre et d'une marche sur Londres, et, après tout, il croyait qu'on pouvait sans imprudence tenter de ce côté la fortune des armes ; mais il avait un autre dessein en tête : ce n'est pas chez elle qu'il voulait frapper l'Angleterre, c'était ailleurs ; c'était dans la Méditerranée ; c'était en lui enlevant ses stations, ses points de repère maritimes, qu'il voulait l'affaiblir et la contraindre à la paix. Et, à propos de ce projet : frapper l'Angleterre chez elle, sans traverser le détroit, il nous souvient d'un mot qui vaut la peine d'être cité : Un paysan bourguignon, ayant lu dans les journaux de l'époque que Bonaparte avait l'intention d'atteindre l'Angleterre en passant par l'Égypte, s'était imaginé que le héros de la campagne d'Italie d'une force colossale en géographie, avait découvert que la Grande-Bretagne n'était pas une île, et qu'en passant par la terre des Pharaons, on arrivait à un isthme inconnu qui conduisait tout droit à la Tour de Londres. Cette hérésie géographique était très répandue au fond de nos provinces en 1812, lors de la guerre de Russie, où les feuilles publiques répétaient chaque jour que la guerre faite à l'empereur Alexandre était surtout dirigée contre l'Angleterre.

Plusieurs des clauses du traité de Campo-Formio avaient été conçues en prévision d'une expédition en Égypte. C'est ainsi que, dans le partage des États vénitiens, Bonaparte avait eu soin de conserver à la République française les îles de la Grèce, Corfou et tout ce que Venise avait possédé dans la mer d'Ionie, et nous avons vu que, depuis plusieurs mois, alors qu'il était en Italie, il avait jeté un regard de convoitise sur Malte et sur l'Égypte. Cette idée de conquérir l'Égypte, de former là un établissement français qui nous donnât la clef du commerce de l'Inde en nous assurant celui du

Levant, dont nous serions en quelque sorte les maîtres à l'exclusion de l'Angleterre, avait envahi son imagination, et, dès qu'une fois une passion de ce genre était entrée dans son esprit, il était tout à elle. Toutefois, il ne parla de ses idées qu'aux membres du Directoire exécutif ; il en conféra surtout avec le ministre des Relations extérieures, Talleyrand, très capable d'apprécier ses plans ; et, avec cette ardeur qu'il apportait à tout, ne rêvant que l'Égypte, il se mit à l'étudier en quelque sorte en tous sens.

L'année 1798 venait de s'ouvrir ; son titre militaire en ce moment était celui de général en chef de l'armée d'Angleterre. Ne sachant encore s'il devrait réellement agir en cette qualité pour remplir un des devoirs de sa nouvelle charge, il parcourut les côtes de l'Océan depuis Le Havre jusqu'en Hollande ; mais il les parcourut l'esprit préoccupé de l'Orient ; sa voiture était remplie de livres de voyages et de mémoires sur l'Égypte. Son imagination errait au-delà de la Méditerranée, sur la terre des Pharaons ; c'est par là qu'il voulait toucher l'Angleterre.

Ah ! Jacques Bonhomme ; ah ! mon ami, dans cette circonstance tu as été sur le point de voir enfin satisfaire tes aspirations quatre fois séculaires, et d'assister à la vengeance que l'on te doit du martyre de ta fille Jeanne, cette glorieuse personnification du paysan français, dans le cœur de laquelle se concentrait toute l'indignation nationale ; de ce Spartacus lorrain qui répondait comme le « jeune soldat » des *Paroles d'un croyant* aux femmes qui s'apitoyaient sur sa blessure : *Ce n'est pas du sang qui coule par cette plaie, c'est de la gloire* (réponse historique). Mais, encore une fois, tu as été déçu. Continue donc d'espérer, Jacques Bonhomme...

et que cet espoir ne tombe pas en quenouille, comme celui de la « belle Philis ».

Ce projet grandiose et singulier tout ensemble le possédait tout entier. Mais que l'entreprise contre l'Angleterre dût ou non avoir lieu, et il était disposé à tout faire pour qu'elle demeurât en ce moment inexécutée, il était bien aise qu'on le crût voué à ce dessein avec sa résolution ordinaire. Cela servait à donner le change au gouvernement anglais, à masquer les préparatifs et tout ce qu'il fallait d'éléments combinés pour l'entreprise. De retour à Paris, il plaida la cause de ce projet, qu'il promit de rendre glorieux pour la France ; mais le général de l'armée d'Angleterre eut beaucoup à faire pour que ce titre fût changé en celui de général de l'armée d'Orient. M. de Talleyrand et Volney aidant, l'expédition fut décidée, et l'on ne travailla plus qu'à en presser les préparatifs non pas en secret, mais toujours comme s'ils n'avaient lieu que pour la descente qu'on avait annoncé devoir faire directement sur les côtes d'Angleterre. Celle-ci servait de prétexte aux préparatifs de l'autre et en masquait l'objet.

On a très injustement accusé le Directoire d'avoir voulu se débarrasser de Bonaparte en l'envoyant en Égypte ; le Directoire était, au contraire, opposé à ce projet ; il en craignait les conséquences ; il en voyait clairement le but ; mais l'éloignement d'une partie de l'armée et de son meilleur général ne lui paraissait pas d'une excellente politique dans l'état où était l'Europe. La Réveillère-Lepaux était un des plus obstinés à le combattre ; il disait qu'on allait exposer trente mille ou quarante mille des meilleurs soldats de la France, les commettre au hasard d'une bataille navale, se priver du meilleur général, de celui que l'Autriche redoutait le plus, dans un moment où le continent n'était rien moins que pacifié, et où la création des républiques nouvelles avait excité de violents ressentiments ; que, de plus, on allait peut-être exciter la Porte à prendre les armes en envahissant une de ses provinces. Toutes ces prévisions étaient assez naturelles, et plusieurs ont été depuis justifiées par l'événement ; mais Bonaparte avait réponse à tout. Selon lui, rien n'était plus facile que d'échapper aux Anglais, en les laissant dans l'ignorance du projet, ce qu'on avait heureusement fait jusque-là, et en précipitant l'exécution. Ce n'était pas trente mille ou quarante mille hommes de moins qui affaibliraient la France, à qui il resterait trois cent mille ou quatre cent mille soldats sous les armes. Il serait d'ailleurs très peu de temps absent. Selon lui encore, la Porte ne verrait pas de mauvais œil qu'on arrachât l'Égypte aux mameluks, qui la gouvernaient en maîtres et où ses ordres n'étaient plus obéis. Elle verrait avec plaisir, au contraire, la punition par la France de ces rebelles usurpateurs de l'Égypte ; on s'entendrait facilement avec elle à cet égard. Quant au continent, il n'oserait bouger. Aucune objection ne l'arrêtait. Avec son éloquence passionnée, et, disons-le, sa science, quoique récemment acquise, il les levait toutes, les emportait, pour ainsi dire, à la pointe de sa parole ailée et acérée, avec une vivacité irrésistible. Son style était clair et poli comme l'épée. Il faisait le plus brillant tableau des résultats glorieux de l'expédition, de l'effet d'étonnement et d'admiration qu'elle produirait en Europe. En passant, il enlèverait Malte aux chevaliers, et il en assurerait la possession à la France. Tout serait gloire et profit pour la République. Ses arguments semblaient irrésistibles. Les discussions au Directoire étaient très vives entre le fougueux général et les sages Directeurs, qui, d'ailleurs il faut bien le dire, ne se trompaient pas de tout point ; lui n'obéissait qu'à son imagination, qui ne le trompait pas non plus de tout point. Une fois, dans une de ces discussions, Bonaparte, emporté par un de ces mouvements d'impatience déjà presque impériale, prononça le mot de démission. Il avait déjà eu cet art ou ce tort, comme nous l'avons vu, de parler de démission avant le traité de Campo-Formio. « Je suis loin de vouloir qu'on vous la donne, s'écria La Réveillère avec fermeté ; mais, si vous l'offrez, je suis d'avis qu'on l'accepte cette fois. » Bonaparte se le tint pour dit et ne parla plus de démission. Cette scène a été souvent mal racontée. On a tour à tour attribué faussement ce mot à Rewbell et à Barras, et dans une tout autre occasion ; il est maintenant acquis à l'histoire que c'est à propos de l'expédition d'Égypte et avec La Réveillère que la scène a eu lieu.

L'expédition, malgré tout, fut décidée, et aucune trace de rancune ne subsista de la scène en question entre le général et le Directeur patriote. La Réveillère se rendit aux raisons de Bonaparte, à la séduction de sa parole ; il ne vit plus, comme les autres, que la grandeur de l'entreprise, les avantages commerciaux qu'on en pourrait tirer, l'effet politique de cette nouvelle gloire inattendue de la République ; car, comme les autres aussi, il avait foi dans le génie de Bonaparte et l'on ne songea dès lors qu'aux préparatifs de l'expédition.

Son plan une fois accepté, Bonaparte, avec l'extraordinaire activité qu'il apportait à l'exécution de tous ses projets, se mit à l'œuvre et disposa toutes choses. Il fallait cacher le but de l'armement maritime, qui ne pouvait se faire en secret à Toulon ; mais, quel qu'en fût le retentissement en Europe, le prétexte en était tout trouvé. Bonaparte ne parlait que de l'Angleterre. N'était-il pas le *général de l'armée d'Angleterre* ? C'était contre l'Angleterre qu'on armait à Toulon ; c'était l'Angleterre seule qu'on avait en vue. Néanmoins, il y avait à cela un danger ; c'était de trop appeler l'attention de l'Angleterre sur la Méditerranée. Nelson fut chargé de surveiller ces parages, mais Bonaparte comptait sur sa fortune ; il échapperait à la flotte anglaise, il saurait tromper sa vigilance et débarquerait triomphalement en Égypte.

Tout fut prêt pour l'embarquement au mois de floréal an VI. Le général, ostensiblement de l'armée d'Angleterre, mais qui l'était en secret et en réalité de l'armée d'Orient, arriva à Toulon le 20 floréal de cette année (9 mai 1798). Les troupes rassemblées d'après ses ordres, et les généraux qui les commandaient, avaient été choisis par lui ; c'étaient des anciens soldats et compagnons de l'armée d'Italie, un peu las de la guerre, mais tous ayant confiance, et une confiance absolue dans leur général, qui les avait toujours conduits à la victoire. Sa présence anima toute cette armée, prête à s'embarquer et à courir vers une destination inconnue, de cet enthousiasme qu'elle éprouvait toujours à sa vue. Il fallait continuer à donner le change à l'opinion et cependant ne point trop mentir : il harangua l'armée sur-le-champ avec son adresse ordinaire. On sait à quel point il excellait en ces sortes d'allocutions militaires. Voici sa proclamation :

> « Soldats !
>
> Vous êtes une des ailes de l'armée d'Angleterre. Vous avez fait la guerre de montagnes, de plaines, de sièges ; il nous reste à faire la guerre maritime.

Les légions romaines, que vous avez quelquefois imitées, mais pas encore égalées, combattaient Carthage tour à tour sur cette mer et aux plaines de Zama. La victoire ne les abandonna jamais, parce que constamment elles furent braves, patientes à supporter la fatigue, disciplinées et unies entre elles.

Soldats, l'Europe a les yeux sur nous ! Vous avez de grandes destinées à remplir, des batailles à livrer, des dangers, des fatigues à vaincre ; vous ferez plus que vous n'avez fait pour la prospérité de la patrie, le bonheur des hommes, et votre propre gloire.

Soldats, matelots, fantassins, canonniers, cavaliers, soyez unis ; souvenez-vous que le jour d'une bataille vous avez besoin les uns des autres.

Soldats, matelots, vous avez été jusqu'ici négligés ; aujourd'hui la plus grande sollicitude de la République est pour vous : vous serez dignes de l'armée dont vous faites partie.

Le génie de la liberté qui a rendu, dès sa naissance, la République l'arbitre de l'Europe, veut qu'elle le soit des mers et des nations les plus lointaines. »

Tout était admirablement calculé dans cette proclamation, qui est un chef-d'œuvre, pour tout faire pressentir sans divulguer le secret auquel tenait le succès d'une grande entreprise à la fois militaire et politique.

On mit à la voile le 30 floréal (19 mai) au bruit du canon, aux acclamations de toute l'armée ; l'escadre de l'amiral Brueys se composait de treize vaisseaux de ligne, dont un de cent vingt canons ; c'était le vaisseau l'*Orient*, qui portait Bonaparte. L'amiral et les savants dont il avait eu soin de se faire accompagner étaient embarqués avec lui sur ce vaisseau, et l'on vogua dans la direction ordonnée, encore mystérieuse pour presque tout le monde, mais que l'on ne tarda pas à connaître.

Nous ne raconterons pas ici le menu de cette campagne d'Égypte, où nos armes, avec des vicissitudes diverses, furent victorieuses comme partout. Elle fera l'objet d'un article spécial du *Grand Dictionnaire* au mot ÉGYPTE. Nous ne voulons ici l'envisager que dans ses rapports généraux avec le caractère et la fortune de Bonaparte, dans la période de sa vie où il ne fut que général de la République française. Nous nous bornerons à dire que, débarqué à Alexandrie, le 13 messidor (1er juillet), il conquit en quelques jours l'Égypte, passa en Syrie, pour y combattre les troupes de la Porte qui, suivant les justes appréciations de La Réveillère, nous avait déclaré la guerre, et qu'après être demeuré rempli plus d'une année de ces diverses occupations, il résolut tout à coup de revenir en France sur les informations qu'il en reçut, et s'embarqua sur le *Muiron*, le 5 fructidor an VII (22 août 1799), échappa à la flotte anglaise, et arriva à Paris, le 24 vendémiaire (16 octobre). Les particularités de sa vie, on a pu en juger, sont surtout ce qui nous a préoccupé dans cet article, où nous nous sommes principalement efforcé de rectifier certaines erreurs trop généralement admises par les historiens de Napoléon. C'est ainsi qu'on a dit qu'il avait déserté l'Égypte. Rien de plus faux, comme le prouve la pièce suivante, qu'on peut à juste titre considérer comme son rappel d'Égypte par le Directoire même, pièce très importante, et qui semble avoir été inconnue à la plupart des historiens :

« Paris, le 7 prairial an VII (28 mai 1799).

Au général Buonaparte, commandant en chef l'armée d'Orient.

Les efforts extraordinaires, citoyen général, que l'Autriche et la Russie viennent de déployer, la tournure sérieuse et presque alarmante que la guerre a prise, exigent que la République concentre ses forces. Le Directoire vient en conséquence d'ordonner à l'amiral Bruix d'employer tous les moyens en son pouvoir pour se rendre maître de la Méditerranée et pour se porter en Égypte, à l'effet d'en ramener l'armée que vous commandez. Il est chargé de se concerter avec vous sur les moyens à prendre pour l'embarquement et le transport. Vous jugerez, citoyen général, si vous pouvez avec sécurité laisser en Égypte une partie de vos forces, et le Directoire vous autorise à en confier le commandement à qui vous jugerez convenable.

Le Directoire vous verrait avec plaisir à la tête des armées républicaines que vous avez jusqu'à présent si glorieusement commandées.

Treilhard, La Réveillère-Lepaux, Barras. »

Nous voilà presque arrivés au 18 brumaire, et le général républicain Bonaparte, celui qui fait l'objet de cette biographie, touche à sa dernière heure. Nous ne consignerons plus ici que quelques particularités du voyage de Bonaparte depuis son débarquement à Fréjus, le 17 vendémiaire an VIII (9 octobre 1799) jusqu'à son arrivée à Paris, le 24 du même mois (16 octobre). Il passa à Valence, dans l'après-midi du 20 vendémiaire (12 octobre), et y reçut, dans sa voiture, la visite de plusieurs personnes qu'il avait connues lorsqu'il y était en garnison avec le grade de lieutenant d'artillerie. Son ancienne hôtesse, Mlle Bou, alors très âgée, voulut le voir ; M. Bérenger de la Drôme, qui a été depuis membre de la Cour de Cassation et de la Chambre des députés, se souvenait de cette entrevue. Mlle Bou, s'appuyant sur l'épaule de M. Bérenger, s'élança frémissante sur le marchepied de la voiture et toucha en pleurant la main du général Bonaparte, qu'elle ne devait plus revoir. Bonaparte l'embrassa sur l'une et l'autre joue. La brave fille, émue au-delà de toute expression, aurait pu entonner le cantique du saint vieillard des Écritures. L'ancien officier d'artillerie, profondément remué par ce souvenir de sa jeunesse, poursuivit sa route vers Paris. C'était, dans la vieille Mlle Bou, les derniers adieux qu'il faisait à son meilleur passé au moment où l'ambition et la fortune allaient s'emparer de lui tout entier, l'élever au Consulat, puis, à l'Empire, et le précipiter, jeune encore, du haut de sa gloire sur le rocher de Sainte-Hélène, sur ce Calvaire, pour achever par un dernier mot la figure que nous n'avons fait qu'ébaucher plus haut.

Ici nous entrons dans une nouvelle phase, et Bonaparte est bien près d'avoir fini son rôle. C'eût été trop beau : il fallait – c'est une des lois de l'harmonie – que quelques ombres vinssent se mêler au tableau. Toutefois soyons prudent, et que ces ombres ne semblent pas trop heurtées dans la partie du cadre qui nous reste encore à remplir ; car, on le sait, le *Grand Dictionnaire* compte Jacques Bonhomme au nombre de ses collaborateurs ; et, en fait d'opinion politique, Jacques est rond et cassant comme une pomme. Il dit : « C'est mon opinion », et si on lui répond que la raison pense autrement que lui, il réplique carrément : « Tant pis pour elle. » Or Jacques Bonhomme, on le sait aussi, connaît très peu Bonaparte, et s'inquiète encore moins de savoir s'il était ou non républicain. Napoléon ! voilà son homme, son héros, son idole. Presque tous les peuples ont eu de ces engouements qui touchent à la superstition. Il y a encore aujourd'hui des Portugais qui croient difficilement à la mort du roi Sébastien, et n'éprouveraient qu'une médiocre surprise s'ils le voyaient revenir de son expédition d'Afrique ; toute l'Allemagne a cru longtemps que Barberousse sortirait un jour de la caverne où le prince des enchanteurs le tient endormi, la tête posée sur une table de marbre noir. Au Moyen Age, les Bourguignons croyaient fermement au retour prochain de Charles le Téméraire, et Michelet rapporte que, cinquante ans après la bataille de Nancy, un paysan dijonnais vendait une vache le double de son prix, payable le jour où le grand-duc Charles ferait son apparition. Le même espoir vit, la même petite bougie brûle encore dans le cœur de Jacques Bonhomme, et le nom de Bonaparte n'a rien à voir dans cette adoration. C'est à Napoléon seul que Jacques donne le petit chapeau, la redingote grise, et cette lunette qui faisait toujours voir les objets juste à l'endroit où ils étaient, et à travers laquelle resplendissait invariablement le mot *victoire*. Ainsi, dans les idées de Jacques Bonhomme, Bonaparte est tout au plus à Napoléon comme un de ces parents éloignés dont on n'hérite que sous bénéfice d'inventaire. Ce culte est de sa nature assurément respectable, et nous en donnerons la raison historique à la dernière page de cet article.

A son retour d'Égypte, Bonaparte avait été reçu avec un enthousiasme presque universel. Quoique la fortune de la République eût été relevée par la succession de victoires qui se terminent à la bataille de Zurich, et par les brillants succès de Brune en Hollande, l'impression des revers précédents n'était pas effacée, et le jeune général fut accueilli comme si la France eût été sur le bord de l'abîme et que lui seul pût la sauver. D'autres réputations militaires pouvaient balancer la sienne ; mais l'opinion publique a ses favoris, comme les rois. La campagne d'Italie avait couronné le nom de Bonaparte d'une auréole impérissable ; l'aventureuse expédition d'Égypte, sur le résultat de laquelle on pouvait encore conserver quelques illusions, venait d'ajouter à cette gloire le prestige du gigantesque et de l'inconnu.

Dans l'état de déconsidération relative où étaient tombés le Directoire et tous les pouvoirs publics, l'établissement d'un régime militaire semblait d'ailleurs une nécessité de situation, une conséquence presque inévitable de l'état de guerre prolongé, aussi bien que le terme définitif d'une longue réaction. Le peuple, fatigué de suivre la République dans les fluctuations de sa décadence, s'était désintéressé des affaires publiques, livrées depuis plusieurs années aux intrigants et aux médiocrités. Les cœurs magnanimes, les grands acteurs de la Révolution avaient été dévorés par les événements ; en dehors d'un petit groupe d'hommes austères, sans grande autorité, il ne restait guère que des ambitieux sans scrupule et les réputations militaires. C'était ici qu'allait le flot. La foule cherchait un *homme* : merveilleuse disposition pour accepter un maître.

Bonaparte arrivait avec l'idée bien arrêtée de s'emparer du pouvoir : l'enthousiasme dont il était l'objet lui frayait la voie ; en outre, un parti l'attendait, et même l'avait appelé.

Les Sieyès, les Talleyrand, les Rœderer, les Cambacérès, les Regnault de Saint-Jean-Angely, etc., avaient dès longtemps formé une conspiration pour détruire la constitution de l'an III, et faire faire à la République une nouvelle évolution vers la monarchie. Dans une autobiographie de Talleyrand (inédite, et qui fait partie du cabinet de M. Feuillet de Conches), nous trouvons à ce sujet quelques révélations curieuses. Ce parti, sentant la nécessité de s'appuyer sur un chef militaire, qui ralliât l'armée, avait d'abord songé à Moreau, qui ne montra qu'incertitudes ; puis à Joubert, qui, peu après, fut tué à la bataille de Novi ; enfin à Bonaparte. Mais laissons parler ici le document en question.

« C'est par des maisons de commerce que M. de Talleyrand fit parvenir les premières dépêches qui informaient le général de la situation où se trouvait la France et de la gloire qui lui était réservée d'y porter remède ; mais, comme on n'était pas sûr qu'il eût reçu ces lettres, et que les désordres de l'intérieur et les désastres de l'armée d'Italie ne laissaient plus aucune espérance de salut, un bâtiment neutre fut frété pour lui porter, avec le plan d'exécution qui avait été arrêté, l'invitation de presser son arrivée et de ramener les principaux officiers de son armée. Ce bâtiment partit à l'insu du directoire, aborda en Égypte le 10 août, et Bonaparte était en France avant que le gouvernement eût même soupçonné son départ. »

Arrivé à Paris le 24 vendémiaire (16 octobre), il se rendit deux heures plus tard chez le président du Directoire Gohier, honnête homme facile à tromper. « Président, lui dit-il (pour expliquer son retour sans autorisation), les nouvelles qui nous sont parvenues en Égypte étaient tellement alarmantes que je n'ai pas balancé à quitter mon armée pour venir partager vos périls. — Ils étaient grands, général, répondit Gohier, mais nous en sommes glorieusement sortis. Vous arrivez à propos pour célébrer avec nous les triomphes de vos compagnons d'armes.

Reçu le lendemain en audience solennelle par le Directoire, Bonaparte renouvela ses protestations, et il ajouta, en mettant la main sur la garde de son épée, « qu'il ne la tirerait jamais que *pour la défense de la République et de son gouvernement.* » (*Mémoires* de Gohier.)

Ce retour inattendu n'était point sans faire naître des sentiments de défiance et d'inquiétude chez beaucoup d'hommes appartenant au gouvernement et à l'opinion républicaine. Mais, loin de partager ces craintes, la masse du public, à Paris, s'associait à l'élan de la France presque entière. On se tromperait d'ailleurs étrangement si l'on s'imaginait qu'en offrant pour ainsi dire la dictature à Bonaparte, le pays cédait à un entraînement monarchique ; c'était là, sans doute, l'arrière-pensée d'un petit nombre ; mais la plupart ne songeaient qu'à l'affermissement de la République sous une administration vigilante et ferme. L'armée avait une grande popularité révolutionnaire et patriotique ; on la regardait comme le plus ferme rempart contre le retour de l'ancien régime, et les lettrés seuls pensaient alors à César. Les partis même, plus clairvoyants d'ordinaire que les foules, espéraient trouver en Bonaparte l'homme qui leur manquait. Mais lui, qui voulait se servir de tous les partis, non les servir, gardait une réserve étudiée, recherchait, accueillait tout le monde, et ne se livrait à personne. Habile à caresser la démocratie, au moment où il se préparait à l'absorber dans sa dictature, il affectait des allures modestes, une vie retirée, se dérobait aux regards et aux applaudissements du public, n'assistait aux spectacles que dans une loge grillée, et portait le plus habituellement le simple habit de membre de l'Institut, comme pour rendre hommage à la prééminence de l'ordre civil et démentir ainsi les projets qu'on lui prêtait.

Malgré cette simplicité toute d'apparat, il avait déjà une véritable cour, et son petit hôtel de la rue de la Victoire était encombré de visiteurs. On y voyait un flot d'hommes qui avaient serpenté à travers tous les événements, serviteurs de tous les succès, n'ayant d'autre préoccupation que leur propre fortune, et qui, naturellement, étaient venus se ranger autour de l'homme à qui l'avenir semblait appartenir. Ce groupe était dirigé par Talleyrand, impudent Mascarille caché dans la peau d'un homme d'État, et qui parvint à résumer en lui la corruption de tous les régimes. On y remarquait aussi Regnault de Saint-Jean-d'Angely, Rœderer, Réal, hommes d'esprit sans convictions, depuis longtemps avides d'échanger l'humble écharpe de la démocratie contre les livrées et les broderies d'un gouvernement *régulier* ; Cambacérès, qui avait ce faible des légistes pour la toute-puissance ; Cabanis, Volney, qui devaient se repentir un jour d'une coopération dont ils ne prévoyaient pas les suites ; Arnault, le poète tragique, qui déjà faisait en quelque sorte partie de la domesticité du « général » ; l'amiral Bruix, ex-ministre de la Marine, esprit délié, qui était avec Talleyrand un des conseillers de Bonaparte ; les Directeurs Gohier, Roger-Ducos et Moulins, le premier abusé, le second complice, le dernier incapable et borné ; des familiers de Barras, des amis de Sieyès ; enfin un certain nombre de républicains sincères, qui venaient là en observateurs inquiets ou soupçonneux. Les chefs militaires qui, dans cet état de guerre continuel, tendaient visiblement à se constituer en une nouvelle aristocratie, formaient tout naturellement cortège au plus éminent d'entre eux, à celui qui semblait destiné à leur assurer la suprématie. Cependant trois généraux illustres, Jourdan, Bernadotte et Augereau, conservaient une attitude presque hostile et rassuraient ainsi le parti républicain, qui les comptait parmi ses chefs les plus capables et les plus influents, car les militaires avaient partout pris le devant de la scène : c'était là, pour employer une expression dont on a un peu abusé, un des signes du temps.

Moreau aurait été pour Bonaparte un redoutable compétiteur, s'il eût eu une ambition plus active et moins d'incertitude dans le caractère. Ces deux grands capitaines ne s'étaient jamais vus. Ils se rencontrèrent poux la première fois chez le président du Directoire. Bonaparte alla au-devant de celui que l'opinion publique lui avait un instant donné comme rival, et le séduisit tout d'abord à force de caresses et de déférence. Quelques jours après, il alla le visiter, lui fit présent d'un sabre magnifique rapporté d'Orient, et finit par le gagner tout à fait et l'entraîner à sa suite. Mais une chose caractéristique, c'est que Moreau, tout en promettant son concours à Bonaparte, refusa d'écouter l'exposition de ses plans.

Ainsi le nouveau César voyait se grouper autour de lui tous les éléments dont il pouvait avoir besoin pour l'exécution de ses projets, et il n'avait plus dès lors qu'à se préparer à agir. Mais avant de s'engager dans la tentative hasardeuse d'une attaque de vive force contre les institutions publiques, il essaya de s'introduire dans le gouvernement par les voies légales. Il eut un moment l'idée de remplacer dans le Directoire Sieyès, pour lequel il nourrissait une aversion prononcée, que celui-ci lui rendait bien, car il avait, comme lui, l'ambition de jouer le premier rôle dans la République. Il s'ouvrit nettement à Gohier et à Moulins : Sieyès eût été renversé par une intrigue quelconque, et le général nommé à sa place. Mais comme il n'avait pas les quarante ans requis par la Constitution, il ne put, malgré ses insistances, obtenir l'adhésion des deux Directeurs auxquels il avait fait sa confidence significative.

Il a plus tard affirmé, et des historiens complaisants ont affirmé après lui, qu'il avait repoussé les avances de tous les partis ; mais c'est là de l'histoire officielle. Une entreprise comme la sienne ne pouvait réussir avec un désintéressement à la Cincinnatus, car les partis formaient encore des masses compactes et étaient maîtres de positions importantes.

C'est ainsi qu'après sa tentative avortée pour préparer son élection au Directoire, il s'adressa aux groupes qui représentaient la tradition jacobine ; mais ce fut en vain que son frère Joseph essaya d'entraîner un de leurs chefs, Bernadotte, qui cependant était son beau-frère et son ami.

Bonaparte essaya encore d'autres combinaisons, par exemple une tentative de rapprochement avec Barras ; mais partout il se heurtait à des méfiances bien naturelles ou à des ambitions aussi exclusives, quoique moins justifiées, que la sienne. Enfin, après divers tâtonnements, il se décida à une démarche décisive : l'alliance avec Sieyès, membre du Directoire depuis quelques mois. De ce côté, il trouvait des avantages que son esprit pratique devait apprécier, et, entre autres, une conspiration organisée, montée de longue date et disposant d'un personnel nombreux et de moyens d'action importants. Sieyès, avec son orgueil intraitable, sa réputation monstrueusement surfaite, son ambition cupide, aspirait à la première place, et il était, bien moins que sa propre faction, disposé à une telle alliance, d'autant plus que, quelques jours avant de rechercher son concours, Bonaparte l'avait mortellement blessé par un accueil méprisant. Des amis communs, Talleyrand, Rœderer, Cabanis, Joseph Bonaparte, à force d'insistances, finirent par le décider à un rapprochement. Tout en cédant, il avait d'ailleurs un pressentiment très net qu'au lendemain du succès il serait annulé par Bonaparte, réduit à une véritable sujétion ; mais, dans le réseau d'intrigues byzantines dont la République était enveloppée, il devenait urgent d'agir rapidement, si on ne voulait être prévenu.

C'est ce que comprenait bien le général, qui poussait ses préparatifs avec une grande activité. Désormais assuré du concours de deux Directeurs, Sieyès et Roger-Ducos, il avait pied au centre du gouvernement. Barras, usé, méprisé comme chef des *pourris*, avait cessé d'être redoutable ; Gohier et Moulins, les seuls membres du Directoire qui fussent attachés sincèrement à la constitution, étaient aveuglés par la confiance.

Le ministre Fouché, avec son flair subtil d'homme de police, avait tout deviné dès la première heure ; mais il se gardait bien de traverser une entreprise qui paraissait appelée à un infaillible succès, et il accablait le général de protestations de dévouement, se réservant, sans aucun doute, de le trahir si la fortune l'abandonnait.

Lemercier, président du conseil des Anciens, et qui était dans la confidence, manœuvrait habilement pour entraîner la majorité de ce corps. Aux Cinq-Cents, on avait quelques intelligences par Lucien, qui présidait cette assemblée ; mais il était facile de prévoir que c'était de là que viendrait l'opposition.

Les bases d'opération arrêtées, on distribua les rôles. Rœderer fut chargé de travailler l'opinion par de petits écrits ; Regnault de rédiger les proclamations, avec l'aide d'Arnault, qui composa même une chanson pour agiter le peuple des rues. « Une chanson pour un dénouement de tragédie ! avait-il dit, c'est trop piquant pour que j'y manque. » D'un autre côté, les généraux qui étaient du complot avaient la mission de rallier homme par homme tous les officiers présents à Paris. Murat, Lannes, Marmont, Macdonald, etc. travaillaient en ce sens. Réal, qui était commissaire du Directoire près l'administration centrale de Paris, devait entraîner ou dominer les municipalités de la capitale. On ajoute aussi que Bonaparte avait obtenu des fournisseurs (qui étaient l'aristocratie financière du temps) une somme de deux millions pour faire face aux dépenses courantes du complot. Tant de démarches, de conciliabules et de négociations n'avaient pas été sans éveiller l'attention ; aussi tout Paris était-il dans l'attente de grands événements. Mais, comme il arrive souvent en de semblables circonstances, les plus intéressés ne voyaient et n'entendaient rien. Gohier et Moulins étaient dans la plus complète sécurité, d'autant plus que le ministre de la Police affectait une incrédulité railleuse et ne faisait que rire de la *prétendue* conspiration. De son côté, Bonaparte ne négligeait rien pour endormir les deux seuls Directeurs qui pussent devenir un embarras pour lui. Il accablait Gohier de caresses, lui faisait écrire par Joséphine les plus aimables billets, et s'invitait, de lui-même, amicalement à dîner chez lui. Il s'y était engagé ainsi pour le jour même où devait être frappé le grand coup. (*Mémoires* de Gohier.)

Il faut convenir que l'honnête président du Directoire joua dans toute cette affaire exactement le rôle de ces Gérontes de comédie qui sont bernés par tous les personnages de la pièce. Le 15 brumaire, il présidait imperturbablement un banquet donné au général par le conseil des Anciens dans l'ex-église Saint-Sulpice (alors temple de la Victoire). Lui seul était calme et rayonnant. Tous les convives, sous l'empire des plus graves préoccupations, étaient silencieux et embarrassés. Cet étrange repas réunissait à la même table un certain nombre des vainqueurs et des vaincus du lendemain.

L'exécution, plusieurs fois remise, avait été enfin fixée au 16. Le soir du banquet, Arnault, envoyé par les principaux acteurs, se présenta chez Bonaparte pour convenir des derniers arrangements. « La *chose* est remise au 18, lui dit tranquillement le général. — Au 18 ! y songez-vous ? l'affaire est éventée. Ne voyez-vous pas que tout le monde en parle ? — Tout le monde en parle et personne n'y croit. D'ailleurs, il y a nécessité. *Ces imbéciles du conseil des Anciens n'ont-ils pas des scrupules, ils m'ont demandé vingt-quatre heures pour faire leurs réflexions.* » (Arnault, *Souvenirs d'un sexagénaire.*)

C'est ainsi que Bonaparte parlait familièrement de ses auxiliaires et des « conservateurs de la Constitution ». La restauration de l'autorité commençait. Dans quelques jours, d'ailleurs, ces *imbéciles* qui avaient encore quelques scrupules seront à plat ventre devant le maître nouveau, qui, pendant quinze ans, pourra les mener si bas dans la servitude, que lui-même en éprouvera la nausée du dégoût.

Après de nouvelles conférences avec Sieyès et les chefs du parti, la date du 18 avait été, en effet, définitivement arrêtée. Le plan de la conjuration était tel à peu près qu'il s'exécuta : suspension du Corps législatif ; suppression du Directoire et nomination de trois consuls investis de la dictature pour réorganiser la République, et doter la France d'une nouvelle constitution. Cette constitution, bâclée par Sieyès, était le moindre des soucis de Bonaparte, qui savait bien qu'après la victoire il serait le seul pouvoir actif et la seule loi vivante. Il n'était que trop évident, en effet, que, dans l'état des choses, le gouvernement de la France allait devenir une seigneurie à la manière des républiques italiennes du Moyen Age.

Comme dans toutes les hautes comédies d'usurpation dont l'histoire nous offre le tableau, il s'agissait toujours, dans ces projets d'envahissement de la puissance publique, de *sauver la patrie*. C'était par dévouement patriotique que les conjurés allaient se précipiter dans le gouffre du pouvoir absolu. On sait quels Curtius c'étaient que les Talleyrand, les Sieyès et les politiques de leur école et combien la grandeur du pays et le bonheur public tenaient de place dans leurs préoccupations !

Un article de la Constitution de l'an III investissait le conseil des Anciens du droit de décréter, en cas de péril public, la translation du Corps législatif hors Paris. Cet article, né des vieilles rancunes girondines contre la capitale, allait servir de pivot à la conspiration. Il fut convenu que Sieyès, qui disposait de la majorité des Anciens, ferait présenter un décret de translation des conseils à Saint-Cloud, sous le prétexte d'un complot jacobin sur le point d'éclater. A cette mesure, on en ferait ajouter une autre que la Constitution n'autorisait pas, la nomination de Bonaparte au commandement des troupes de la division de Paris, de la garde nationale et de la garde du Corps législatif.

Une fois les conseils réunis à Saint-Cloud, isolés et privés de tout moyen d'action, Sieyès et Roger-Ducos devaient envoyer leur démission de Directeurs ; on espérait arracher celle de Barras et des deux autres ; et, dans tous les cas, le gouvernement se trouvant désorganisé, on comptait imposer aux conseils la nomination du consulat tel qu'il avait été projeté.

Une chose curieuse, c'est que les proclamations, par suite du retard de l'exécution, étaient prêtes plusieurs jours à l'avance. Regnault et Arnault avaient confié ce travail à un imprimeur de la rue Christine, nommé Demonville. Le soir du 15, sachant déjà que l'affaire était remise, ils étaient allés tranquillement signer le bon à tirer, et ils laissèrent entre les mains du prote ces pièces accusatrices, dont la découverte pouvait tout faire échouer. Ils étaient niaisement convaincus que cet homme n'y comprendrait rien (un typographe !) On conviendra qu'en une circonstance aussi grave, une telle conduite touchait à l'ineptie. Ce prote obscur et discret, qui eut, pendant toute une nuit, entre ses mains la destinée de la France et celle de Napoléon, se nommait Bouzu.

Dans la nuit du 17 au 18, les décrets furent préparés sous la direction de Cornet, membre du conseil des Anciens, et, vers 6 heures du matin, les lettres de convocation expédiées *par des sous-officiers.* On convoqua les Anciens pour 7 heures, et les Cinq-Cents pour 11 heures, en ayant soin d'oublier les membres dont on redoutait l'hostilité. De son côté, Bonaparte, agissant comme s'il eût été déjà revêtu du commandement, avait donné rendez-vous chez lui, pour 6 heures du matin à tous les généraux et officiers sur lesquels il comptait. Le plus piquant, c'est que Lefebvre, qui commandait la division de Paris, avait été également appelé. Il était tout dévoué au Directoire ; mais Bonaparte l'enleva d'un mot : « Vous, l'un des soutiens de la République, la laisserez-vous périr entre les mains des *avocats* ? Tenez, voilà mon sabre des Pyramides, je vous le donne... » Le brave Alsacien s'écria, tout attendri : « Eh bien ! jetons les avocats à la rivière ! » Sous le nom d'*avocats*, c'était en réalité toute la France civile qu'on entendait écarter pour inaugurer le règne d'une classe, celle des militaires.

Comme on le voit, dans la bouche de Bonaparte, le mot *avocat* avait fait fortune. On sait que cet homme extraordinaire excellait dans l'emploi de ces dénominations à l'emporte-pièce. « C'est un *idéologue* », dira-t-il plus tard de quelque penseur que la fumée de la gloire n'aura point enivré, et voilà un homme voué au ridicule. Il savait excellemment que c'est avec des mots que l'on conduit les hommes, et il usait de cette arme puissante qu'il trouvait toujours à point dans son arsenal.

Cependant les Anciens accourent aux Tuileries ; la séance s'ouvre ; Cornet, personnage un peu grotesque, mais fort zélé, s'empare de la tribune et déclame à froid contre les jacobins, dans un langage et avec des figures qui eussent été du plus haut comique en toute autre circonstance. Suivant lui, un affreux complot est sur le point d'éclater ; les poignards sont levés, et la représentation nationale est perdue si le décret de translation n'est pas prononcé : « La République, ajoute-t-il, aura cessé d'exister et son squelette sera entre les *mains* de vautours qui s'en disputeront les membres décharnés. » *(Moniteur.)* Après avoir débité cette pièce d'éloquence, il cède la place à Régnier, qui présente les décrets tout rédigés. La majorité était assurée à l'avance, et, grâce à la manière savante dont les convocations avaient été faites, toutes les mesures furent votées presque sans débat. Bonaparte, suivi d'un brillant cortège de généraux et d'officiers, vint au sein du conseil prêter le serment prescrit : « Représentants, dit-il, la République périssait, votre décret vient de la sauver… » Toutefois il évita adroitement de jurer la constitution. Garat voulut en faire l'observation, mais le président lui refusa la parole, sous le prétexte que le décret de translation étant prononcé, il ne pouvait plus y avoir de discussion qu'à Saint-Cloud.

Cette réponse fut également faite par le président Lucien aux membres des Cinq-Cents, qui se réunirent à 11 heures sous l'empire d'une vive émotion. Au nom de la constitution, qu'on se préparait à détruire, on ferma la bouche aux représentants, et tout débat dut être ajourné au lendemain.

Paris était comme en état de siège ; les troupes prenaient position de tous les côtés, suivant les ordres donnés avant même que les décrets fussent rendus. Lannes gardait les Tuileries, Marmont l'École militaire, Murat fut envoyé à Saint-Cloud, Macdonald à Versailles, et Moreau accepta le poste peu honorable de geôlier du Directoire, qu'il investit, au Luxembourg, sous le prétexte de pourvoir à sa sûreté et dont il intercepta absolument toute communication avec le dehors.

Pendant que ces événements décisifs s'accomplissaient, l'un des principaux Directeurs, Barras, prenait tranquillement un bain. Gohier et Moulins, qui commençaient à ouvrir les yeux, accoururent auprès de lui ; il leur promit de les rejoindre dans la salle des séances du Directoire ; mais peu de minutes après, il cédait misérablement aux obsessions de Talleyrand et de Bruix, et signait sa démission, qui avait été rédigée à l'avance par Rœderer. Presque aussitôt il partit pour sa terre de Grosbois, escorté par un détachement de dragons. Le Directoire était dissous de fait : Gohier et Moulins, restés seuls, ne pouvaient même plus légalement délibérer. Ils s'honorèrent, du moins, par la fermeté de leur attitude : ni les caresses ni les menaces ne purent leur arracher leur démission. Ils restèrent consignés au Luxembourg, sous la garde de Moreau, brisés, vaincus, joués par les grands politiques, mais inébranlables dans leur honnêteté républicaine.

Bonaparte, après avoir passé une revue rapide des troupes, qui l'avaient acclamé, était remonté aux Tuileries, dans la salle ou siégeait la commission des inspecteurs, délégation permanente du pouvoir législatif, qui était entièrement gagnée. Il dictait des ordres, agissait en maître, prenait toutes ses dispositions. Le succès de sa tentative paraissant assuré, le nombre de ses adhérents grossissait de minute en minute. Fouché, toujours dévoué pour les plus forts, commençait à faire du zèle. Il avait bruyamment fait fermer les barrières et empêché le départ des courriers, vieille pratique révolutionnaire, que d'ailleurs Bonaparte jugea inutile. En outre, il suspendit les douze municipalités de Paris, dont on craignait l'esprit républicain et qui pouvaient en effet servir de centres aux patriotes de différentes sections. Enfin il avait couvert les murs de Paris de proclamations, où il recommandait aux citoyens l'ordre et la tranquillité en assurant qu'on travaillait, dans le moment même, à *sauver la République*, à la préserver des complots de ses ennemis.

Ces mesures ne pouvaient qu'affermir l'autorité de Bonaparte, qui paraissait assez généralement reconnue, bien que le décret qui l'en avait investi fût inconstitutionnel, car le conseil des Anciens n'avait pas le droit de nommer un chef de la force armée. Lui-même, avec son étonnante infatuation césarienne, parlait déjà et agissait en roi du Moyen Age. Un peu avant la démission de Barras, le secrétaire de celui-ci, Bottot, était venu à la commission des inspecteurs pour observer ce qui se passait. Bonaparte, l'apercevant dans la salle, saisit l'occasion pour déclamer une tirade d'apparat, certainement préméditée et destinée au Directoire. Voici cette sortie célèbre où le *Moi* impérial s'étale déjà avec si peu de gêne :

> « Qu'avez-vous fait de cette France que *j'avais* laissée si brillante ? *j'avais* laissé la paix, j'ai retrouvé la guerre ; *j'avais* laissé des victoires, j'ai retrouvé des revers ; *j'avais* laissé les millions de l'Italie, *j'ai* retrouvé des lois spoliatrices et la misère !... Un tel état de choses ne peut durer ; avant trois ans *il nous mènerait au despotisme.* »

Tout le monde connaît la paraphrase éloquente – mais où il y a encore plus de passion que d'éloquence – que Chateaubriand fit de cette célèbre apostrophe dans son pamphlet politique *De Buonaparte et des Bourbons.*

On reste confondu en présence de cet orgueil olympien. Ne dirait-on point que les grandeurs de la République sont exclusivement son ouvrage, que personne avant lui, que personne avec lui n'y a contribué ? Certes, il avait joué un rôle militaire brillant ; mais Hoche, mais Moreau, mais Bernadotte, mais Jourdan, mais Kellermann, mais cent autres capitaines illustres qui ont sauvé la patrie et soutenu la grande lutte contre les rois, de quel droit leur gloire est-elle ainsi confisquée ? et le comité de Salut public, et la Convention, et tous les grands citoyens de l'époque héroïque, quelle part leur laisse-t-on ? En 1815, quand le sang de plusieurs milliers d'hommes aura été versé, que restera-t-il de cette France que la Convention *avait laissée si puissante et si forte* ? Lui-même n'avait-il eu aucune part dans les fautes qu'il reprochait au Directoire ? et n'était-ce point lui, notamment, qui avait pris l'initiative de la création de ces républiques éphémères, première cause de nos revers ? Qui donc aussi avait déterminé l'éloignement de la plus belle de nos armées pour cette folle et aventureuse expédition d'Égypte, qui coûta si cher à la France et qui fut son œuvre personnelle ? Mais les récriminations eussent été trop faciles. On pouvait ajouter encore qu'au moment même où il partit, la République, après un moment de défaillance, était de nouveau partout victorieuse, et sans qu'il y fût pour rien.

Quoi qu'il en soit, le pauvre Bottot était stupéfait de recevoir à bout portant ces phrases théâtrales qui n'avaient pas été arrondies pour un aussi mince personnage, et qu'on se hâta d'expédier à tous les journaux.

La journée du 18 brumaire se termina sans que la conspiration eût rencontré une opposition sérieuse. Les patriotes s'agitèrent bien, il est vrai, dans quelques conciliabules, mais sans parvenir à organiser un centre de résistance efficace. Décimés, écrasés tant de fois, et récemment encore par Sieyès, les républicains n'étaient plus, d'ailleurs, en état de lutter contre le parti militaire. En outre, le peuple paraissait convaincu que la dictature de Bonaparte serait un événement heureux pour la République.

Le lendemain 19, Saint-Cloud était encombré de troupes. Rien n'était prêt pour l'installation du Corps législatif ; il en résulta des retards qui faillirent compromettre la conjuration. Les députés se promenaient par groupes dans le parc, et s'entretenaient avec la plus vive animation. Les Cinq-Cents reprochaient aux Anciens de livrer la République à une dictature militaire, et ils parvinrent à en ébranler quelques-uns. Les conspirateurs n'étaient pas sans appréhension : Sieyès et d'autres personnages avaient des voitures qui les attendaient à la grille, en prévision d'un échec.

Enfin les conseils entrèrent en séance vers deux heures. Les Anciens siégeaient dans une des salles du palais, les Cinq-Cents dans l'Orangerie ; Bonaparte, avec le monde d'officiers qui l'accompagnaient, occupait un des appartements. Il attendait, non sans trouble intérieur, les délibérations qui devaient mettre la République à ses pieds. Dans la nuit, des Anciens qui hésitaient encore à violer la loi lui avaient offert une place dans le Directoire renouvelé ; les Cinq-Cents eussent adhéré à cette combinaison ; une dispense d'âge eût été accordée, mais il refusa avec opiniâtreté. Ce qu'il voulait, c'était l'omnipotence avec une constitution faite par lui et pour lui ; il n'acceptait pas d'autre rôle que celui de *sauveur*. On sait ce que cela signifie.

Aux Cinq-Cents, un des affidés, Gaudin, ouvrit la séance par le bavardage habituel sur le prétendu danger de la République ; il félicita les Anciens sur la mesure de la translation, et finit par proposer la nomination d'une commission pour préparer des mesures de salut public. On espérait ainsi abréger les discussions. De plus, on avait tout naturellement un rapport tout préparé, dans le sens de la conjuration avec proposition du consulat, ajournement du Corps législatif, etc. Mais à peine

Gaudin a-t-il fini de parler qu'une tempête éclate dans l'assemblée, à bon droit défiante et irritée, et qui se lève en masse aux cris de : « A bas la dictature ! vive la constitution ! — La constitution ou la mort ! s'écrie Delbrel... Les baïonnettes ne nous effrayent point, nous sommes libres ici ! » Après une longue agitation, Grandmaison propose de prêter individuellement le serment à la constitution. L'appel nominal commence, et Lucien Bonaparte lui-même, qui présidait, est contraint de venir prononcer son serment à la tribune.

L'immense majorité des Cinq-Cents était sincèrement et énergiquement dévouée à la République, et peut-être l'eût-elle sauvée si elle eût agi avec promptitude et décision. Elle avait sous la main Jourdan, Bernadotte, Augereau et d'autres patriotes influents qui n'attendaient qu'un signal et qu'un décret ; mais les longueurs de l'appel nominal firent perdre un temps précieux. Cette foi naïve dans la sainteté de la parole humaine et dans la puissance de la loi était encore une tradition de la grande époque révolutionnaire ; mais elle était tout à fait hors de saison dans les temps nouveaux, où le culte de la force pure, la foi punique et le parjure officiel commençaient à passer dans les mœurs publiques.

Quoi qu'il en soit, les meneurs du complot furent un instant déconcertés. Les Anciens étaient ébranlés, et beaucoup ne paraissaient pas éloignés de faire volte-face. Les membres qui, la veille, n'avaient pas été convoqués demandaient hautement des explications sur les prétendus dangers qui avaient motivé le décret de translation. Le fameux complot jacobin avait si peu de réalité que ceux qui en avaient affirmé l'existence demeuraient honteusement confondus et bouche close quand on les sommait d'articuler des faits. La situation devenait très grave. Bonaparte était ému, inquiet et irrité. Lui qui, depuis la veille, s'accoutumait à dire à tout propos : *« Je veux... »* il s'étonnait, comme d'une désobéissance, des obstacles qu'il rencontrait. Après une conférence rapide avec Sieyès, il résolut de brusquer les choses et de se présenter devant les conseils à la tête de son état-major. Ici il rentrait dans son vrai rôle. Il fit mettre un régiment en bataille dans la cour, annonça à ses officiers qu'il allait *en finir,* et, suivi de son état-major, alla se présenter à la barre des Anciens. Une fois en présence de l'assemblée, dans cette enceinte où, malgré l'anarchie du moment, rayonnaient encore le prestige de la représentation nationale et la majesté des lois, il fut visiblement intimidé, et son émotion se trahit par l'incohérence de son discours (que le *Moniteur* a eu soin de remanier et d'arranger).

Après avoir assuré que la République était « sur un volcan », il passa brusquement aux *calomnies* dont on l'abreuvait. On parlait d'un nouveau César, d'un nouveau Cromwell, on osait lui attribuer le projet d'établir un gouvernement militaire ; mais, s'il avait ambitionné un tel rôle, il lui eût été facile de le prendre au retour d'Italie ; il n'en a pas voulu alors, il ne le veut plus aujourd'hui. Puis, reprenant le thème des dangers de la patrie, il annonça la prise de plusieurs places par les chouans, et adjura les représentants de sauver la *liberté et l'égalité.* Linglet lui dit : « Et la Constitution ? »

Un instant déconcerté, il réplique avec aigreur en découvrant ses vrais sentiments :

> « La Constitution ! vous n'en avez plus ! vous l'avez violée au 18 fructidor, vous l'avez violée au 22 floréal, vous l'avez violée au 30 prairial. »

Et il concluait à la nécessité d'un nouveau pacte et de nouvelles garanties – c'est-à-dire la concentration du pouvoir entre ses mains.

On lui demande de s'expliquer sur les dangers qu'il signalait. Visiblement embarrassé, il se répandit en accusations vagues, contre les factions, mais sans préciser un seul fait, recommença à se plaindre de l'insuffisance de la Constitution *pour sauver la patrie*, attaqua le conseil des Cinq-Cents avec violence, et termina par ces menaces peu déguisées :

> « Si quelque orateur, payé par l'étranger, parlait de me mettre hors la loi, qu'il prenne garde de porter cet arrêt contre lui-même !... J'en appellerais à vous, mes braves compagnons d'armes, à vous, grenadiers dont j'aperçois les bonnets, à vous, braves soldats dont j'aperçois les baïonnettes ! Souvenez-vous que je marche accompagné du Dieu de la fortune et du Dieu de la guerre ! »

Ce langage emphatique et presque inconvenant dans une pareille enceinte produisit une fâcheuse impression. La majorité de l'assemblée était disposée à accorder au général ce pouvoir qu'il recherchait si avidement ; mais elle eût désiré qu'on lui fournît au moins un prétexte pour créer une dictature, qu'on lui donnât quelques motifs spécieux propres à faire illusion. Elle ne prit aucune détermination et attendit, circonstance qui annonce au moins de l'indécision.

En quittant la barre des Anciens, Bonaparte s'était rendu aux Cinq-Cents. Dans cette assemblée, la discussion, après la prestation du serment, avait été reprise avec animation sur la question du prétendu grand complot qui avait servi de prétexte à la translation des conseils à Saint-Cloud. On décréta l'envoi d'un message aux Anciens, pour leur demander les motifs de cette convocation extraordinaire qui semblait annoncer un grand péril public. Tout à coup, au milieu des délibérations, la porte s'ouvre, et Bonaparte, entouré de grenadiers, paraît sur le seuil. A la vue des armes, les représentants bondissent, l'indignation soulève l'assemblée entière ; de toutes parts éclatent les cris : « Quoi ! des sabres ici ! à bas le dictateur ! à bas le tyran ! hors la loi ! vive la Constitution ! vive la République ! — Que faites-vous, téméraire ? s'écrie Bigonnet, vous violez le sanctuaire des lois ! » Et Destrem : « Est-ce donc pour cela que tu as vaincu ? » Et d'autres encore : « Tous tes lauriers sont flétris ! Ta gloire s'est changée en infamie ! »

Pâle et violemment agité, Bonaparte s'efforce cependant de gagner la barre, placée au milieu de la salle ; mais les députés l'entourent en lui reprochant sa trahison ; quelques-uns même le saisissent au collet en lui ordonnant de sortir. C'est alors que ses grenadiers, restés sur le seuil, s'élancent et l'emportent à demi évanoui.

La tempête continue dans l'assemblée, et les motions se multiplient au milieu d'une agitation inexprimable. On propose tour à tour de mettre les troupes en réquisition, sous le commandement de Bernadotte, de se déclarer en permanence, de se rendre sur-le-champ à Paris. Lucien manœuvre habilement pour gagner du temps ; il essaye de défendre son frère, de rappeler ses services ; il supplie, il lutte, mais en vain ; sa voix est couverte par le formidable *hors la loi !* qui avait perdu Robespierre lui-même. Prononcé contre Bonaparte, il pouvait faire hésiter les troupes, parmi lesquelles se trouvait la garde même du Corps législatif. Lucien était dans une situation vraiment tragique : sommé de mettre aux voix la mise hors la loi de son propre frère, il déploya dans sa résistance autant de courage que d'habileté, et finit par déposer ses insignes de président pour descendre à la barre. Le terrible cri retentissait au-dehors. Bonaparte envoie un groupe de grenadiers pour dégager son frère, qui monte aussitôt à cheval dans la cour et devient à ce moment le maître du mouvement et le sauveur de la conspiration. Connu des soldats comme président de l'Assemblée, il couvrit le coup d'État d'un semblant de légalité. Il harangue les troupes, leur représente le conseil des Cinq-Cents comme opprimé par des « représentants à stylet, par des brigands, soldés par l'Angleterre, par une minorité d'assassins ». En conséquence, il requiert la force publique pour *délivrer* l'assemblée.

L'instant était décisif et il n'y avait pas une minute à perdre. L'ordre est donné de dissoudre l'assemblée par la force ; Murat et Leclerc entraînent les soldats ; les protestations des représentants sont étouffées par le roulement des tambours ; un cri suprême de *« Vive la République ! »* retentit, appel désespéré de la liberté mourante ; quelques instants après, la violence était consommée, la salle n'était plus occupée que par des grenadiers.

Quatre années auparavant, au milieu des vagues de l'Océan, le même cri d'agonie avait retenti, dans une circonstance, nous ne pouvons pas dire plus solennelle, mais plus terrible encore. Plutôt que de se rendre aux Anglais, les héroïques marins du *Vengeur* s'abîmaient dans les flots aux cris sublimes de : *Vive la liberté ! Vive la France ! Vive la République !*

C'étaient deux naufrages ; mais combien l'un avait été plus glorieux que l'autre ! Nous ne voulons pas suspecter le républicanisme de l'honorable Assemblée ; ce serait une injustice ; mais le pouls de la nation tout entière s'était ralenti, les artères battaient moins vivement. Ce n'était plus l'époque des grands mouvements, des sublimes colères, des terribles exécutions. L'éloquence, ce levier d'Archimède auquel rien ne résiste, faisait défaut. Il aurait fallu là une de ces paroles de feu qui électrisent même les esprits timides, un de ces gestes qui excitent ou calment à leur gré les orages. Ô Danton ! ô géant de la Révolution, tu manquais au milieu de ce Cap des Tempêtes !

On a dit que les représentants s'étaient précipités par les fenêtres, comme affolés par la terreur ; il fallait bien rendre les vaincus ridicules après les avoir outragés ! Mais, outre que les documents officiels ne font pas mention de ce triste épisode, il résulte de l'ensemble de témoignages sérieux que les grenadiers (qui étaient de la garde du Corps législatif) s'avancèrent avec lenteur, sans se livrer à aucune violence, et même avec un certain respect. Ces soldats de la République, malgré leur engouement pour Bonaparte, ne s'étaient pas instantanément transformés en prétoriens. Ce fut pas à pas et pour ainsi dire homme à homme, que les députés furent refoulés, poussés hors de l'Orangerie par la porte et par les couloirs. Les vainqueurs se sont calomniés eux-mêmes, quand ils ont imaginé cette circonstance.

On a dit aussi, on a répété que des poignards avaient été levés sur Bonaparte dans la salle de l'Orangerie, et c'est au moyen de cette fable que Lucien excita l'indignation des soldats. Bonaparte lui-même, dans sa proclamation du 20 brumaire, où il racontait à sa manière les événements, assure que *vingt assassins se précipitèrent sur lui en cherchant sa poitrine.* Mais il est certain que c'est là un fantôme de l'émotion ou une *erreur* officielle. Si vingt assassins s'étaient précipités sur lui, qui donc à ce moment les eût empêchés de frapper ?... Rien n'eût été plus facile dans une semblable mêlée. Ce qu'il y a de sûr, c'est que le procès-verbal de cette séance, *rédigé par les vainqueurs*, ne dit pas un mot de cette tentative d'assassinat. Il n'en est pas question davantage dans le compte rendu très circonstancié du *Moniteur* du 20 brumaire. On ne la mentionna en quelque sorte qu'en post-scriptum. Ce ne fut que le lendemain qu'on imagina de raconter que le grenadier Thomas Thomé avait eu la manche de son habit déchirée par un coup de poignard destiné au général, et le *Moniteur* du 23 rapportait que Thomé avait déjeuné avec Bonaparte, et que la *citoyenne Bonaparte* avait embrassé le brave grenadier et lui avait mis au doigt un diamant de la valeur de 2 000 écus.

Ce qu'il y a de remarquable, c'est que, même parmi ceux des adhérents du coup d'État qui ont admis le fait comme vrai, pas un seul ne dit l'avoir vu de ses yeux. D'un autre côté, tous les autres témoins oculaires ou historiens du temps, depuis le sénateur Thibaudeau jusqu'à Dupont (de l'Eure), l'ont nié énergiquement. « Je n'ai point vu de poignards levés sur lui », a dit le prince Eugène lui-même dans ses *Mémoires*. Lombard (de Langres), témoin oculaire et qui a publié une notice sur le 18 brumaire, discute cette question dans ses *Mémoires*, et affirme que ce fut là une fable imaginée pour appeler l'intérêt sur Bonaparte, et rendre les vaincus odieux. Enfin il ajoute : « Dans cette bagarre un poignard a-t-il été dirigé contre lui ? Cela est possible ;

mais je dis non, et je dis non parce que mes yeux ne l'ont pas quitté ; parce qu'après cette journée, ayant demandé, non à ses ennemis, mais à plusieurs députés des Cinq-Cents qui étaient entièrement de son bord, s'il était vrai qu'on eût tenté de le frapper, tous m'ont répondu qu'il n'en était rien. » Lombard produit en outre le témoignage conforme de M. Sibuel, son collègue à la cour de cassation, également témoin oculaire.

On avait accusé de ce coup de poignard légendaire le député Arena, mais il ne s'est jamais trouvé un témoin pour affirmer cette accusation, et il paraît qu'Arena se trouvait précisément, au moment de cette scène, à une extrémité opposée de la salle.

Le député Savary, dans la brochure *Mon examen de conscience* sur le 18 brumaire, a prouvé que le grenadier Thomé n'avait point été frappé par un coup de poignard, mais qu'il avait eu simplement sa manche déchirée par un clou ou une ferrure en passant près d'une porte. Quoi qu'il en soit, l'heureux grenadier se laissa donner un brevet d'officier et une pension de 600 francs. Cette pension ayant été supprimée par la Restauration, il réclama par une pétition adressée à la Chambre en 1818. Dupont (de l'Eure) fit passer à l'ordre du jour en affirmant, lui, témoin de la journée de Saint-Cloud, que le coup de poignard était une pure invention. L'éternel grenadier ne se tint pas pour battu, et plaida, dans une lettre adressée aux journaux, la réalité de ce bienheureux coup de stylet dont il avait si longtemps vécu, et que sans doute il avait fini par prendre lui-même au sérieux. Cette lettre existe encore dans une collection d'autographes, et elle est signée *Pomiès* ; ainsi le nom réel de ce célèbre personnage serait Thomas Pomiès,

Ou Pomiès Thomas ; car il n'importe guère
Que Thomas soit devant ou Thomas soit derrière.

On trouvera encore la réfutation de la prétendue tentative d'assassinat de Saint-Cloud dans une curieuse brochure émanée probablement des papiers de Rœderer, et qui parut sous ce titre : *La petite maison de la rue Chantereine* (Paulin, 1840).

Cependant, après l'évacuation de la salle de l'Orangerie, plusieurs députés des Cinq-Cents coururent aux Anciens dénoncer l'outrage fait à la représentation nationale. L'impression fut extrêmement pénible ; les Anciens se montrèrent affligés d'un pareil attentat ; mais Lucien accourut à leur barre, leur expliqua que tout s'était fait dans l'intérêt de la République, et n'eut pas trop de peine à obtenir leur concours pour réorganiser le gouvernement.

Le soir, à neuf heures, à force de courir de tous les côtés, on parvint à réunir une trentaine de membres des Cinq-Cents (c'est le chiffre indiqué par Cornet lui-même, un des coopérateurs du coup d'État) ; on les constitua en assemblée, on les déclara et ils se déclarèrent eux-mêmes la partie saine, la majorité du conseil, tandis que les quatre cent soixante-dix autres membres n'étaient que la minorité, les factieux. Ce conciliabule décréta que Bonaparte et ses lieutenants avaient bien mérité de la patrie. Puis Boulay (de la Meurthe) vint présenter tous les projets concertés : l'institution d'un consulat provisoire composé de Bonaparte, Sieyès et Roger-Ducos ; l'ajournement du Corps législatif au 1er ventôse suivant, la nomination de deux commissions législatives chargées d'aider les consuls dans leur travail de réorganisation ;

enfin l'exclusion de cinquante-sept représentants, mesure à laquelle une liste de proscription vint peu de jours après donner son complément. Les consuls et les commissions étaient en outre chargés de rédiger une constitution nouvelle. (V. CONSTITUTION DE L'AN VIII.)

A une heure du matin, tout était voté, sans vaines discussions. Les décrets sont aussitôt portés aux Anciens, qui se hâtent de les ratifier. Bonaparte et les deux autres consuls viennent prêter serment à la *légalité*, à la *liberté*, au *système représentatif*; et enfin Lucien, avec un étonnant sang-froid, prend la parole pour féliciter cette *Assemblée nationale* de son œuvre nocturne :

> « Représentants du peuple, la liberté française est née dans le Jeu de paume de Versailles. Depuis l'immortelle scène du Jeu de paume, elle s'est traînée jusqu'à vous, en proie tour à tour à l'inconséquence, à la faiblesse, aux maladies convulsives de l'enfance. Elle vient aujourd'hui de prendre la robe virile ! A peine venez-vous de l'asseoir sur la confiance et l'amour des Français, et déjà le sourire de la paix et de l'abondance brille sur ses lèvres ! Représentants du peuple, entendez le cri sublime de la postérité : *"Si la liberté naquit dans le Jeu de paume de Versailles, elle fut consolidée dans l'Orangerie de Saint-Cloud !"* »

L'histoire, croyons-nous, ne présente pas un second exemple d'une mystification de cette force. Les trente et les Anciens avalèrent en silence la harangue de l'ex-président et s'évanouirent ensuite dans les ombres de la nuit. On les retrouvera dans la domesticité consulaire et impériale, parmi ces générations de dignitaires vraiment inamovibles qui sont restés pendant un demi-siècle debout sur les ruines de tous les gouvernements qu'ils avaient exploités et trahis, plus impassibles que l'homme d'Horace, éternels, inévitables, indestructibles, et faisant en quelque sorte partie du mobilier de tous les pouvoirs.

Les trois consuls allèrent s'installer au Luxembourg. Il n'y avait aucune distinction légale entre les nouveaux dictateurs, et les actes du consulat provisoire ne font même pas mention d'un président ; mais, dès la première séance, Roger-Ducos, entraîné par le sentiment du moment, dit à Bonaparte : « Prenez le fauteuil et délibérons. »

Il est probable qu'il l'eût pris sans invitation.

Une période nouvelle s'ouvrait. La France avait un maître.

Voilà une page à travers laquelle passe le souffle républicain, et Brutus lui-même en serait content. Donnons donc pour un moment la parole à Jacques Bonhomme, car la question menace de s'embrouiller ; les mêmes figures reviennent sur la scène et pourtant le spectateur a bien de la peine à les reconnaître. Nous voilà à mille lieues du *Souper de Beaucaire.* Il est donc temps que Jacques prenne à son tour la parole, et comme nous naviguons à pleines voiles dans l'obscur, Jacques Bonhomme qui est Normand aussi, et qui, en cette qualité, sait que le meilleur moyen de gagner une mauvaise cause consiste à l'embrouiller le plus possible, c'est en Angleterre, c'est chez son ennemie, chez la *perfide Albion* qu'il va chercher un avocat.

Sans doute, en voyant le héros s'élever du rang de général au rang de chef d'État, les âmes républicaines ont dû souffrir ; elles en souffrent encore, quand elles n'écoutent que leurs généreux sentiments ; mais, en y réfléchissant, en constatant l'état des esprits et la force qu'avaient reprise par toutes sortes de moyens, plus condamnables les uns que les autres, les contre-révolutionnaires de tout bord, royalistes et autres, on sent qu'il eût été difficile, sinon impossible, de sauver la République par les moyens ordinaires. Il nous semble, après tout, à considérer les choses de haut et selon la philosophie de l'histoire, que c'est un grand préjugé démocratique de considérer d'une manière absolue – nous pourrions même dire brutale – sans aucune restriction, le grand dictateur de la Révolution française comme l'ennemi de cette révolution. Le colonel Napier, dans l'introduction à son beau livre sur la guerre de la Péninsule *(History of peninsular war, from 1807 to 1814)*, publié à Londres pendant que la Restauration c'est-à-dire la contre-révolution, triomphait de ce côté-ci du détroit, a dit de ce rôle, à notre avis, ce qu'il en faut dire :

> « Les hostilités de l'aristocratie européenne firent prendre une direction toute militaire à l'enthousiasme de la France républicaine, et entraînèrent cette puissante nation dans une politique qui, quelque outrageante qu'elle ait pu paraître, était réellement imposée par la nécessité. Jusqu'au traité de Tilsitt, la France ne fit qu'une guerre essentiellement défensive ; car la sanglante lutte qui ravagea le continent pendant tant d'années n'avait pas pour objet la prééminence entre des puissances ambitieuses. Ce n'était pas une dispute pour un agrandissement de

territoire ou pour l'élévation politique d'une nation, mais bien un combat à mort qui devait décider lequel des deux partis, l'*aristocratie* ou la *démocratie*, dominerait l'autre, et si l'égalité ou le privilège serait dorénavant le principe fondamental des gouvernements européens.

La Révolution française avait acquis une existence prématurée avant l'époque naturelle de sa naissance." (On comprend que le *Grand Dictionnaire* ne saurait partager cette opinion du savant historien. Le fruit était mûr, archimûr : le despotisme et l'arbitraire avaient comblé la mesure, et quand sonna le glas suprême de 89, le vieux monde n'était plus qu'un cadavre rongé de vers qui réclamait depuis longtemps les honneurs de la sépulture). "Le pouvoir du principe aristocratique était trop vigoureux et trop identifié encore avec celui du principe monarchique pour qu'un vertueux effort démocratique pût lui résister avec succès. Bien moins encore pouvait-il être renversé par une démocratie qui, dans ses excès, se plongeait dans un sang innocent, menaçant de destruction les institutions politiques et religieuses, ouvrage de plusieurs siècles, dont quelques parties, il est vrai, avaient vieilli, mais dont la vétusté se laissait à peine apercevoir. Les premiers événements militaires de la Révolution, les troubles, les insurrections de Toulon et de Lyon, la guerre civile de la Vendée, la faible quoique heureuse résistance opposée à l'invasion du duc de Brunswick, les fréquents et violents changements de dominateurs dont personne ne regrettait la chute, sont autant de preuves que la Révolution française, intrinsèquement trop faible pour repousser cette force physique et morale qui pesait fortement sur elle, avançait précipitamment vers sa ruine, lorsque l'étonnant génie de Bonaparte, déjouant tout calcul humain, l'éleva et la fixa par la victoire, seule capable de soutenir cette œuvre incohérente.

Sachant bien toutefois que la cause qu'il soutenait n'était pas suffisamment en harmonie avec les sentiments du siècle, Napoléon eut pour premier besoin de désarmer, ou du moins de neutraliser l'inimitié monarchique et sacerdotale, en rétablissant le culte religieux et en devenant lui-même un monarque. Une fois souverain, la fermeté de son caractère, le but qu'il se proposait d'atteindre, ses talents, la nature critique des temps, le rendirent inévitablement despote ; toutefois, tandis qu'il sacrifiait la liberté politique, qui, pour la plus forte masse de l'espèce humaine, n'a jamais été rien de plus qu'un son flatteur, il mit le plus grand soin à rétablir l'égalité politique, bien réel et qui produit une satisfaction croissante au fur et à mesure qu'il descend dans toutes les classes de la société ; mais cette égalité politique, principe vital de son gouvernement, secret de sa popularité, le rendit le monarque du peuple, et non pas le souverain de l'aristocratie. C'est pourquoi Pitt l'appelait l'enfant et le champion de la démocratie : vérité aussi évidente que si l'on disait de Pitt et de ses successeurs qu'ils furent les enfants et les champions de l'aristocratie. C'est pourquoi aussi, conformément à cette opinion, les classes privilégiées de l'Europe firent retomber sur Napoléon la haine implacable et toute naturelle qu'elles avaient pour la Révolution française, lorsqu'elles virent que les innovations avaient trouvé en lui un protecteur ; que lui seul avait donné la prééminence à un système si odieux pour elles, et qu'il était réellement ce que lui-même disait être : "la Révolution organisée". »

On le sent, on le voit par ces lignes : l'historien anglais n'était pas seulement un écrivain militaire, c'était un politique. Il a indiqué, dans ce remarquable passage, la vraie cause de la guerre européenne qu'eut à soutenir, dès ses débuts et dans ses diverses phases jusqu'à la chute de son représentant couronné, la Révolution française, cette révolution qui avait remué le sol à de si grandes profondeurs, ébranlé tous les vieux trônes, effrayé l'aristocratie européenne et soulevé ses colères. Le parti qui se trouvait au pouvoir en Angleterre quand elle éclata avait engagé, tout d'abord aussi, la nation britannique dans la voie où la portaient et ses tendances et ses frayeurs, et il entraîna avec lui, bon gré mal gré, la nation tout entière.

Voilà le fait constaté par le colonel Napier.

C'est donc parce que l'Angleterre s'était rangée de ce mauvais côté, du côté de l'aristocratie européenne, contre le courant du siècle, que Napoléon l'a combattue. Napoléon avait senti cependant, dès 1800, tout ce que l'alliance pouvait avoir de fécond pour le monde. A peine nommé premier consul, Bonaparte avait écrit au roi d'Angleterre :

« Paris, 5 nivôse an VIII (26 décembre 1799).

Appelé, Sire, par le vœu de la nation française à occuper la première magistrature de la République, je crois convenable, en entrant en charge, d'en faire directement part à Votre Majesté.

La guerre qui, depuis huit ans, ravage les quatre parties du monde doit-elle être éternelle ? N'est-il donc aucun moyen de s'entendre ?

Comment les deux nations les plus éloignées de l'Europe, puissantes et fortes plus que ne l'exigent leur sûreté et leur indépendance, peuvent-elles sacrifier à des idées de vaine grandeur le bien du commerce, la prospérité intérieure, le bonheur des familles ? Comment ne sentent-elles pas que la paix est le premier des besoins, comme la première des gloires ?

Ces sentiments ne peuvent pas être étrangers au cœur de Votre Majesté, qui gouverne une nation libre, et dans le seul but de la rendre heureuse.

Votre Majesté ne verra, dans cette ouverture, que mon désir sincère de contribuer efficacement, pour la seconde fois, à la pacification générale, par une démarche prompte, toute de confiance, et dégagée de ces formes qui, nécessaires peut-être pour déguiser la dépendance des États forts, ne décèlent, dans les États forts, que le désir mutuel de se tromper.

La France, l'Angleterre, par l'abus de leurs forces, peuvent longtemps encore, pour le malheur des peuples, en retarder l'apaisement ; mais j'ose le dire, le sort de toutes les nations civilisées est attaché à la fin d'une guerre qui embrase le monde entier.

Bonaparte,
Premier consul de la République française. »

Le premier consul avait donc spontanément et loyalement recherché dès lors la paix et mieux que la paix, l'alliance avec l'Angleterre, alliance dont il sentait tous les avantages pour le monde. Malheureusement, un concours de causes qui tenaient à l'état des esprits de cette époque et aux engagements contre-révolutionnaires du cabinet britannique empêcha cette paix et cette alliance. Le roi, ses ministres, une partie de la nation elle-même, par on ne sait quel esprit de rivalité mal entendue, voyaient avec peine les Français remettre les rênes de leur gouvernement aux mains habiles et glorieuses du grand général que jusque-là la victoire avait suivi sur tant de champs de bataille, et qui avait conçu et exécuté contre eux l'expédition d'Égypte. On le haïssait et on le calomniait avec acharnement dans les feuilles anglaises.

Ce sont là des faits historiques. Depuis, la lumière s'est faite sur les causes qui ont amené ces événements, et l'Angleterre elle-même s'est empressée de le reconnaître par l'organe d'un de ses meilleurs officiers.

La Révolution, qui avait enfanté Bonaparte, vivait en Napoléon malgré tout : il en était le représentant couronné, et on le sentait, on ne s'y trompait pas en Europe. Tandis que l'aristocratie se courbait devant lui, il était, dans l'éblouissante sphère où l'avait porté la fortune, l'objet de son implacable haine, et elle travailla en secret à le perdre dès que les événements lui en eurent fait concevoir l'espérance. Le peuple l'aimait, quoique, par les splendeurs royales dont il avait cru devoir s'entourer pour marcher l'égal des rois, il choquât ses instincts naturels d'égalité ; le peuple l'aimait, parce qu'il sentait toujours que l'élu de la grande nation, le glorieux général de la République, était et restait malgré tout l'enfant de la Révolution dont il représentait les principes immortels et les généreuses aspirations.

Ici, bien entendu, nous parlons du système, de l'ensemble des principes, et non des moyens propres à les faire triompher. Ces principes sont immuables, mais les moyens varient suivant les époques et les circonstances. Ceux que, au sortir de la tourmente révolutionnaire et au milieu des guerres incessantes et générales, Napoléon dut employer pour amener au port le vaisseau de l'État ne seraient certainement plus aujourd'hui ceux que lui-même choisirait dans nos temps plus calmes et après la marche des idées que soixante années de progrès ont fait entrer dans toutes les intelligences.

Dans la destinée des peuples, pour que ces grands changements s'effectuent, deux conditions sont nécessaires : une immense désorganisation d'un côté ; de l'autre, un immense génie au service d'une immense ambition. C'est en raison de cette loi que, chez nous comme à Rome, l'Empire devait fatalement succéder à la République. Peut-être encore cette nécessité était-elle chez nous plus dans l'ordre des choses, car là-bas Brutus et Caton restaient debout, tandis qu'ici, sans manquer au respect que nous devons à la mémoire des Carnot et d'un petit nombre d'autres, on peut dire que Saturne avait dévoré ses enfants : Robespierre, Danton, Saint-Just, Marat lui-même, n'étaient plus. La conséquence à tirer de tout ceci, c'est qu'en dernière analyse les peuples n'ont jamais que les gouvernements qu'ils méritent. Si l'un des deux éléments dont nous avons supposé le concours fait défaut, la démocratie n'a rien à redouter. C'est ce qui se produisit en Grèce avec Périclès, en Amérique avec Washington ; dans l'un comme dans l'autre monde, les deux conditions faisaient défaut : Athènes était plus légère que corrompue, et la jeune Amérique était non moins vierge que ses forêts. Quant à Périclès et à Washington, un sentiment plus noble que l'ambition remplissait leur grande âme.

Ici se termine notre tâche, passons le dé aux littérateurs purs et aux artistes ; car drames, vaudevilles, tableaux, statues, on a tout tenté sur la grande figure de Bonaparte. Quand nous en serons à NAPOLÉON, nous reprendrons la plume avec le même courage ; seulement comme d'ici là il aura passé de l'eau sous le pont d'Austerlitz, notre barbe sera sans doute moins noire et nos cheveux plus rares.

Cet ouvrage a été composé
par Atlant'Communication
à Sainte-Cécile (Vendée)

Imprimé en France
FROC022356121218
20075FR00015B/180/P

9 782913 867307